Flamme

ÉDITION SPÉCIALE

www.chellebliss.com

CHELLE BLISS

USA TODAY BESTSELLING AUTHOR

MEN OF INKED : TOUT FEU TOUT FLAMME

Tome 1 - Flamme
Tome 2 - Brûler
Tome 3 - Fournaise
Tome 4 - Brasier
Tome 5 - Chaleur
Tome 6 - Étincelle

... et plus de chaleur à paraître.

menofinked.com/hw-fr

Pour chaque femme qui cherche encore sa FLAMME
Ne renoncez jamais

Erreur : lorsqu'on se trompe d'action, de calcul, d'opinion ou de jugement, par manque de raisonnement, par négligence ou ignorance.

LA VIE EST une suite d'erreurs. J'en ai fait les frais. Mais chaque fois, qu'elles soient plus ou moins graves, j'ai essayé de ne pas refaire les mêmes, d'en tirer des leçons.

Mon problème, c'était de toujours craquer pour le mauvais mec. Bien sûr, comme tous les jeunes, j'ai fait des choses stupides... Des choses qui auraient très bien pu changer le cours de ma vie.

Je n'avais pas peur de grand-chose. Et je ne me projetais pas vraiment dans le futur, je ne cherchais pas à savoir quel impact ma nouvelle erreur aurait sur mon avenir. C'est ça la jeunesse : on vit complètement dans l'instant présent, on se sent indestructible et le temps semble infini, alors on pense rarement à l'avenir.

C'est grâce à nos erreurs qu'on apprend, qu'on

évolue. Du moins, c'est ce que disait mon père pour que j'évite de faire deux fois la même.

Mais je ne l'ai pas écouté. J'ai fait deux fois la même erreur. J'ai aimé deux hommes dans ma vie : Erik et Keith.

Les deux disaient m'aimer.

Les deux m'ont trompée.

Les deux m'ont brisé le cœur.

La seule chose que j'ai eu raison de faire avec Keith, mon petit copain à l'université, c'est de m'abstenir de coucher avec lui. Juste avant la remise des diplômes, je l'ai surpris avec une autre fille et j'ai appris plus tard que ce n'était pas la première fois. *C'est la vie.*

J'ai cru qu'Erik, mon erreur numéro deux, était le bon. Je croyais qu'on tiendrait la distance, mais là encore, j'avais tort. J'ai eu beau lui offrir ma virginité en lui vouant une confiance aveugle, il n'a pas pu garder sa queue dans sa poche pour autant.

Je semblais vouée à traîner derrière moi un palmarès d'ex-petits amis malhonnêtes, dégradant à jamais l'image que j'avais des hommes.

Je ne voulais pas être cette fille.

Je ne voulais pas être amère et méfiante envers tous les hommes pour le restant de mes jours. Je savais que des hommes bien existaient.

Mes parents étaient mariés depuis plus de vingt ans. Et heureux en mariage, avec ça. Ma mère était tout pour mon père. Elle ne pouvait rien faire de mal à ses yeux. Il l'adulait, la traitait comme une déesse. J'ai grandi en regardant cette déesse, en observant comment un homme devait aimer une femme. Mais quoi que je fasse, je semblais n'attirer que des hommes foireux.

Quand le vaurien numéro deux m'a brisé le cœur, je me suis fait la promesse que ça n'arriverait plus. À l'avenir, mieux vaudrait apprendre à n'avoir que des relations sans lendemain, ou à me débrouiller pour mieux choisir, et tenter de dissocier les tocards des hommes bien.

C'est à mourir de rire !

Mais ensuite, j'ai rencontré un homme, celui que je pensais être le numéro trois. Celui avec lequel je ne pouvais pas imaginer avoir une belle histoire, parce que tout chez lui poussait à l'erreur de jugement.

Il était différent des hommes à qui j'avais ouvert mon cœur auparavant. Il était différent du premier garçon à qui j'avais donné mon corps.

… Mais ça ne voulait pas dire qu'il n'allait pas devenir mon erreur numéro trois.

— TU AS UN TICKET.

Tamara, ma cousine, me donne un léger coup de coude dans les côtes en matant un mec à l'autre bout du bar.

— Et il est super sexy, putain.

Je jette un coup d'œil vers lui, mais dès que nos yeux se rencontrent, je détourne vite le regard.

Putain de merde.

Le mec n'est pas seulement sexy, c'est carrément une Bombe, avec un B majuscule.

Mais la dernière chose dont j'ai besoin en ce moment, c'est de me compliquer la vie, surtout après ce qui s'est passé avec Erik.

Je détache à nouveau mon regard de lui et fais les gros yeux à ma cousine.

— Je ne suis pas là pour choper, Tam. Je suis là pour être avec mes potes, pas avec ce genre de...

— D'Apollon avec le feu au cul ? lance-t-elle en terminant ma phrase avec un sourire arrogant.

— Il n'est pas si canon que ça...

Je jette vers elle la fine paille rouge qui était dans mon verre, espérant la faire changer de sujet.

Je mens totalement, bien sûr.

Ce mec est chaud comme la braise. Il n'est pas joli garçon... même s'il est beau. Il est un peu brut de décoffrage sur les bords et ne pourrait peut-être pas s'en sortir en costard cravate, mais ça n'enlève rien au fait qu'il soit hyper séduisant. Aucune chance qu'un type comme lui chevauche sa moto les week-ends et passe le reste du temps assis dans un box d'entreprise pour gagner sa croûte.

Il vit *la grande vie*.

Il ne fait pas les choses à moitié.

Au premier coup d'œil, on voit qu'il a les couilles d'un vrai motard. Il n'est pas en week-end d'escapade pour se défouler, pour faire un break de quelques jours. Oh non. Cette vie – l'alcool, la moto – il l'a dans le sang.

Si on mesurait sa sensualité sur une échelle de un à dix, elle serait carrément à vingt. Mais bon sang, il est aussi un peu flippant.

Des motards, j'en ai connu plein pendant mes vingt petites années passées sur terre. J'ai grandi avec un père motard qui avait des amis motards, alors des mecs comme l'Adonis du bar, j'en ai côtoyé toute ma vie. Et depuis que je travaille l'été à Inked, mon cercle de motards s'est encore agrandi. Mais ce sont tous de braves types... du moins à leur façon un peu foireuse.

Mallory approche son verre à liqueur de ses lèvres et me dévisage.

— Tu sais comment passer à autre chose après un connard comme Erik ?

Je secoue la tête et la préviens :

— N'en dis pas plus.

Elle frappe son shot de tequila contre la table, le porte à ses lèvres et grimace avant même que l'alcool ne descende dans sa gorge.

— Putain, la tequila ça rigole pas, dit-elle en s'égosillant et en toussant dans ses mains à en avoir les larmes aux yeux.

— Je te l'avais dit, intervient Mary, sa jumelle à l'identique, en secouant la tête avec mépris. Tu ne m'écoutes jamais.

— Tout va bien. Bon, qu'est-ce que je disais ?

Mallory marque une pause en envoyant glisser son verre vide d'un bout à l'autre de la table.

— Ah. Je te disais comment oublier Erik.

Elle susurre :

— En passant à quelqu'un d'autre.

Dégueu.

Ça, c'est du Mallory tout craché, tout le contraire de Mary. Elles sont comme le jour et la nuit. Le Yin et le Yang. De toute façon, je ne suis pas sûre que le monde puisse supporter deux Mallory, alors c'est une bonne chose qu'elles soient si différentes. L'une est une enfant sauvage et l'autre, un rat de bibliothèque.

Tamara pousse un autre shot de tequila vers moi.

— Bois un coup. Peut-être qu'il te manque juste un peu de courage liquide pour aborder Flamme.

Je lève un sourcil et lance un regard noir à cette cousine pas-si-innocente-que-ça.

— Flamme ?

— Eh ben...

Elle jette un nouveau coup d'œil dans sa direction et hausse les épaules.

— Il est chaud comme la braise, alors Flamme, ça le fait. Genre : il est tellement chaud qu'il va t'en-flammer.

Elle se met à rire, se trouvant très drôle, même si elle est bien la seule à le croire.

Mes doigts tapotent la table et je la dévisage, incrédule.

— Tu sais ce qui arrive quand je bois de la tequila, Tamara?

Son petit sourire narquois s'agrandit.

— Oui, et c'est bien pour ça que j'insiste! me dit-elle fièrement, en arquant les sourcils.

La vache. Tamara est censée être la voix de ma raison pendant ce voyage. On a élaboré un gros bobard à nos parents à propos des vacances de printemps. On leur a fait croire qu'on avait des devoirs à rattraper et qu'on allait rester au campus pour préparer les examens de fin d'année. Ça leur ferait vraiment mal au cul de nous savoir ici, particulièrement pendant la Semaine de la Moto.

— Erik, c'était un bon coup, au moins? demande Mallory de but en blanc, parce que ses pensées semblent toujours tourner autour du sexe, même quand elle n'est pas concernée.

— Un bon coup, oui.

J'attrape un verre de tequila, parce que tant que j'aurai la bouche pleine ou que je tousserai à cause de l'alcool, je ne pourrai pas parler de mes rapports sexuels avec Erik.

Je n'en sais rien, moi, si c'est un bon coup ou pas. C'était un bon coup pour moi, mais c'était aussi le seul avec qui je sois allée jusqu'au bout. J'ai flirté avec quelques gars, bien sûr, mais je n'ai pas beaucoup d'expérience, comparée à d'autres.

La réponse que je donne à Mallory n'est pas un mensonge complet, mais comment pourrais-je savoir s'il est vu comme un bon coup par d'autres que moi?

Je grimace avant même que la tequila touche ma langue.

— Bon, ou super bon ? demande Mallory.

Je renverse ma tête en arrière, laissant le liquide glisser au fond de ma bouche avant de descendre dans ma gorge. Les larmes me montent aux yeux instantanément et je regrette presque d'avoir préféré la liqueur à l'aveu de mon manque d'expérience sexuelle devant mes meilleures amies.

— Est-ce qu'Erik a l'air d'être un bon coup ?

Tamara me sauve la mise en posant la question à Mallory, ce qui m'évite de répondre.

Tamara sait tout de ma vie sexuelle, elle connaît les histoires avec mes ex dans les moindres détails. On s'est toujours parlé à cœur ouvert, elle et moi, on ne se cache rien. Je sais qu'elle a connu un peu plus de mecs que moi, mais elle ne me juge pas. Pour ce qui est de Mallory, elle n'a pas la moindre idée de mes expériences, parce qu'elle me jugerait à tous les coups. Elle juge tout le monde.

— Il a tout l'air d'un très mauvais coup, répond Mallory, jugeant Erik avec mépris.

— Oh, arrête, Mal. C'est pas vrai, intervient Mary en repoussant d'un revers de main ses longs cheveux roux dans son dos.

— J'ai fréquenté suffisamment de mecs pour savoir repérer un bon, un mauvais ou un super coup à un kilomètre à la ronde, dit Mallory en se retournant pour jauger le type sexy qui m'observait. Et lui, ajoute-t-elle en le désignant d'un mouvement de tête, serait un putain de bon coup.

Ça ne dérange pas du tout Mallory de s'afficher avec des hommes. Elle est complètement sans gêne côté sexualité, elle va droit au but. Je l'envie un peu.

Pas pour ce qui est de coucher avec le premier venu qui veut la baiser, même quand il n'est pas terrible, mais pour son assurance, son côté *je me fous de ce qu'on pense de moi ou de ce que je fais.*

Mary serre les lèvres et regarde sa sœur avec dégoût.

— Tu ne peux pas le savoir au premier coup d'œil. Arrête tes conneries, Mallory. Que tu sois une fille facile ne veut pas dire que tu vaux mieux que nous.

Mallory se redresse en secouant la tête et toise sa sœur.

— Ma chérie, je ne suis pas une fille facile. Fais-moi confiance. Les hommes, je les fais galérer pour obtenir ça, dit-elle en agitant sa main devant sa poitrine. Je ne les donne pas à n'importe qui.

Ça nous fait rire, Mary, Tamara et moi, mais Mallory nous fusille du regard et semble à deux doigts de sauter par-dessus la table pour nous étrangler de ses doigts maigres.

— Vous pouvez toutes aller vous faire foutre, grince Mallory. Il s'agit de Gigi et de la bête de sexe, là-bas, qui lui fait les yeux doux. Mademoiselle Sainte Nitouche est-elle trop bien pour un biker dans son genre ?

Je grince des dents et dévisage Mallory. Parfois, je la hais, surtout dans ces moments-là, quand elle fait sa salope. Si elle n'était pas la sœur de Mary, elle ne traînerait pas avec nous. Mais elle la suit partout comme un petit chien. C'est les deux, ou rien.

Je lui réponds dans un sifflement, lui retournant son regard noir :

— Je ne suis pas prude.

— Mal, d'après tes normes, tout le monde à cette table est prude, dit Tamara en prenant ma défense.

Mallory glousse en renversant la tête en arrière.

— Tam, je sais bien que t'es pas prude. Pour ce qui est de ma sœur, elle pourrait tout aussi bien être nonne ! Et notre petite Gigi chérie que voici, dit-elle en agitant sa main vers moi – que je fais de mon mieux pour ne pas dégager d'un geste –, elle se dirige tout droit vers une vie sexuelle ennuyeuse à crever.

Les deux shots de tequila que j'ai déjà descendus, en plus de la bière que j'avais sirotée avant, commencent à faire effet. Entre les paroles agaçantes de Mallory, le mec chaud bouillant à l'autre bout du bar et l'alcool coulant dans mes veines, je suis prête à exploser.

Je resserre mes doigts autour d'un autre shot, et je sais déjà que je vais regretter toute cette soirée en ouvrant les yeux demain. Mais pour l'instant, j'en ai rien à foutre. Je me fous de cette conversation et par-dessus tout, je me fous de Mallory. Je ferais n'importe quoi pour la faire taire !

— Je t'emmerde, Mal. J'ai traîné au milieu de types comme lui toute ma vie. Je n'ai pas grandi dans un château, entourée de trous du cul privilégiés, comme toi. Un motard dur à cuire comme celui-là, ça ne me fait pas peur.

— Lance-toi ou tais-toi, chérie.

Mallory sourit, pensant avoir marqué un point et prouvé une fois de plus qu'elle est l'imprévisible du groupe, quand Mary et moi sommes de petites joueuses.

Quand je me lève, la chaise racle le sol. Mes jambes chancellent, mais il est trop tard pour faire demi-tour. Si je faiblis ne serait-ce qu'un peu, Mallory ne la bouclera jamais. Et la dernière chose que je souhaite, c'est lui fournir encore plus de munitions pour me tirer dessus.

Je porte la tequila à mes lèvres et la verse dans ma gorge. Cette fois, la magie de l'alcool aidant, je grimace à peine.

— Ne m'attendez pas ce soir.

Tamara me retient par le poignet avant que je puisse jouer la scène de ma sortie dramatique.

— Tu crois vraiment que c'est malin ? me demande-t-elle en faisant les gros yeux. Ne l'écoute pas. Tu sais bien que c'est une salope, Gigi, elle essaie juste de te faire chier.

Je retire mon bras de son emprise, plus certaine que jamais d'avoir pris la bonne décision. Je vais leur prouver à toutes qu'elles ont tort.

Je peux être sauvage.

Je peux être téméraire.

Je sais m'amuser, et je suis tout à fait capable d'aborder un motard sexy et dur à cuire sans bafouiller comme une idiote.

— Ça va bien se passer, Tam. Je ne serai de retour dans la chambre d'hôtel qu'au lever du soleil.

— Gigi, ne fais pas ça, supplie Tamara, essayant en vain d'attraper ma main.

— Une seconde. Je recule d'un pas.

Le visage de Mallory est balafré d'un sourire de mange-merde. J'observe l'air horrifié de Tamara et de Mary avant de leur tourner le dos et de traverser le bar bondé.

Foutue Mallory avec son sale orgueil qui me pousse à faire des conneries. Bon, ce n'est pas uniquement de sa faute : un certain Patrón est tout autant à blâmer que l'autre salope de rouquine assise à ma table.

Quand mon regard rencontre celui du bel étranger, toute pensée rationnelle et toute raison d'empêcher ce qui se dessine s'envolent par la fenêtre. Dieu qu'il est beau ! Il a ce look décoiffé de sortie de lit follement sexy, avec des boucles châtain éparpillées qu'on a tout de suite envie de toucher et de caresser. Devant le léger sourire aux commissures de ses lèvres qui découvre légèrement la blancheur de ses dents, je me sens un peu bête et je m'emmêle un peu les pieds, mais par miracle, je reste debout.

Je sors mon téléphone de la poche arrière de mon pantalon et déverrouille l'écran, tout en franchissant les derniers mètres jusqu'à ce type carrément canon.

Cet homme est loin d'être un étudiant sorti à une fête universitaire pour boire de la bière et flirter comme un gamin. Ça non. Pas lui. Il a plutôt l'air du type qui emmène une fille différente tous les soirs sur sa moto sans avoir une putain d'ombre de mauvaise conscience, n'offrant rien d'autre que du bon temps.

— Hey ! dis-je en essayant d'avoir l'air enjouée, excitée, plutôt qu'irritée et terrifiée. C'est quoi ton numéro, beau gosse ?

Mon regard va et vient entre mon téléphone et son visage.

Il fait un léger mouvement avec sa bouche et je m'apprête à recevoir une avalanche de questions qui ne viennent pas. Il répond juste d'une voix onctueuse :

— Hey, ma belle.

Oh mon Dieu.

Sa voix caresse ma peau comme du velours, elle est profonde et rauque. Je reste plantée là, incapable de bouger, fixant sa bouche entourée d'une barbe incroyable.

Je n'ai jamais embrassé un type barbu. Je me demande quel effet ça ferait de presser mes lèvres contre les siennes. Est-ce que ça piquerait ? *Ressaisis-toi, ma grande.*

— Je m'appelle Pike.

Il penche un peu la tête et la recule légèrement pour me détailler de la tête aux pieds.

J'ouvre la bouche et la referme. Je n'arrive pas à trouver le moindre truc à dire pour le moment. Je ne peux pas détacher mes yeux de lui et toute pensée, rationnelle ou non, semble inaccessible. Je ne sais pas combien de temps on est restés comme ça, à se regarder fixement. Longtemps. Franchement, trop longtemps.

Je marmonne finalement :

— Gigi, dis-je, comme si j'étais une imbécile profonde, incapable de prononcer plus de quelques syllabes.

Je ne semble pas fichue d'arracher mes yeux des siens. Je les trouve beaux, mais je ne saurais dire s'ils sont bleus ou verts avec l'éclairage merdique du bar.

— Tu veux toujours mon numéro ? demande-t-il en faisant glisser sa main sur son visage, recouvrant à moitié sa bouche pour cacher le sourire qu'il arbore.

Je hoche la tête – d'une certaine façon, je suis toujours muette. *Allez, Gigi.* À ce moment précis, debout devant ce motard sexy, qui s'appelle Pike donc, je suis exactement comme Mallory m'a dépeinte.

Pike relève le menton et je brandis mon téléphone. Il énumère les chiffres de son numéro.

— Je reviens tout de suite.

Je souris, ou du moins c'est ce que je crois faire. Avec la tequila, ça peut tout aussi bien ressembler à une grimace.

Par chance, Pike ne me demande rien d'autre. Il se contente de pencher la tête, toujours avec ce demi-sourire aux lèvres. Je lui tourne le dos et m'éloigne aussi vite que possible.

Quand je retourne à la table où Tamara, Mary et Mallory sont toujours assises, j'ai les yeux grands comme des soucoupes. Les filles me dévisagent, complètement incrédules.

— Tam, note son numéro. Si je meurs, tu sauras par où commencer les recherches.

— Ne fais pas ça, supplie-t-elle en cachant son visage dans ses mains.

— Contente-toi de noter son numéro.

— N'écoute pas Mallory, Gigi, me dit Mary, à qui je ne réponds qu'en secouant la tête.

— Tu le veux, ce numéro, oui ou non ?

Je fixe ma cousine, ignorant les autres filles.

— Je ne vais pas reculer, alors à toi de décider si tu couvres mes arrières ou pas, Tam.

— Putain, si tu meurs, dit Tamara tout en sortant son téléphone de son sac à main, autant que je crève aussi, parce que mon père et ton père me tueraient. Ils découvriraient tout à propos de nos fausses pièces d'identité, de nos cuites illégales, et ils sauraient que je t'ai laissé quitter ce bar avec ce motard complètement flippant.

Je tape du pied.

— Allez, va dans tes contacts, Tam, et écris. Je n'ai pas besoin d'un sermon.

Elle cède et acquiesce en silence. Ses doigts se dépêchent sur le clavier de son téléphone quand je lis le numéro sur l'écran du mien.

— Il s'appelle Pike.

— Bien sûr, marmonne-t-elle penchée sur son écran, je pense quand même...

— Pas la peine.

Je coupe court, tout en bloquant mon téléphone. Elle me dévisage, la mâchoire ouverte.

— Tout ira bien. Vous avez son nom et son numéro. Il ne va pas m'assassiner quand même... Regardez-le !

Je jette un œil par-dessus mon épaule et saisis à la volée son regard magnifique.

— Je le regarde, il est *clean,* commente Mallory, comme si une seule d'entre nous en avait quelque chose à foutre de son opinion.

J'avale difficilement ma salive, avec cette sensation soudaine de n'avoir rien bu depuis des jours.

— Ne m'attendez pas. À plus ! m'exclamé-je en tournant les talons en direction de Pike.

— Gigi ! crie Tamara, mais son éclat de voix se perd dans la musique et le brouhaha de la foule.

Je ne m'arrête pas pour autant. Je marche droit vers Pike en détaillant son t-shirt vintage, son jean déchiré, ses bottes de moto noires usées par la route, sa coupe sexy genre saut du lit, sa barbe impressionnante et son regard sublime. Je me plante devant lui et lui lance :

— On se taille ?

Il détache de sa bouche le goulot de sa bière, balaye mon corps des yeux et me répond dans un demi-sourire :

— J'ai bien cru que tu ne l'demanderais jamais.

— QUEL ENDROIT CHARMANT !

Voilà ce que dit la fille en entrant dans ma chambre d'hôtel, ce trou à rats. Elle lance autour d'elle des regards méfiants, comme si elle s'attendait à ce que quelque chose se jette sur elle et la morde.

— Je peux te raccompagner, si tu veux retourner avec tes amies.

Je vois bien qu'elle n'est pas à l'aise.

La fille – Gigi, si je me rappelle bien – laisse tomber son sac à main sur la moquette verte, se tourne vers moi et plante ses yeux dans les miens.

— Je ne partirai pas d'ici. Je suis exactement là où je veux être, dit-elle en titubant, clairement alcoolisée.

Pourquoi est-ce qu'elle a voulu que je l'emmène dans ma chambre d'hôtel, ça, ça me dépasse. Je ne crache pas dans la soupe pour autant. Quand une fille sexy me demande d'aller quelque part avec elle, je ne suis pas fou, je l'emmène où ça lui chante.

Le sexe et l'alcool, ça peut faire un bon mélange ;

mais baiser avec une fille si jeune, si elle est saoule, ça n'a rien de prometteur. Et c'est le genre de truc complètement con à faire. Je ne suis pas débile. J'ai couché avec suffisamment de femmes, ivres ou sobres, pour savoir reconnaître celles qui savent parfaitement ce qu'elles veulent et celles qui n'en sont pas si sûres.

Et là, vu sa façon de me regarder, je ne parierais pas sur le fait qu'elle ait toujours envie de ce qu'elle a demandé. J'attrape la bouteille de Jack Daniel's et remplis deux verres, un pour elle et un pour moi. Elle s'approche, j'en pousse un dans sa direction et porte l'autre à mes lèvres.

Elle prend le verre dans un mouvement lent et, tout en me dévisageant, le porte à ses lèvres.

— Pike, c'est ça ? demande-t-elle.

— C'est ça, poupée.

Je lui réponds à voix basse en la regardant renverser le verre contre sa bouche et avaler une pleine gorgée du liquide ambré.

— Je ne suis pas comme ça, d'habitude, dit-elle, grimaçant à la brûlure qui se répand dans sa gorge comme dans la mienne.

Je veux bien la croire. Rien dans son langage corporel ne trahit l'habitude des coups d'un soir. Elle ne m'a pas sauté dans les bras en entrant dans la chambre, n'a pas collé ses lèvres aux miennes. Je me suis presque senti coupable de l'avoir amenée ici, alors que c'est elle qui me l'a précisément demandé.

— C'est bien ce que je pensais.

Je me lève et vais m'asseoir au bord du lit, pose mon verre sur un genou et reste là, à regarder cette fille au cul sublime, avec sa chevelure brune de sauvageonne, ses grands yeux bleus et ses seins bombesques. Mais ce qui m'attire le plus chez elle, ce sont ses longues jambes bronzées, étincelantes et lisses.

— Mais c'est ici que je veux être, s'empresse-t-elle de dire, venant se planter devant moi tout en gardant une distance qui la maintient hors de ma portée.

Remarquant la perfection de sa peau éclairée par la lampe de chevet, je lui demande :

— Tu as quel âge ?

— Vingt-deux ans, répond-elle en évitant mon regard.

Elle est à la limite de mon terrain de chasse. J'ai vingt-six ans, alors pas question que je touche à des filles plus jeunes qu'elle. Les gamines peuvent toujours me chauffer à bloc, je ne fais pas dans le détournement de mineure.

Je bois une autre gorgée, les yeux rivés aux siens, tandis qu'elle tangue d'un pied sur l'autre à quelques pas des miens. En grand gentleman, je lui propose :

— On peut regarder la télé, si tu veux, ou discuter.

Je ne m'attendais vraiment pas à une soirée pareille. Quand une fille comme Gigi quitte un bar avec moi, je m'attends à passer une nuit torride. Et avant ce soir, je ne m'étais jamais trompé.

— Tu veux regarder la télé ? me demande-t-elle à mi-voix, s'arrêtant enfin de tanguer pour me dévisager en penchant la tête, un sourcil levé.

Je hausse les épaules, fixant cette belle créature devant mes yeux. On dirait une déesse grecque, sauvage mais contenue, ses cheveux ondulés couvrant ses épaules et sa poitrine.

— C'est pas comme ça que je voyais la soirée, mais tout me va. Disons que ça n'a pas l'air d'être ton truc.

Elle se met à taper du pied, vite et fort.

— Ça veut dire quoi, ça ?

— Ça veut dire ce que ça veut dire. On n'est pas obligés de baiser. On peut faire autre chose.

Pourquoi est-ce que cette fille me casse les couilles à ce point ? À sa place, les filles qui viennent avec moi d'habitude seraient déjà sur mes genoux, les lèvres sur les miennes, se frottant contre mon membre à travers mon jean, chaudes à point. Mais elle, non. Elle me fixe à un bon mètre de distance, sans bouger le moindre muscle, loin de se jeter dans mes bras. J'essaie de me comporter en gentleman, mais elle a l'art de mettre ma patience à l'épreuve.

Elle pose bruyamment son verre de Jack et le fait glisser sur la table de chevet. Elle s'approche jusqu'à ce que ses jambes touchent mes genoux. Je lui jette un coup d'œil, et cette fois c'est moi qui reste immobile.

— J'ai envie de toi, murmure-t-elle en posant ses mains sur mes épaules.

Son regard s'intensifie quand ses doigts touchent ma peau au-dessus de mon col. Elle me caresse la nuque avec des mouvements lents.

— J'ai envie que tu me baises, Pike.

Qu'est-ce que j'ai bien pu dire pour qu'elle bascule tout à coup ? Trente secondes avant, j'aurais mis ma main à couper qu'on était bons pour mater un film ou, à la limite, pour retourner au bar.

Mais là... Là, elle me bouffe des yeux, déterminée comme jamais.

Elle s'approche, lève une jambe, l'une après l'autre, pour venir coller ses genoux contre mes cuisses en montant sur le lit. Je glisse mes mains sur ses hanches. Je maintiens sa taille pendant qu'elle me chevauche, son entrejambe contre le mien.

Son baiser est brouillon, bâclé, et si ses lèvres ont le goût de Jack, son haleine sent la tequila. Ses mouvements sont désordonnés, tirant des sonnettes d'alarme tout autour d'elle.

Je fais glisser mes mains sur elle jusqu'à saisir ses bras et la détache de moi en demandant :

— Tu es saoule ?

— Non, répond-elle rapidement en cherchant ma bouche à nouveau.

Je resserre ma prise sur le haut de ses bras et elle se plaint d'un léger cri.

— Tu n'es pas saoule ?

Elle me toise avec insolence, prête à me dire des horreurs.

J'essaie de calmer le jeu :

— Ma belle, ça n'a pas d'importance que moi je sois saoul. Je suis sûr de moi. Mais si tu l'es, ça change tout.

Elle essaie de se dégager de mon emprise en se trémoussant, mais je la maintiens fermement, mes mains toujours sur ses bras pendant que son corps se trémousse sur mes genoux, ce qui n'arrange pas ma gaule.

— Ça ne change rien du tout. J'ai envie de baiser, c'est tout.

Ça ne me dit rien du tout de devenir le regret de quelqu'un. Je ne veux pas être la plus grosse erreur de sa vie demain à son réveil, ni même la plus grosse de la semaine. Ce que je veux, c'est baiser avec une femme qui a envie de moi, sans avoir besoin de chercher dans l'alcool le courage de sortir de sa zone de confort pour se délurer un peu.

D'un mouvement rapide, je la soulève en l'air et la plaque sur le lit, à plat dos. Aucune chance que je m'allonge avec elle, je me redresse vite en m'éloignant alors qu'elle cligne des yeux, apparemment choquée.

— C'est quoi ce bordel !? siffle-t-elle.

Elle tente de s'asseoir mais retombe en arrière.

— C'est quoi ton problème ?

— Les meufs bourrées, c'est pas mon truc.

Je me passe les doigts dans les cheveux en arpentant l'espace au pied du lit.

Elle grogne :

— Je suis pas bourrée.

Vu son comportement, elle n'a pas l'habitude de ce genre de scène. Si je jette de l'huile sur le feu, elle pourrait bien m'exploser à la gueule.

— Putain...

— Bon, dit-elle en se caressant, tu vois ce que je veux ? C'est ça que je veux !

J'attrape la bouteille de Jack en marchant vers la table et les deux chaises qui sont sous la fenêtre.

— Faut que je réfléchisse une minute.

J'essaie de gagner du temps et de trouver un moyen d'envoyer chier cette fille une bonne fois pour toutes.

Elle n'est ni timide ni docile. Elle est rapide à la détente et je me doute que si je m'y prends mal, elle est capable de péter les plombs et de partir comme une folle.

— Sers-m'en un, dit-elle en essayant de s'asseoir à nouveau. Mais elle retombe en arrière encore une fois, dans un bruyant soupir.

Je remplis mon verre et repose la bouteille sur la table avant de m'affaler dans la chaise.

— Non. Je pense que tu as eu ta dose pour ce soir.

— T'es pas mon père, lâche-t-elle en serrant la couverture dans ses poings et en fermant les yeux.

— Tu as de la chance que je ne le sois pas. Je t'en collerais une bonne en te voyant dans cet état.

Elle lance un bras en l'air en s'esclaffant :

— V'là qu'il a une conscience !

— J'ai toujours une conscience.

Je porte le verre à mes lèvres en regardant vers la porte. Je me demande si je devrais la planter là ou la ramener au bar... Je suis tenté de la laisser ici le temps qu'elle dessaoule. La dernière chose que je voudrais serait qu'elle pose son cul sur ma moto ; elle est tellement ivre qu'elle serait capable de glisser et de tomber sur le trottoir.

— Monsieur le Biker dur à cuire a une conscience ! Elle se met à rire. Monsieur le queutard refuse de me baiser parce que j'ai bu quelques verres. Elle marque une pause avant d'ajouter en ricanant : quelque cinq ou sept verres, peut-être...

Je jette un œil vers elle, mais elle est toujours aplatie sur le lit les yeux fermés, son corps immobile, si ce n'est sa poitrine soulevée par ses rires.

— Quel que soit le nombre de verres, ils étaient trop nombreux.

Elle ouvre les yeux un moment, le regard encore flou tandis qu'elle tourne la tête vers moi.

— Venant de toi, ces mots valent leur pesant d'or !

J'avale la moitié du verre de Jack en essayant de ne pas péter les plombs, parce que cette fille commence sérieusement à me taper sur le système.

— Venant de moi ?

Qu'est-ce qui déconne chez moi ? Il y a une heure, je me foutais complètement de savoir si elle était chiante ou pas. Je voulais juste la baiser et jouir. Et maintenant elle est là, couchée sur mon lit à me balancer des insultes et des pseudos-compliments parce que j'essaie de me comporter comme il faut.

— Eh oui. Tu es rien qu'un biker de merde, mec.

— Pourquoi tu m'embrouilles avec ton biker de merde ? Je suis juste un mec qui voulait baiser.

— Tu vois...

Elle secoue sa main dans ma direction avant de la laisser retomber sur le lit comme si elle pesait une tonne.

— Y a qu'un biker de merde pour dire ça. Elle ferme à nouveau les yeux. Je ne dis rien, à quoi bon ? Je voulais juste m'envoyer en l'air et me sortir Erik de la tête. C'est vraiment trop demander ?

Elle comptait sur du sexe de consolation. Pour oublier quelqu'un. Je peux comprendre ça, même si peu de femmes ont suffisamment compté pour moi pour être capables de me briser le cœur.

Je ne prends pas la peine de lui poser des questions. Je me fiche pas mal de cet Erik, là où j'en suis, et même de cette grande gueule étalée sur mon lit. Je me mure dans le silence et me sers un autre verre pendant qu'elle continue à parler.

— Il y a sûrement quelque chose qui cloche avec moi. Erik était nul au pieu. Ou est-ce que c'était moi qui me débrouillais tellement mal que je n'étais même pas foutue de jouir ?

Elle est vraiment complètement saoule pour vider ses tripes comme ça. Je n'interviens pas mais elle n'a besoin de personne pour continuer.

— Et si Monsieur le biker de merde ne veut même pas me baiser quand je m'offre à lui, alors je dois être le problème. Deux mecs. Deux vauriens. Ça vient forcément de moi.

J'aimerais lui dire que ça ne peut pas être de sa faute. Elle est magnifique – même si c'est une emmerdeuse. Je ne connais pas un seul mec censé qui ne voudrait pas s'occuper de son corps pendant des heures jusqu'à lui donner un foutu orgasme – ou tellement d'orgasmes qu'elle finisse par manquer d'oxygène.

Je porte le verre à mes lèvres en marmonnant dans la liqueur, en faisant le moins de bruit possible parce que je ne veux pas rentrer dans ses divagations. Quel soulagement quand elle se tait enfin et que ses légers ronflements remplissent la chambre.

Je lève les yeux au ciel et murmure :

— Enfin, putain ! murmuré-je, me demandant ce que j'ai bien pu faire pour mériter une nuit de merde pareille. J'ai eu chaud...

Tout ce que je voulais, c'était passer du bon temps. Et au lieu de ça, me voilà flanqué d'une fille que je ne connais même pas étendue sur mon lit, ronflant comme une bienheureuse.

Je suis tenté de partir, de retourner au bar pour finir la nuit à ma façon. Mais je ne peux pas m'y résoudre. On ne se connaît peut-être pas, mais je ne peux pas la laisser seule dans cette chambre. Je ne veux surtout pas qu'en se réveillant, elle se fasse de mauvaises idées. Je ne suis pas un gentleman, mais je ne suis pas non plus un connard fini. Je n'ai pas besoin de problèmes supplémentaires dans ma vie. J'en ai déjà assez bavé pour m'émanciper et quitter mes parents.

Je balance ma tête en arrière en avalant la fin de mon verre, avant de me mettre debout et d'aller jusqu'au placard.

— Tu sais ce qu'il te reste à faire, Pike.

Je sors une couverture et m'apprête à passer la nuit dans le canapé minable, près de la porte.

Ça risque d'être la nuit la plus longue de toute ma vie. Et j'ai comme l'impression que ça ne va pas s'arranger demain matin.

trois

— OH, merde !

Voilà ce qui me vient dans un murmure quand, en tournant ma tête de côté, je vois le mec sexy d'hier soir affalé sur le canapé.

Est-ce qu'on l'a fait ?

La réponse est définitivement non, vu que j'ai toujours mes fringues sur moi et qu'elles ont l'odeur infecte des lendemains de cuite et de tabac froid.

Quand je tente de m'asseoir, un violent mal de tête me renvoie en arrière, me faisant aussitôt regretter la tequila. Je chuchote en fixant le plafond :

— Mauvaise nouvelle : j'ai une migraine. Bonne nouvelle : je suis toujours en vie.

J'ai peut-être une chance de pouvoir me faufiler en dehors du lit et traverser la chambre sans réveiller le dur à cuire. Je pose un pied par terre, le corps toujours à plat sur le matelas et le couvre-lit dont le dernier lavage doit dater d'avant ma naissance. Je chasse vite cette pensée tout en enfonçant mes orteils dans l'épaisseur de la moquette sale. Quand je me glisse hors du lit, j'ai l'impression de faire un exercice d'évacuation incendie. Ça me rappelle ce qu'on nous apprenait pendant la semaine de sécurité incendie à l'école primaire : stop, tombe, roule.

Je ne regarde pas par terre, histoire de ne pas faire une fixation sur cette foutue moquette poisseuse qui colle sous mes mains, tandis que je me rapproche lentement de la porte à quatre pattes. Je retiens mon souffle pour ne pas réveiller le type, et grimace sans interruption parce qu'un petit gnome joue du tambour dans mon crâne.

Alors que j'arrive à la porte, toujours à quatre pattes et en apnée, je jette un coup d'œil vers le mec endormi. Quand j'approche mes doigts de la poignée et passe en position accroupie, mon évasion touche à son but.

Je ne veux pas être ici quand le type se réveillera. Il est sûrement contrarié qu'on n'ait rien fait. Mallory m'avait tellement fait chier la veille, que j'avais fini par venir ici dans l'idée de m'envoyer en l'air méchamment ; et puis après tout, les vacances de printemps étaient le moment idéal pour faire quelques folies...

— Tu vas où comme ça, poupée ? me demande la même voix qu'hier, toujours aussi sensuelle et profonde, sortie du sommeil.

Je reste figée sur place.

— Je voulais te laisser dormir.

Il lance un bras derrière sa tête et par-dessus le dossier du canapé, m'attrape le poignet avant que je puisse ouvrir la porte :

— Tu es pressée ? Son emprise est légère. Je me disais qu'on pourrait prendre un petit-déjeuner.

Mes yeux s'écarquillent et ma mâchoire en tombe :

— Tu veux qu'on prenne un petit-déjeuner ?

Il resserre ses doigts autour de mon poignet sans me faire mal. Son emprise si délicate me prend complètement au dépourvu ; je n'essaie même pas de m'en défaire.

— C'est ce que les gens font le matin, d'habitude.

— Mais...

Je déglutis. Je n'ai pas une folle envie de reparler d'hier soir, mais je pense qu'il faut mettre les pieds dans le plat.

— Mais on ne l'a pas fait.

— On ne l'a pas fait ? répète-t-il après moi tout en roulant sur le côté, sa main toujours sur mon poignet, jusqu'à ce qu'on soit face à face. Sérieusement ?

J'acquiesce en haussant les épaules. Je me sens peut-être encore plus stupide que j'en ai l'air. Et le fait d'être à quatre pattes à essayer de me faufiler hors d'ici les cheveux en pétard n'arrange rien.

Le type se met à rire.

— Non, chérie. *On ne l'a pas fait.* Mais j'ai faim, et je parie que ta gueule de bois aurait bien besoin d'un petit remontant calorique.

Je fronce les sourcils, pas sûre de bien comprendre. Je suis peut-être encore saoule et à côté de la plaque.

— Tu veux m'emmener prendre un petit-déjeuner ?

Il lâche mon poignet et se frotte le front, se remettant dans le canapé, les coudes sur les genoux.

— Apparemment, elle n'est pas aussi maline qu'elle en avait l'air, marmonne-t-il pour lui-même. Voilà ce qu'il m'en coûte d'avoir voulu me taper la bimbo.

Je me redresse sur mes genoux, le dos droit, et le

regarde en clignant des yeux, la bouche grande ouverte :

— C'est moi, la bimbo ?

Il relève la tête et me toise :

— Tu te fous de moi... ?

— Pike, c'est ça ?

Je vérifie, parce que tout ce qui concerne la soirée de la veille est un peu flou, ce qui me semble un peu bizarre, parce que je n'ai pas bu *à ce point-là*. Mais il y avait longtemps que je n'avais pas pris d'alcool fort. Il acquiesce et je me lève :

— Je ne me fous pas de toi. Mais est-ce que toi, par hasard, tu ne te foutrais pas de moi ?

Il se rejette en arrière dans le canapé en passant ses mains dans ses cheveux décoiffés, toujours aussi séduisant :

— À propos du petit-déj ?

— À propos de tout !

Il plonge ses yeux verts de rêve dans les miens et son regard s'intensifie :

— J'ai faim. Pas toi ?

— Si.

— Alors, allons manger.

Mon estomac gargouille et je murmure :

— Ok.

Après tout, ça ne serait pas si déplaisant de partager un repas avec lui. On n'aura pas de Jack pour nous délier la langue, mais au moins, ça me fera gagner un peu de temps avant de retourner dans ma chambre et d'affronter Mallory.

— Eh, poupée... commence-t-il. Il marque une pause, immobile, toujours assis.

— Oui ?

L'instant d'après il est debout, sa main relevant mon visage vers lui, ses yeux plantés dans les miens :

— T'étais une des filles les plus sexy là-bas. Tu es un peu cinglée sur les bords et tu ne tiens pas l'alcool, mais tu es super attirante.

Mes jambes chancellent un peu sous l'effet de ses mots et de son regard. Je dis tout bas :

— Là, tu te fous vraiment de moi, dis-je en ayant du mal à déglutir parce qu'à ce moment-là, j'ai envie de lui tomber dans les bras et de finir ce qu'on a commencé hier. Mais je ne dis pas non pour aller manger un bout.

Un frémissement parcourt sa bouche alors qu'il passe doucement son pouce sur ma lèvre inférieure :

— Je pourrais manger un bout, moi aussi.

Oh, bordel. Je sais qu'il ne parle pas du petit-déj.

Ma bouche est complètement sèche quand j'essaie d'articuler :

— Donc, le petit-déjeuner... même si mon estomac a oublié sa faim. J'ai plutôt l'impression qu'une horde de minuscules papillons vole partout dans mon ventre. Je me détourne vers la porte, mais il m'attire à nouveau vers lui.

Il regarde au sol, mais je garde mes yeux résolument plantés dans les siens.

— Tu vas peut-être avoir besoin de chaussures.

Je ferme les yeux. J'aimerais pouvoir remonter douze heures en arrière et tout recommencer. Si je pouvais, il y a beaucoup de choses que je ferais différemment. Et j'aurais peut-être une chance de ne pas passer pour une débutante devant ce sacré beau morceau de motard chaud comme la braise.

J'ai le visage en feu et j'aimerais autant disparaître

dans un trou de souris jusqu'à ce que mort s'ensuive. Je murmure, sans pouvoir le quitter des yeux :

— Oui. Des chaussures, ce serait bien.

Il me relâche, sans bouger d'un pas pour autant. J'ai l'impression de ne pas pouvoir me détacher de lui, comme s'il avait jeté sur moi un filet invisible. C'est peut-être dû au fait que je manque cruellement d'action ces derniers temps, ou parce que chaque fois qu'il me regarde, je peux lire l'envie dans ses yeux... et ce n'est pas une envie d'œuf au bacon.

— Des sandales, suggère-t-il avant d'aller s'asseoir sur le canapé et d'enfiler une botte.

— Oui... dis-je tout en restant le cul planté là, trop occupée à suivre ses moindres gestes, complètement hypnotisée par les mouvements de ses muscles sous sa peau tatouée.

— Je dois t'aider à les mettre ?

Je répète « oui » d'une voix blanche, parce que mon cerveau est embrouillé et que je suis incapable de me concentrer.

— Attends, non ! m'exclamé-je en agitant les mains alors qu'il se met debout. C'est bon.

— Eh ben, je vais me mettre à croire aux miracles, plaisante-t-il en reposant ses fesses dans le canapé pour attraper son autre botte.

Je me maudis en silence, tout en m'approchant près du lit où il a soigneusement rangé mes tongs l'une à côté de l'autre. Je les enfile et ferme les yeux, essayant de me calmer.

— On va beaucoup marcher ?

— Oh que non. On va prendre ma moto. Ça ne te dérange pas ?

D'une certaine manière, ça me fait sourire. Erik et Keith n'avaient pas de moto. Aux rugissements d'une bécane, ils préféraient leurs voitures de sport. Mais c'étaient des gamins, quand Pike a tout d'un homme.

— Oh que non, dis-je en répétant ses mots sur le même ton que lui. Laisse-moi juste me rendre à moitié présentable.

Je n'attends pas son feu vert et me dirige vers la salle de bain où je m'enferme. Le dos contre la porte, je décompresse un moment. Quand j'ai répété « putain de merde » une bonne dizaine de fois, je m'approche du lavabo pour évaluer ma tête de post-tequila. Je me sers d'un petit savon que je trouve encore emballé à côté du robinet pour effacer les traces de mascara. Je sèche mon visage et suis au bord de faire une crise de joie quand je tombe sur son dentifrice. Je me brosse les dents avec un doigt, ôtant de ma bouche le goût rance de la veille. Je me regarde dans la glace, essuyant le dentifrice de mes lèvres.

— Ça va le faire, dis-je à voix haute.

Quand je sors de la salle de bain, il est posté devant la porte d'entrée. Il m'indique l'extérieur d'un mouvement de tête.

— Allons-y ! Je crève de faim et il se fait tard.

Je le devance en sortant et protège mes yeux de l'éclat du soleil.

— Quelle heure est-il ?

— Une heure.

— Une heure !?

Je m'égosille en réalisant que j'ai dormi la moitié de la journée.

— De l'après-midi ?

Il se tient debout juste derrière moi et rit de mes bêtises. Je ne fais aucun effort pour dissimuler la stupidité dont je fais particulièrement preuve quand je suis dans son collimateur.

— Non, poupée. Le soleil a choisi de sortir en pleine nuit juste pour toi.

Quand il arrive à mes côtés, je lui donne une claque sur la poitrine :

— Sois pas con.

— Ne me facilite pas la tâche.

— Je ne t'ai jamais facilité la tâche, Pike.

Il sort un paquet de cigarettes de sa poche et le tapote dans une main.

— C'est sûr. J'ai appris ça à mes dépens, dit-il en me narguant, et je fais tous les efforts du monde pour ne pas lui donner d'autres claques.

— Hum, Pike ?

— Oui ?

Je prends une mèche de cheveux dans mes doigts et la passe derrière mon oreille :

— Tu peux ne pas fumer ?

— Tu es sérieuse ?

— Euh, oui. J'aime pas ça, et c'est pas bon pour toi.

Il penche la tête de côté mais, préférant ne pas se battre, il remet la cigarette dans son paquet.

— Ça peut attendre.

Je refoule un sourire de victoire.

Une heure plus tard, on s'empiffre de pancakes comme si c'était un sport olympique et qu'on bataillait pour la médaille d'or.

Je lui demande :

— Tu as quel âge ?

— Vingt-six. Et toi ?

— Je te l'ai dit hier soir : vingt-deux.

Ce qui est faux, bien sûr, mais je ne vais pas le lui dire maintenant que j'ai menti, après tout ce qui s'est passé. J'aurai vingt et un ans dans un petit mois, quoi qu'en dise la fausse carte d'identité qui est dans ma poche.

Pike acquiesce, fourrant dans sa bouche une autre fournée de pancakes, et me dévisage en mâchant lentement. Je me trémousse sur ma chaise, m'attendant à ce qu'il m'accuse de dire des conneries, mais il laisse passer.

Il me demande :

— Tu viens d'où ?

— Miami. Et toi ?

— Du nord.

— Du nord de la Floride ?

— D'un peu plus loin.

Je lève les yeux au ciel. Ma réponse est un mensonge, mais au moins, je ne me suis pas contentée de dire « du sud. »

— Et sinon, tu passes ta vie sur ta moto avec une bande de bikers ?

Je pose ma fourchette, parce que si je n'arrête pas de manger maintenant, je vais avoir besoin d'aide pour m'extraire d'ici et je vais devoir aller faire une sieste.

Pike se met à rire, et c'est ce qu'il y a de plus beau à voir au monde. Le Pike sérieux est une bombe sexuelle, mais le Pike qui se marre me coupe le souffle.

— Non, poupée. Je ne suis pas ce genre de motard. J'adore faire de la moto, mais je ne suis pas dans un club de bikers ou un truc comme ça.

— Alors, qu'est-ce que tu fais ?

Comme il est du genre évasif, si je ne pose pas de question, je ne vais pas tirer grand-chose de lui.

— Je suis tatoueur.

J'ouvre de grands yeux, parce que je sais que la

communauté est à la fois grande et petite. C'est un oxymore, soit, mais je mesure la probabilité que tout tatoueur dans le sud connaisse ma famille, et elle est sacrément grande. Inked y est l'un des salons de tatouage les plus renommés, après être apparu des douzaines de fois dans les magazines, ces dernières années.

— Ça a l'air cool.

Je m'adosse à la banquette en triturant ma serviette.

— Et toi, qu'est-ce que tu fais ?

— Pour l'instant, je suis entre deux jobs, mais je cherche du boulot comme créatrice graphique.

Techniquement, je ne mens pas. Je vais bientôt embaucher, mais je fais l'impasse sur l'école. Et je vais bien faire de la création graphique, mais ni sur du papier, ni en format digital. Je le ferai en tatouant des gens, tout comme lui.

— Tu utilises quel procédé ? demande-t-il en sauçant le lac de sirop dans son assiette avec sa dernière bouchée de pancakes.

— Traditionnel. J'aime dessiner à la main.

— Moi aussi. Les filles d'hier soir... des collègues ?

— Merde ! Je les ai complètement oubliées !

Je sors mon téléphone de mon sac mais réponds avant de regarder l'écran :

— L'une d'elles est ma cousine, mais on bosse toutes ensemble, et on s'est dit que Daytona était le bon plan de la semaine.

Je baisse les yeux et découvre les cinq appels manqués et les dix textos de Tamara. Mon regard s'agrandit à mesure que je lis ses SMS complètement dingues.

Tu vas bien ?

Hey, connasse, je m'inquiète.

Tu es vivante ou tu es morte ?

Petite pute... Tu ferais bien de me répondre !

Je sais que tu es très occupée à sucer des queues et tout, mais utilise tes doigts pour me répondre, salope.

Putain de merde. J'appelle la police ou quoi ?

Tu as intérêt à être morte pour ne pas me répondre.

Dès qu'on se revoit, je te tue.

OMG. Si tu es morte, ton père va me tuer, ensuite mon père va me tuer... Je suis trop jeune pour mourir ! Je te déteste.

— Elles te cherchent ? me demande-t-il alors que je me bouffe la lèvre inférieure en écrivant une réponse.

Je petit-déj. Ça va. Très bien, même. T'inquiète pas comme ça. Je t'enverrai un SMS plus tard, et on pourra se retrouver pour l'apéro.

— Non. Ça va. Elles savent que je suis toujours prudente.

— Tu sais que ce que tu as fait hier soir, c'était *pas* prudent.

— Je suis vivante, non ? dis-je en le toisant.

— Si tu étais partie avec quelqu'un d'autre, tu ne le serais peut-être plus. Tu ne peux pas aborder un étranger comme ça dans un bar, lui demander s'il veut se casser avec toi, en étant complètement cuite en plus, et être certaine de t'en sortir saine et sauve.

— Mais je suis saine et sauve.

Je hausse les épaules, mon téléphone vibre dans ma main.

Dieu merci, putain ! J'allais appeler oncle James ou oncle Thomas.

— Tu ne ressemblais pas à un serial killer.

Pike se recule contre le dossier de la banquette,

l'air grave, en croisant les bras sur sa poitrine, ce qui fait ressortir ses muscles et ses tatouages.

— Et à quoi ressemble un serial killer ?

— J'en sais foutre rien, mais pas à toi.

Je souris parce qu'il a raison, mais je ne vais pas l'écouter me faire la morale.

— Je suis vivante et bien vivante.

— Parce que tu es tombée sur moi. Si tu étais partie avec quelqu'un d'autre, ça aurait pu se passer tout autrement.

Je me penche en écartant mon assiette vide, et observe ce type sensuel me faire un sermon sur la sécurité personnelle.

— Tu n'es pas mon père, Pike, alors merci pour la leçon, mais je n'en ai pas besoin. J'avais envie de m'amuser un peu et, bon, ça n'a pas été possible, ce qui n'est peut-être pas plus mal.

On pense être au Froggy dans une heure. Tu nous y retrouves ? Et ramène ta bombe sexuelle, avec ses amis s'il en a.

— Ok, on n'en parle plus.

— Bon, mes potes vont au Froggy, si ça te dit d'y aller… Mais j'imagine qu'après ce qu'il s'est passé cette nuit, tu as plutôt envie de te débarrasser de moi et de trouver quelqu'un d'autre. Donc, si tu veux bien me déposer là-bas et ensuite, chacun trace sa route.

— Tu vas remettre ça avec quelqu'un d'autre ce soir !?

Je fais de mon mieux pour rester impassible, tout en haussant les épaules :

— Je ne sais pas. Le jour est court, quand la nuit est longue…

Pike serre la mâchoire, cligne des yeux et coupe court :

— Je viens.

— Ne te sens pas obligé, surtout. Je n'ai pas besoin d'un garde du corps, et encore moins si je ne le connais pas. J'ai vécu toute ma vie sans que tu me protèges, je pense pouvoir survivre une nuit de plus.

Pike se penche vers moi, nos poings se touchent sur la table. Il me dévisage.

— Tu n'as pas besoin de moi pour te surveiller, je sais, mais si tu quittes le bar avec quelqu'un ce soir, ma belle, ce sera avec moi. On a commencé quelque chose hier, et je suis un homme qui aime aller au bout de ce qu'il commence.

Je le taquine en papillonnant des yeux.

— C'est tellement romantique...

— Tu veux du romantisme ? Je peux te la jouer romantique. Mais si tu veux baiser, ce sera avec moi. Quoi que tu veuilles, je serai l'homme de la situation.

Spontanément, je lâche :

— Mais pourquoi ?

Je suis étonnée qu'un motard ultra sexy comme lui veuille se coltiner une fille comme moi toute la journée.

— Parce que tu sembles bien décidée à passer du bon temps, et personne n'est mieux équipé que moi pour t'en donner. Tu veux détacher tes cheveux et la jouer sauvage ? Je reste avec toi ! La seule chose que je ne ferai pas, ajoute-t-il en posant la main sur son cœur, c'est de laisser un autre homme te donner ce que tu veux.

Ses paroles me coupent le souffle autant que s'il m'avait frappée au ventre. Je devrais le haïr, lui dire d'aller au diable, lui balancer que je peux m'éclater avec qui ça me chante – d'autant plus qu'il y a l'embarras du choix, cette semaine, il peut me croire.

Mais ce mec-là est vraiment séduisant, et comme a dit Mallory : le meilleur moyen d'oublier Erik est de passer sous quelqu'un d'autre. Alors je réponds simplement :

— Ok.

S'il me faut quelqu'un d'autre, autant que ce soit ce canon-là, qui me regarde comme s'il était affamé, même après avoir mangé une quantité inconcevable de pancakes.

Il se détache de la table et fouille dans sa poche :

— Allez, on se casse. La fête nous attend !

— Je n'ai pas envie d'aller au bar.

La seule idée de boire de l'alcool me retourne l'estomac.

— Je t'emmène où tu veux.

— Ramène-moi dans ta chambre.

JE POUSSE la porte de la salle de bain, en coinçant une serviette autour de ma taille et me fige brusquement. Gigi est au milieu de la pièce, toujours drapée dans sa serviette, et passe ses doigts dans les boucles en bataille de ses cheveux humides.

— Tu aurais une brosse ? demande-t-elle.

Je laisse mon regard parcourir son corps et en particulier ses longues jambes bronzées. Elle se tourne vers moi.

— Non.

Je trouve à peine mes mots, hypnotisée par son corps toujours enveloppé dans la fichue serviette.

Elle avait dit qu'elle s'habillerait avant que je ne vienne dans la salle de bain me faire un brin de toilette. Quand elle est sortie, elle serrait ses vêtements sales en boule contre sa poitrine, comme une barrière entre nous.

— Je m'en doutais, vu tes cheveux…

Elle indique ma tête d'un mouvement de menton, souriant devant ma tignasse décoiffée. Mes cheveux sont toujours sens dessus dessous, et j'ai abandonné depuis longtemps l'idée de les discipliner.

Je passe mes mains sur ma nuque, essayant de les occuper autrement qu'en arrachant la serviette enroulée autour de son corps et en les posant sur elle.

— Je peux sortir t'en acheter une vite fait.

— Non, souffle-t-elle en faisant un pas vers moi. Ne t'en va pas.

Je suis toujours immobile, dans l'encadrement de la porte de la salle de bain. J'ai l'impression d'avoir les pieds collés au sol. À part ma poitrine qui se soulève et mon cœur qui bat trop fort, la seule partie de mon corps qui n'est pas figée, c'est mon sexe.

Elle approche sa main de mon visage, mais j'attrape son poignet.

— Ne commence pas ce que tu n'es pas sûre de vouloir finir, poupée.

Je lui parle gentiment, mais fermement. Je dois la mettre en garde, parce qu'après la nuit dernière et maintenant, alors qu'on se tient là tous les deux dans nos serviettes, mon désir pour elle me rend fou. Je rêve de la pénétrer profondément.

L'envie brûle dans ses yeux comme dans les miens.

— Et si je ne veux pas arrêter ? me lance-t-elle sur un ton de défi, s'approchant jusqu'à ce que sa serviette frôle ma poitrine.

— Peut-être que j'en ai envie autant que toi.

— Peut-être ne veut pas dire oui, Gigi. Je ne veux pas qu'il y ait le moindre doute à ce sujet. Et je suis tellement sous pression, là, que je pourrais éclater.

De sa main libre, elle touche ma queue à travers le tissu rêche de la serviette. J'inspire et ferme les yeux, contractant mes doigts sur son poignet :

— Gigi.

Elle me caresse à m'en faire trembler les jambes.

— J'ai envie de toi, Pike. J'en ai envie depuis que j'ai posé les yeux sur toi.

J'ouvre les yeux et baisse la tête, observant son beau visage et son doux sourire.

— Tu ne sais pas ce que tu demandes...

— Je te demande de me baiser.

Elle resserre son emprise et bouge sa main plus vite, jusqu'à me rendre si dur que j'en ai le souffle court.

— Je sais parfaitement ce que je demande, Pike. Mais si c'est quelque chose que tu ne peux pas me donner...

— Je peux te donner tout ce que tu veux.

Je prends son visage dans le creux de ma main et approche ma bouche de la sienne.

— Je veux goûter ta bouche.

Je passe un pouce le long de sa lèvre.

— Je veux goûter ton corps entier.

Au moment où mes lèvres se collent aux siennes, elle attrape le haut de ma serviette et retire le tissu de ma taille. Je découvre enfin le goût de sa bouche dont je rêve depuis la veille. Je glisse une main dans ses cheveux, tenant toujours son visage et mêlant mon gémissement au sien. Sa serviette tombe à nos pieds, je sens sa peau contre la mienne. Ça me fait l'effet de millions de petites décharges électriques.

Elle me tient doucement les hanches alors que ma main descend dans son dos, mémorisant sa courbure, jusqu'à ses fesses. Je murmure contre ses lèvres :

— Ce que tu es douce.

Elle chuchote en retour :

— Ce que tu es dur...

Elle fait glisser le bout de ses doigts sur mon ventre, jouant à caresser le V qu'il dessine.

Mon plexus se tend sous sa main qui traîne en effleurant ma peau, donnant la chair de poule à mon corps tout entier.

Elle est hésitante. Je vois bien à ses mouvements qu'elle n'a pas l'habitude de faire ça. La plupart des femmes seraient focalisées sur mon sexe, mais pas elle. Elle est occupée à découvrir le reste de mon corps, à l'explorer, délaissant ce qui d'habitude en est la principale attraction.

Je détache mes lèvres d'elle. Je dois lui proposer une autre porte de sortie. C'est une grande gueule, mais peut-être qu'à présent, la réalité de ce qui est en train de se passer la rattrape.

— On n'est pas obligés de faire ça.

Elle secoue la tête et me regarde d'un air abattu :

— Je veux le faire. J'ai juste besoin qu'on n'aille pas trop vite, OK ?

— Je n'ai pas l'intention de me presser, ma belle. Prends tout le temps que tu veux, parce que je vais prendre le mien, dis-je avec un sourire en coin, nos visages à deux doigts l'un de l'autre.

Il y a quelque chose de très intense dans le fait de regarder quelqu'un d'aussi près ; de très intime. J'en ai rarement fait l'expérience. Je ne m'occupe jamais des émotions dans les yeux des femmes, ou de la tendresse dont elles pourraient avoir besoin. Mais Gigi est différente. Et je suis différent avec elle.

Elle laisse échapper un léger soupir, se hisse sur la pointe des pieds pour me donner sa bouche à nouveau et cette fois, je ne la retiens plus. Je passe ma langue sur sa lèvre inférieure et me délecte de la saveur de menthe et de fraise que j'y trouve.

Mais à ce moment-là, elle recule d'un pas :

— Je dois être honnête avec toi, me prévient-elle en me retenant à l'écart, tout en gardant ses yeux plantés dans les miens. Je n'ai pas connu beaucoup d'hommes, et j'étais toujours en couple quand j'ai couché avec eux. C'est tout nouveau pour moi, ce qu'on fait là. J'ai besoin que tu le saches...

— Je n'ai rien besoin de savoir.

Elle papillonne des paupières en me dévisageant, comme surprise par mes mots.

— Mais si je suis nulle ?

— Tu ne peux pas être nulle à quoi que ce soit. Il ne s'agit pas d'être doué ou pas. Fais ce qui te paraît bon et agréable. Fais comme tu le sens, et je te promets que ça sera bon pour moi autant que pour toi.

Elle acquiesce, apparemment satisfaite par mon discours. Je n'ai jamais compris cette façon de voir les choses. Je n'ai jamais passé un mauvais moment au lit avec une partenaire, quel que soit son niveau de compétences ou le nombre de ses conquêtes précédentes. Je me fiche qu'elle ait connu un seul mec ou une douzaine, tant que ses pensées, ses mains et son corps sont tout à moi.

— On arrête de parler, maintenant.

On a bien assez discuté comme ça, et je ne peux pas passer une minute de plus loin de son corps.

Ses seins se plaquent contre ma poitrine tandis que je m'empare de sa bouche à nouveau, lui montrant par un baiser long et profond à quel point elle me plaît, à quel point j'ai envie d'elle, et au diable son niveau d'expérience !

Elle descend ses mains lentement sur mon plexus, puis contre mon ventre, avant de les glisser à travers ma toison et de trouver mon sexe en érection. Entre le gémissement qui file entre ses lèvres et la chaleur de sa peau, ma queue tressaute d'impatience.

— Tu es bien gaulé, lâche-t-elle sans articuler, collée à ma bouche parce que je ne la laisse plus se détacher de moi, ce coup-ci.

Je saisis l'arrondi de ses fesses en grondant de satisfaction pendant que sa main caresse mon membre. Quand le bout de ses doigts découvre mes piercings, elle se fige.

— Oh mon Dieu !

Elle me repousse d'une main alors qu'elle tient toujours mon sexe de l'autre. Elle fixe ma queue, bouche bée, les yeux écarquillés.

— Je ne savais pas que tu avais...

Je bouge mes hanches vers elle et mon sexe remue, exhibant le bijou brillant qui a souvent récolté des réactions mitigées venant des dames.

— Je peux ?

C'est bien la première fois qu'on me demande de voir ça de plus près, mais si c'est ce qu'elle veut, qu'elle se fasse plaisir.

— Tout ce que tu voudras.

Elle plie les jambes et s'agenouille devant moi sur la serviette tombée à nos pieds. Je cale mes mains sur mes hanches, me retenant de l'attirer et de fourrer mon membre et mon piercing dans sa bouche, contre sa jolie petite langue rose.

Je lui demande :

— Tu n'avais jamais vu un sexe avec un piercing ?

Elle fait non de la tête.

— Pas de si près, mais j'en ai déjà vu. J'en ai jamais touché, par contre.

— Je pensais que tous les étudiants portaient ce genre de trucs...

— Chut, souffle-t-elle en me jetant un coup d'œil, les sourcils levés, avant de fixer à nouveau mon entre-jambe. C'est un apadravya, pas vrai ?

— Pour une fille qui n'en a pas vu beaucoup, tu es bien informée.

Elle hausse les épaules, jouant avec le métal.

— Je me suis un peu renseignée sur ce genre de trucs. Ça m'a toujours fascinée.

Je ne peux pas détacher mes yeux de ses doigts qui se déplacent autour de mon sexe. Cette fille est une énigme. Elle est l'innocence même, pas de doute là-dessus. Et elle ne bluffe pas. Mais elle sait certaines choses… Des choses qu'une fille naïve n'est pas censée savoir. Je ne lui dis rien parce que je m'en fous. Il y a une petite bombe par terre en train de mater ma queue et de la toucher, alors il n'y a rien d'autre qui compte.

Elle sort de sa bouche un bout de sa langue et la passe sur sa lèvre. Je m'accroche à mes propres hanches, essayant de me contrôler.

— Ça procure du plaisir, à ce qu'il paraît.

— Il y a un bon moyen de vérifier…

Je commence à en avoir ma dose, de cet examen et de tout ce blabla, mais je me souviens que j'ai promis de faire preuve de patience. Ce qui n'a jamais été mon fort.

— Je peux la lécher ?

Oh putain de merde ! Cette fille est vraiment incroyable.

— Bien sûr. Je ne suis pas fou. Tu peux même la mettre au fond de ta bouche si tu veux.

Elle lève la tête. Elle paraît toute petite, à genoux devant moi.

— N'exagérons rien.

— L'espoir fait vivre...

Je ris dans ma barbe avant de retenir mon souffle à l'instant où elle s'incline en sortant de sa bouche sa langue délicate pour goûter mon sexe.

Je ne peux pas détacher mes yeux d'elle et détaille aussi bien la rondeur de ses seins quand elle se penche vers moi, que la finesse de ses doigts enserrant ma queue pour la presser. D'un mouvement hésitant, le bout de sa langue vient toucher mon gland.

Mon corps se balance en avant, cherchant la chaleur humide de sa bouche. Je ferme les yeux, parce que la contemplation du spectacle de cette fille adorable et pure me prenant dans sa bouche est au-dessus de mes forces.

Quand elle glisse sa langue sur le bout puis le long de ma queue, me faisant rentrer progressivement dans sa bouche, je ne peux pas m'empêcher de laisser filer entre mes dents :

— Putain...

La chaleur qui m'enveloppait disparaît aussitôt. Elle demande :

— J'ai fait quelque chose de travers ?

Je cligne des yeux, surpris de sa confusion.

— Ne t'arrête pas, poupée. Je n'ai jamais approché le paradis d'aussi près.

Elle sourit en accueillant la louange, juste avant qu'une ombre passe sur son visage.

— On m'a dit que j'étais nulle à chier.

— Celui qui t'a dit ça mérite de crever. Ça n'existe pas de faire une mauvaise pipe.

Techniquement, c'est faux, il peut y avoir des pipes mal faites, mais je ne crois pas que cette fille puisse mal faire quoi que ce soit.

L'instant d'après, sa langue est à nouveau sur

mon sexe et je soupire de soulagement. Si on s'arrête encore pour bavarder, je vais devenir dingue.

Ses lèvres se referment autour de ma queue quand elle m'aspire dans sa bouche sans me toucher de ses dents, avec juste ce qu'il faut de salive et de succion. Je suis en extase, j'adore sa façon de bouger sa main tout autour de mon sexe.

— Oui, comme ça, poupée...

J'emmêle mes doigts dans ses cheveux. Je ne peux plus retenir mes mains, j'ai envie de la toucher. J'ai besoin de la toucher.

— Ma belle, lui dis-je dans un souffle, alors que sa langue oscille autour du piercing en envoyant des décharges électriques dans mon corps. Lève-toi.

Elle lève les yeux vers moi en fronçant les sourcils, confuse, ma queue toujours lovée dans sa bouche.

— Je veux goûter ta peau.

Quand un sourire en coin se dessine sur son visage, ses dents effleurent le dessous de ma verge. Je m'applique à ne pas grimacer ; je ne veux surtout pas qu'elle pense avoir fait quelque chose de travers.

Je lui tends la main pour l'aider à se relever, passe un bras dans son dos et la porte vers le lit. Nos corps tombent à la renverse et rebondissent sur le matelas, nos bouches toujours l'une contre l'autre. Elle atterrit sur moi sans cesser de m'embrasser, les mains cramponnées à mes épaules.

Je roule ensuite, plaquant mon corps sur le sien en prenant garde de ne pas l'écraser sous mon poids. Je fais glisser mes lèvres de sa joue à son cou, léchant au passage la douceur de sa peau, sous son oreille. Ses ongles s'enfoncent dans mon dos et elle cambre ses reins, sa poitrine bombée appelant ma bouche.

Je lève un sourcil, prenant le temps d'admirer

sous moi l'éclat brillant de sa peau hâlée. Je suis du doigt la courbe de ses seins. Elle me regarde, le souffle de plus en plus court.

— Ce que tu es belle...

Je m'attarde à observer l'univers fabuleux de son corps.

— J'ai un peu de poids en trop...

Je fais non de la tête.

— Tu es parfaite comme ça.

Je me retrouve à minauder, m'essayant à la bagatelle avec une fille que je ne reverrai même pas.

Elle est un peu sauvage, pas sûre d'elle sexuellement... On pourrait la croire encore vierge. Je déglutis en pensant à la possibilité qu'elle le soit, priant pour qu'elle ait déjà franchi le cap avec quelque foutu étudiant.

— Tu as déjà fait ça, avant aujourd'hui ?

Elle acquiesce avec un sourire timide :

— Oui, Pike. Je ne suis pas vierge. C'est juste...

— Que tes copains étaient nuls.

Elle acquiesce à nouveau.

— C'était jamais comme ça

— C'est-à-dire, comme ça ?

— Lent et tendre.

Oh, putain.

Si je cherche la dernière fois où j'ai fait preuve de lenteur et de tendresse, il faut remonter au lycée, quand je ne savais même pas où étaient ma queue et mon cul. Et me voilà lent et tendre avec elle aujourd'hui, parce qu'elle en a besoin. Allongé avec elle, nu contre elle, je suis prêt à faire tout ce qu'elle demande sans poser de question.

— Mais j'en meurs d'envie, Pike.

Elle bouge ses jambes et frotte ses genoux ensemble. Elle me rend fou.

— J'ai envie de toi comme je n'ai jamais eu envie de personne.

— Alors régale-toi...

Je m'abaisse vers sa poitrine et lui lèche le téton.

Elle gémit en soulevant son buste contre ma bouche et je sillonne ses seins avec ma langue.

Ses doigts se fraient un chemin dans mes cheveux et elle attire ma tête contre sa peau.

— Ne me fais pas languir...

Je la regarde : elle a les joues rouges et sa peau brille de sueur.

— Je ne te fais pas languir, je savoure, ma belle...

Elle grommelle quelque chose, mais je n'en tiens pas compte et reprends là où j'en étais : en plein délice. Sa peau est lisse et chaude contre mes lèvres, quand ses mamelons sont durs et brûlants sur ma langue. Quand je ferme la bouche au bout de ses seins, son corps se met à trembler. J'aspire alors en dosant la pression pour lui faire perdre le contrôle et la rendre fébrile.

Elle me griffe en remuant ses jambes, son corps avide se convulsant sous le mien.

Je laisse ma main descendre sur son corps à travers ses boucles brunes avant de me glisser entre ses jambes. Ses genoux tombent sur le lit, ouverts, ouvrant le passage vers l'intérieur de son corps.

Elle est mouillée, presque ruisselante alors que je l'ai à peine touchée. Il y a quelque chose que je dois vérifier avant de la baiser... Je ne voudrais surtout pas lui faire mal, et vu la façon incertaine dont elle aborde la sexualité, je ne suis pas sûr de croire à ses soi-disant expériences.

Elle se balance dans ma main et je glisse mes doigts dans les plis de son sexe en ouvrant ses lèvres, lui caressant le clitoris du plat du pouce. Elle pousse un cri de surprise, comme choquée du contact.

Je jette un coup d'œil à son visage. Elle sourit, ses yeux brumeux pleins de désir.

— Ne t'arrête pas, me supplie-t-elle.

Je marmonne des mots contre sa peau tout en gardant son téton dans ma bouche, ce qui rend mes paroles complètement inaudibles, mais je m'en fiche. Je suis bien trop occupé à parcourir son corps, à goûter sa peau et à prendre mon pied pour prendre la peine d'articuler ou de me taire.

Elle se tend quand mon doigt glisse autour de la terre promise, dans la moiteur de son intimité, mais se détend dès que je le pousse en elle, ouvrant ses jambes encore un peu plus.

Elle est étroite, mais pas au point d'être vierge. Elle n'a pas dû coucher avec beaucoup de mecs, mais je ne suis pas le premier à fouler ce territoire. Elle ne cille même pas quand je fais pénétrer mon doigt au fond d'elle, savourant la chaleur de sa peau contre la mienne. Elle accompagne tous les mouvements de mon doigt en contractant son sexe autour de lui.

Je retire ma main pour plonger deux doigts l'instant d'après, plus lentement, tout en suçant son téton plus fort. Elle gémit, soulevant ses fesses et renversant sa tête en arrière, exaltée.

— Mon Dieu, Pike... J'ai tellement envie de toi. Baise-moi ! Baise-moi, je t'en prie. Ne me fais pas attendre plus longtemps. Ne me mets pas au supplice.

Je lève la tête, les doigts toujours en elle profondément, caressant son point G.

— Je ne te mettrai jamais au supplice.

Je souris. J'aime bien la façon qu'a cette fille de réagir à tout ce que je dis ou fais.

— À moins que ça ne fasse partie de nos jeux...

— Pas maintenant. S'il te plaît...

Je tends le bras au-dessus d'elle pour attraper la capote que j'avais laissée là hier soir, quand j'avais cru avoir ramené un plan solide dans mon pieu. Gigi entreprend de me branler des deux mains pendant que je place l'emballage entre mes dents et le déchire d'un coup sec.

J'adore sa façon de me toucher. Je lui demande :

— Tu veux avoir l'honneur... ?

Elle secoue la tête et retire ses mains, laissant mon sexe tout nu.

— Pas avec le bijou. Fais-le, toi.

Je me penche en arrière, attentif à chaque mouvement. J'enfile le préservatif rapidement grâce à mes années de pratique, prêtant à peine attention au piercing quand je déroule la capote entièrement, me préparant à un voyage de rêve.

Les pieds à plat sur le lit, elle écarte les jambes et m'accueille entre ses cuisses. J'aligne mon corps sur le sien sans quitter son visage des yeux. Je descends sur mes coudes, prêt à rentrer en elle, mais je sais que je ne dois pas aller trop vite.

J'abaisse ma bouche contre la sienne et l'embrasse doucement, mon sexe appuyé à l'entrée du sien. Elle gémit à nouveau quand je rentre lentement. Je m'introduis en elle centimètre par centimètre, mes yeux roulant de plaisir sous mes paupières. Je n'ai connu une telle étroitesse chez personne depuis fort longtemps.

Elle laboure mon dos avec ses ongles tandis que je m'installe en elle profondément. Elle laisse échapper un léger cri dans ma bouche, et je savoure son plaisir autant que du mien.

Je commence à balancer mes hanches, allant et venant le plus lentement possible, malgré mon état d'excitation. Ma peau se couvre de sueur sous le mélange de torture et de plaisir qui m'envahit. Elle crochète ses chevilles autour de mes fesses, me maintenant si près d'elle que je n'ai pas la marge d'être virulent.

Je roule des hanches, épuisant tous les mouvements possibles dans cette position. Elle se détache de mes lèvres pour me regarder dans les yeux, alors que je vais et viens en elle. Je pensais déjà vivre un moment intense, mais ce n'était rien comparé à ça : enfoncé au plus profond d'elle, nos regards fichés l'un dans l'autre, je suis propulsé dans un sentiment d'intimité extrême.

Mon cœur s'emballe quand je réalise à quel point cette fille me plaît. Et c'est même plus que ça : je pourrais passer plus d'une nuit à me noyer dans ses grands yeux bleus, à l'écouter babiller sur tout et n'importe quoi. Je pourrais rester indéfiniment entre ses jambes, et la baiser sans jamais ressentir d'ennui.

Je repousse mes pensées, essayant de rester concentré sur l'instant et de ne pas penser à demain. On ne s'est jamais rien promis ; rien d'autre qu'une partie de jambes en l'air dans un hôtel merdique de Daytona. C'est une carriériste avec des rêves, des espoirs ; elle n'a sûrement pas prévu de s'encombrer d'un gars couvert d'encre qui passe ses soirées à bosser dans un studio de tatouage.

Ressaisis-toi, Pike ! Mes pensées ne cessent de s'éparpiller, et je dois faire un effort pour m'en détacher. Gigi me ramène sur terre en léchant ma peau près de ma clavicule.

— Plus fort, supplie-t-elle, appuyant ses talons contre mes fesses avec fermeté.

Je me recule, détachant ses chevilles l'une de l'autre en libérant mon dos, et viens la percuter avec force.

— Oui ! crie-t-elle en élevant ses hanches, se pressant contre mon corps. Oh, oui, putain !

Ça ne me prend que quelques minutes de plus pour vaciller au bord de l'orgasme. D'une main que je glisse entre nous, je frotte son clitoris, m'enfonçant en elle par des à-coups profonds et vifs en accélérant la cadence. Elle inspire violemment alors que tous ses muscles se contractent, me suivant dans les affres du plaisir. Une fois qu'on a joui, je murmure :

— Mon Dieu...

Et m'écroule quasiment sur elle.

— Encore, ajoute-t-elle presque aussitôt.

— Petite tigresse...

Je lui parle en chuchotant. C'est la plus belle fille que j'ai jamais vue...

— J'espère que tu n'es pas fatigué, mon gars, parce que je suis loin d'avoir eu mon compte.

— Je pourrais continuer toute la nuit.

Elle me repousse en arrière et vient sur moi.

— Laisse-moi vérifier...

Je me détache d'elle alors qu'elle tente de me rattraper avec ses mains pour me ramener sur le lit.

— Il faut que j'enlève cette capote et que j'aille en chercher une autre.

— Prends ton temps. Je vais en profiter pour mater ton cul en me caressant.

Je me retourne à moitié, regardant par-dessus mon épaule si elle dit ça en l'air ou non. Je chuchote :

— Carrément incroyable... avant de me précipiter dans la salle de bain, parce que je suis loin d'avoir fini de baiser cette fille.

QUINZE MOIS *plus tard*

Le jour où je suis sortie avec mon diplôme en poche, j'ai refermé un chapitre pour en ouvrir un autre : celui de mon indépendance, dont je rêvais depuis toute petite.

Travailler à Inked a toujours été mon rêve. Je tiens mon côté artistique de mon père. Il a passé des heures avec moi, à me regarder tenter de recopier ses dessins, feuille après feuille, depuis l'époque où je ne lui arrivais même pas à la cheville. C'était un très bon professeur, et un père meilleur encore. Je ne me rappelle pas avoir jamais cessé de baigner dans l'art.

Ma pauvre mère n'avait pas la moindre fibre artistique. C'était une fille de chiffres, et à son grand désespoir, rien ne m'ennuyait plus que les maths. Elle aurait aimé me voir grandir et devenir une femme d'affaires en tailleur. Elle aurait préféré que je trime pour un patron, plutôt que de bosser à Inked.

Mais après quatre années de fac et quatre étés de stages à Inked, je suis enfin prête à prendre ma place – ou devrais-je, dire mon siège – à la boutique.

— Je ne comprends pas pourquoi tu veux déménager, déclare ma mère en essayant de gagner du temps, alors que je m'assois à la table de la cuisine avec mon café.

Il me tarde d'y aller... Mon oncle Bear a décidé d'être mon premier client officiel, et rien ne pourrait me faire plus plaisir. En plus, même si je lui faisais un tatouage de merde, il serait capable de l'adorer.

— J'adore vivre ici, m'man, mais je veux un endroit à moi. Papa et toi, vous êtes super, mais ça fait quatre ans que je n'ai pas vécu sous votre toit, avec vos règles. J'ai besoin de faire ce pas de plus vers ma nouvelle vie. Vivre ici me donne l'impression de revenir en arrière, et tout ce que je veux, c'est aller de l'avant.

— Tu ne veux pas rester quelques semaines ? Tu m'as tellement manquée...

Elle s'appuie contre le comptoir en sirotant son café, toujours aussi belle.

— Je récupère mes clés ce matin avant le boulot, mais ça me prendra quelques jours pour tout arranger, alors je vivrai ici jusqu'à ce que tout soit prêt pour emménager.

— Prends ton temps, ma chérie, dit-elle doucement en poussant un long soupir tout à fait dramatique. Le temps que tout soit parfait avant que tu ne déménages pour de bon.

Ça fait déjà quatre ans que j'ai déménagé... Je suis tentée de le lui faire remarquer, mais je n'en fais rien. Ma mère est une grande sentimentale, et je vois bien à sa façon de me regarder qu'elle est déjà au bord des larmes.

Je lui demande :

— Tu es retournée chez tes parents, après la fac ?

Elle secoue la tête.

— J'adore mes parents, mais il n'y avait aucune chance que je retourne vivre chez eux. Quand je suis partie pour l'université, je savais que je n'y retournerais jamais.

— Alors qu'ils étaient des parents formidables... Mais tu n'aurais pas pu faire marche arrière après avoir goûté à la liberté, n'est-ce pas ?

Elle se glisse sur la chaise à côté de moi et pose sa tasse de café sur la table.

— Je ne pense pas que j'aurais pu faire marche arrière.

Elle fait la moue, se rendant bien compte de ce que j'ai vécu et que, quoi qu'elle dise, je ne changerai pas d'avis.

— On pourrait peut-être construire une dépendance pour toi, dans le jardin...

— Maman, allez... J'ai déjà signé mon bail. Et je suis désolée, je vous aime tous les deux, mais je ne pourrai pas vivre si près.

Ça part d'une bonne intention, et c'est tout ma mère de proposer ça, mais ce genre d'arrangement ne pourrait jamais me convenir, d'aucune façon que ce soit. Je vais déjà travailler avec mon père toute la journée. Je ne voudrais surtout pas le voir en plus tous les soirs, et vivre sous surveillance, sous le microscope des Gallo.

— Ça m'inquiète, que tu vives toute seule.

— Ça va aller, m'man. Tamara va vivre avec moi cet été, et elle viendra aussi plus tard, quand elle sera en vacances. Si tout se passe bien, l'an prochain, dès qu'elle aura son diplôme, elle emménagera avec moi. Où est papa ?

Je change de sujet parce que, de toute façon, il n'y

a aucune chance que je revienne vivre à la maison. Et le fait d'avoir fait allusion à ma cousine a dû apaiser ma mère, au moins pour un petit moment.

Elle entoure sa tasse de ses mains et regarde par la fenêtre, vers la cour.

— Il est parti tôt. Il y a un nouvel artiste qui commence aujourd'hui, et il voulait qu'il prenne ses marques avant l'arrivée des autres.

— J'aurais peut-être dû y aller avant, moi aussi. Pourquoi est-ce que papa ne me l'a pas proposé ?

Ça fait rire ma mère.

— Ma chérie, tu as grandi là-bas, et tu y as travaillé quatre étés de suite. J'aurais du mal à te considérer comme une nouvelle employée.

Elle pouffe en se retournant vers moi. Je parie que tu pourrais former ce garçon toi-même.

Je m'apprête à sortir de table quand elle pose ses mains sur les miennes.

— Reste encore un peu. Tu ne commences que dans une demi-heure, et on n'a jamais l'occasion de passer un petit moment comme ça, toutes les deux.

— Je ne veux pas arriver la dernière pour mon premier jour, maman. Et si on allait faire du shopping pour mon nouvel appartement, pendant mon jour de congé, hein, qu'est-ce que tu en penses ?

Je suis prête à trouver n'importe quoi pour éviter de passer encore vingt minutes à cette table, à écouter ma mère me trouver des raisons de ne pas déménager. Et je pense qu'en lui proposant de m'aider à décorer mon appart, elle se sentira plus impliquée, elle pourra même avoir l'impression de m'être utile.

Suzy Gallo, elle est comme ça : pas du genre à rester les bras croisés quand ceux qu'elle aime sont dans le besoin. Peu importe que je n'aie pas besoin d'aide que pour choisir les meilleurs coussins décoratifs, le plus beau pot de fleurs ou la casserole parfaite : elle veut participer.

Alors ma proposition tombe à pic : son visage s'illumine.

— Oh oui, faisons ça ! Je connais toutes les meilleures adresses, on aura de quoi remplir la journée.

— Le rendez-vous est pris ! Je ne travaille pas le vendredi, si ça te va, mais si ce n'est pas le cas, je comprendrai.

— Luna et Rosie ont leur camp de pom-pom girls qui commence mercredi, répond ma mère, l'air déçu et un peu horrifié que ses filles participent à ce genre d'activités. Alors j'ai tout mon vendredi pour être avec toi.

— Parfait.

Je me lève de table et vais jusqu'à l'évier.

— Je ferais mieux d'y aller. Le maître des lieux doit m'attendre, et je ne voudrais pas faire mauvaise impression.

Maman me suit, laissant sa tasse de café sur la table. Elle s'adosse au comptoir et m'observe ; je rince ma tasse et la mets dans le lave-vaisselle.

— Je suis fière de toi, mon cœur. Je suis fière de la femme indépendante que tu es devenue.

La chaleur me monte aux joues.

— C'est parce que, putain, j'ai eu des super parents !

Son sourire s'estompe.

Je m'attends à ce qu'elle me reproche ma façon de parler. Elle m'a toujours pris la tête, à cause de mon langage soi-disant trop vulgaire.

— On te souhaite tout le meilleur.

Je me penche vers elle et embrasse sa joue parce que, bon sang, je l'adore !

— Je n'aurais pas pu rêver d'une meilleure mère, maman. Honnêtement.

Elle m'entoure de ses bras et m'attire contre elle.

— Je t'aime, ma puce. Je ne peux pas croire que tu sois déjà en âge de déménager. J'aurais voulu que ce jour n'arrive jamais, mais maintenant qu'il arrive bel et bien, je ne pourrais pas être plus fière.

C'est ma mère tout craché. Elle est pleine de bienveillance et ne dit jamais de mal de quoi que ce soit ni de qui que ce soit. Elle a une vision édulcorée de la vie. Elle est parfois surprotectrice et peut s'inquiéter de tout sans raison, mais je ne la changerais pour rien au monde.

— Je dois filer, maman, dis-je en me détachant de ses bras alors qu'elle essaie de me retenir contre elle. Je ne veux pas être en retard pour mon premier jour.

Elle se met à rire.

— Eh bien, au moins tu connais les propriétaires. Je suis sûre qu'ils ne te mettront pas à la porte si tu as quelques minutes de retard.

— Maman, je ne veux pas de traitement de faveur.

— De traitement de faveur ? Mon petit cœur, à part Kat, tout le monde est de la famille ; chacun fait ses propres règles.

Je hausse les épaules.

— Il y a le nouveau... Je ne voudrais pas montrer le mauvais exemple, tu comprends ?

Elle acquiesce.

— Vas-y. Je te souhaite un super premier jour de travail.

C'est un peu tiré par les cheveux. J'ai travaillé

quatre étés à Inked, mais y faire un stage et y avoir mon propre siège sont deux choses complètement différentes. J'ai l'impression de vivre ma première journée d'adulte aujourd'hui. Plus d'école. Plus de cours, de devoirs. Plus que la liberté et ma vie devant moi.

J'ai eu la même sensation quand mes parents m'ont déposée devant la fac. J'ai regardé leur SUV s'éloigner en leur adressant des signes de main frénétiques. Je me sentais tout excitée devant l'inconnu. J'avais tellement de liberté que je ne savais pas quoi en faire, les premiers temps. Je n'avais pas de programme à suivre, d'horaires à respecter, ni de compte à rendre à qui que ce soit. La seule contrainte dans mes journées était les cours, et encore, ils passaient vite.

Mais là, premier boulot, premier appartement, c'est moi qui vais dicter les règles. Je décide de mes horaires à Inked, et chez moi, je pourrai déambuler à poil si ça me chante.

Quand j'arrive à l'agence de location, monsieur McNamara m'attend à son bureau avec un stylo, un jeu de clés et le dossier posés sur la table.

— Vous êtes prête à signer, mademoiselle Gallo ? demande-t-il alors que je me glisse sur le siège en face de lui.

— Plus prête que jamais, monsieur.

Cinq minutes et une douzaine de signatures plus tard, j'ai les clés en main. Je pensais que la remise de mon diplôme avait marqué le jour le plus savoureux de ma vie, mais je dois dire que la remise des clés de mon nouvel appartement passe encore au-dessus.

— Envoyez-moi un mail pour me signaler le moindre problème dans le logement. Je m'en occuperai tout de suite et le ferai figurer dans votre dossier. J'y ai fait un tour ce matin et j'ai trouvé tout en état de marche, mais il est important que vous en fassiez de même, au cas où quelque chose m'aurait échappé.

— Je vérifierai tout ça en rentrant du travail tout à l'heure. Je ne vais pas m'y installer avant quelques jours, de toute façon.

Il sourit, mais je divague, cet homme se fiche complètement que j'occupe le logement ou non. La seule chose qui lui importe, c'est de recevoir le loyer en temps et en heure chaque mois.

— Comme vous voudrez, mademoiselle Gallo.

Je le remercie d'une bonne poignée de main, comme mon père m'a toujours appris à faire, et prends congé car il ne me reste que quelques minutes pour arriver à l'heure à la boutique.

Je mets la radio à fond et conduis vers Inked en slalomant entre les voitures, chantant à tue-tête les paroles de *Truth Hurts*.

La journée vient de commencer, mais tout est déjà au top. J'ai les clés de mon nouveau logement, et je me rends à mon nouveau boulot. J'ai tellement rêvé de ce moment ces dernières années, qu'il me semble un peu surréaliste à présent.

six

PIKE

— DES QUESTIONS? me demande mon nouveau patron, après m'avoir fait tout un topo sur ses attentes.

Je ne lui jette pas la pierre. C'est le propriétaire. Il a passé des années avec sa famille à faire d'Inked le salon de tatouage le plus prisé de toute la Floride. C'est sa réputation qui m'a amené jusqu'ici. Enfin, ça, et le besoin de prendre un nouveau départ après que les choses ont dégénéré là où je m'étais installé.

— Pas pour l'instant.

— Ma fille aussi commence aujourd'hui. Elle est venue en stage pendant ses vacances d'été, mais aujourd'hui, elle commence officiellement. Alors tu ne seras pas l'unique nouvel employé.

— Cool.

Cool, tu parles... Déjà, que la première semaine à un nouveau poste est toujours délicate, alors si l'on y ajoute la fille du proprio, tout peut devenir encore plus compliqué.

— Elle aime faire son petit chef, mais souviens-toi que ton patron, ce n'est pas elle : c'est moi.

J'acquiesce, parce que techniquement, ce qu'il vient de dire est vrai, même si je suis sûr que sa fille aura son mot à dire. Qui qu'elle soit, que je me plante avec elle et démarre du mauvais pied ou que je me tienne à l'écart pour réduire les chances de merder, je pourrais tout aussi bien être foutu à la porte en un clin d'œil.

— Je vous place l'un à côté de l'autre. J'imagine que vous pourrez vous aider mutuellement. Je sais que tu n'es pas nouveau dans le métier, mais ça peut être intimidant de bosser dans une affaire familiale.

Je passe ma main sur ma nuque et tente de sourire. Je marmonne :

— Pas de problème, sans être convaincant pour deux sous.

— Je serai juste là, à côté, comme ça je serai près de vous si vous avez des problèmes ou des questions.

Peut-être que les choses me dépassent un peu, ici. Travailler dans un endroit pareil, qui a une réputation de folie, a toujours été un but pour moi. Personne n'a envie de bosser dans un endroit délabré, à attendre qu'un client passe la porte. À Inked, il y a deux mois d'attente pour qui veut poser son cul sur une chaise et se faire tatouer le dessin de ses rêves.

La porte d'entrée s'ouvre sur une belle femme, qui entre les bras chargés d'une boîte de donuts, en parlant dans son téléphone à une vitesse telle que j'ai du mal à comprendre un traître mot de ce qu'elle dit.

— C'est Izzy, ma sœur. C'est une casse-couilles, alors méfie-toi.

Joe, mon patron, se met à rire.

— Elle peut paraître petite et faible, mais dès qu'elle aura tes boules dans ses mains, tu n'auras plus qu'à rêver de t'évanouir pour échapper à la douleur.

J'écarquille les yeux.

— Je ne m'approcherai pas d'elle, alors.

Je ne peux pas détacher mes yeux d'elle pour autant. Quelque chose dans sa façon de parler m'est familier, avec sa main qui gesticule comme si la personne à l'autre bout du fil pouvait la voir. Elle porte une mini-jupe blanche et de grandes bottes à talons hauts suffisamment pointus pour être une arme de guerre. Pour une femme de son âge, elle est carrément sexy.

Joe rit à gorge déployée.

— Impossible. Quand elle t'a dans le collimateur, c'est foutu. Tu ne peux pas te cacher. Alors mieux vaut t'y préparer, je te garantis, parce qu'elle va t'avoir en ligne de mire à un moment ou à un autre. Tout ce que je te souhaite, c'est d'avoir le temps de prendre la température de l'eau avant de tomber dedans.

Je bafouille :

— Génial.

Je détourne enfin mes yeux d'elle et je la note sur ma liste de personnes à éviter ici. J'ajoute ironiquement :

— Je suis sûr qu'on va devenir très proches.

— Évite juste d'en être trop proche. Elle saurait facilement te maintenir au sol à implorer sa pitié, mais si son mari s'en mêle, tu te retrouveras vite à le supplier d'épargner ta vie.

Ça donne envie...

— Compris.

Izzy dépose les donuts sur le comptoir et remet à plus tard sa conversation. Dès l'instant où elle termine son appel et balance son téléphone près des beignets, elle darde les yeux vers moi.

— Eh bien... Le gamin a fait son apparition, à ce que je vois.

— Madame...

Je la salue, me retenant de la reprendre sur le *gamin* que je suis loin d'être.

J'ai vingt-sept ans. Ça fait presque une décennie que je vis seul, et bien plus longtemps encore que plus personne ne s'occupe de moi. Mais je fais ce qu'il y a de mieux à faire : je la ferme.

— Madame !? Elle tombe des nues. Pour de vrai ? De quoi j'ai l'air, d'être ta mère ?

Je ne peux pas m'empêcher de sourire bêtement, tandis que je passe mes doigts dans mes cheveux pour faire quelque chose... n'importe quoi... Pour éviter de dire quoi que ce soit de déplacé.

— Non, madame. Ma mère ne vous ressemble en rien.

Je me sens observé de toutes parts, pendant qu'elle semble décider si je lui plais ou si elle va m'étrangler de ses doigts aux ongles rouges.

— Il faut bien qu'il plaisante... marmonne Joe dans mon dos.

— Je vous ai apporté des donuts, bande de nazes. Compte-toi dans le lot, *gamin*, ajoute-t-elle avec un sourire.

Je sais déjà qu'elle va m'appeler comme ça tout le temps, comme je l'appellerai toujours *madame*, parce qu'on m'a éduqué comme ça. Dans le sud, tu es mal élevé tant que tu ne t'adresses pas poliment aux dames. J'ai peut-être eu des parents merdiques, mais ma grand-mère m'a appris à me conduire en gentleman, et tant que je n'avais pas de belles manières, je me prenais des claques sur le haut de la tête.

Je jette un coup d'œil vers mon patron, mais il se

contente d'un lent mouvement de la tête pour me signifier de laisser tomber, de réagir comme un homme. Je note au passage qu'Izzy, en plus d'être la sœur de Joe, est celle qui tient les rênes.

— Où est mon petit cœur ? demande Izzy en passant à côté de nous. Je pensais qu'elle arriverait tôt, ce matin.

— Elle devait récupérer les clés de son nouvel appart avant de venir, mais elle va sûrement arriver d'une minute à l'autre.

Je me dirige vers mon poste pour déballer quelques effets personnels et les outils que j'ai apportés, ceux qui m'accompagnent partout depuis neuf ans.

— Elle déménage vraiment, alors ?

— Oui. Je ne peux pas la retenir.

Je garde la tête baissée sur mes affaires et fais de mon mieux pour ne pas écouter, quoiqu'il pourrait m'être utile de comprendre certaines dynamiques familiales afin d'éviter à l'avenir les terrains minés. Qui plus est, je trouve le spectacle de cette famille tout à fait fascinant. Dans la mienne, personne ne pouvait se supporter, pas même à petites doses, alors d'ici à pouvoir travailler ensemble tous les jours... C'est un vrai mystère pour moi.

— Elle est grande et indépendante, Joe. Tu devais bien savoir que ça arriverait. Comment aurait-elle pu revenir vivre chez vous après avoir goûté à la liberté ? dit Izzy en s'emparant du seul donut couvert de vermicelles en sucre, et entreprend d'en détacher un petit morceau pour ensuite le lancer dans sa bouche.

— Je sais, soupire Joe, mais c'est toujours ma petite fille. Je pensais avoir encore quelques années devant moi pour me réveiller le matin et profiter de sa jolie frimousse.

Il recule dans sa chaise en croisant les bras.

— Tu sais ce qui me manque le plus

— Son fichu caractère ? plaisante Izzy.

— Sûrement pas ! Et je te tiens pour responsable de ses manières incorrigibles, au passage. Non, ce qui me manque, c'est de m'asseoir avec elle à la table de la cuisine pour dessiner ensemble en parlant des choses de la vie...

Izzy s'appuie au comptoir, picorant toujours son donut.

— Vous pourrez encore le faire, bien qu'un peu moins souvent.

Leurs yeux se braquent vers la rue, attirés par le bruit du moteur d'un joli petit pick up noir qui se gare juste devant la boutique.

— La voilà, annonce Izzy en balançant le donut massacré dans la poubelle avant d'épousseter ses mains l'une contre l'autre. Enfin du sang neuf dans l'équipe. Le gamin, là – elle me désigne d'un coup de tête – et la jolie môme, c'est tout ce qu'il nous fallait pour nous réveiller un peu.

Je grommelle dans ma barbe, replongeant le nez dans mes affaires. Ma première cliente déboule dans une demi-heure, et son tatouage me prendra la journée, en plus d'une autre session, pour en arriver à bout. J'ai mal au dos rien qu'à la perspective des heures entières que je vais passer, plié en deux au-dessus d'elle, à graver sur sa peau les ailes d'anges qu'elle veut dans son dos.

— Pardon pour le retard, déclare la voix féminine en passant la porte.

— Pas de problème, poupée, répond Izzy, sa tante.

Si je m'étais pointé en retard aujourd'hui, je n'aurais sûrement pas eu le même accueil. Mais ça fait partie des privilèges à travailler en famille. Qui sait si cette fille a le moindre talent, ou si elle a juste eu le droit de marcher dans les pas de son père, et obtenu un poste sans avoir besoin de prouver ses compétences...

— Merci, tante Izzy, lance-t-elle en se dirigeant vers son père et moi. Salut, papa !

Joe se lève de sa chaise. Je regarde ses chaussures se déplacer devant moi et s'arrêter face à une paire de bottes sexy dans le même genre que celles d'Izzy.

— Prête pour ton premier jour ? lui demande-t-il.

— Je me suis préparée à ça depuis toute petite.

Je n'en doute pas. La plupart des enfants rêvent de suivre les traces de leur père. Ceci dit, moi pas. Mon père était le seul avocat d'une petite ville, en plus d'être un connard à qui je n'aurais jamais voulu ressembler. Dès que j'ai pu, je suis parti le plus loin possible de mes parents.

— Je voudrais te présenter quelqu'un, dit Joe, et je sais que mon tour est venu.

Je me mets lentement debout, essuyant les paumes de mes mains sur mon jean, et lève enfin les yeux.

C'est pas vrai.

Mes yeux s'arrondissent, tout comme les siens.

— Gigi, je te présente Pike. Joe me désigne de la main. Pike, je te présente ma petite fille : Gigi.

Putain.

Elle ressemble à une biche prise dans les phares d'une voiture. Elle ouvre et ferme la bouche, incapable de prononcer le moindre mot.

Elle ne peut pas être ici.

Je passe les doigts dans mes cheveux, dévisageant toujours cette jolie fille que j'ai baisée plus d'une fois avant qu'elle ne s'évanouisse dans la nature, sans laisser le moindre numéro de téléphone. Tout ce que j'avais d'elle était un prénom et des souvenirs de Daytona datant de l'année dernière. De sacrés souvenirs de sexe...

Je plisse les yeux, balayant son visage et son corps du regard, me remémorant la perfection de sa peau légèrement cachée aujourd'hui sous le peu de vêtements qu'elle porte. Je ne m'attarde pas sur son corps trop longtemps avant de replanter mes yeux dans les siens.

— Heureux de te rencontrer, Gigi.

— Hum hmm. Moi aussi, Pike, lâche-t-elle comme si les mots étaient acides et lui piquaient la langue.

Elle me fixe, pendant que l'effet de surprise laisse place au souvenir de ce qui s'est passé entre nous, souvenir qui remonte en elle et la frappe de plein fouet.

— Vous vous connaissez, tous les deux ? questionne Izzy en s'approchant de nous, perplexe.

Nous ne la regardons pas, trop occupés que nous sommes à nous dévisager l'un l'autre.

— Ne dis pas n'importe quoi, intervient Joe en passant un bras autour des épaules de sa *petite fille*. Pike n'est pas d'ici. Il est nouveau en ville.

J'ai baisé la fille du patron. Par ici la sortie, champion.

— Tu es sûre de ne pas le connaître ? insiste Izzy auprès de Gigi.

Gigi secoue la tête sans me quitter des yeux.

— Jamais vu ce gentleman avant, déclare-t-elle d'un ton fluide, mentant sans la moindre hésitation.

Elle n'a pas connu Pike le gentleman. Elle a plutôt eu affaire à Pike l'homme. Elle a passé des jours entiers dans mon lit à me donner du plaisir et à prendre le sien sans aucun scrupule.

— Iz, il fallait que je vérifie un truc avec toi sur l'emploi du temps. Tu as deux minutes avant que les clients arrivent ? demande Joe.

— Bien sûr, répond-elle en tardant à le suivre.

Je peux sentir son regard s'attarder sur nous avant qu'elle rejoigne son frère dans le bureau.

Gigi et moi restons plantés là, à se regarder en chiens de faïence, écoutant la marche lente de sa tante s'éloigner sur le carrelage et disparaître à l'autre bout de la boutique.

— C'est bien trop calme, ici ! gueule Izzy avant de mettre la musique à fond.

Putain de délire...

— Tu m'as suivie ? demande Gigi en chuchotant, les yeux braqués sur moi.

— Ne dis pas de connerie !

Je fais un signe de la main pour me débarrasser d'elle et retourne vers mon poste.

Gigi me suit instantanément, quasiment collée à mon dos.

— Ne me mens pas, putain ! Tu n'es pas venu là par hasard.

Je me retourne pour lui faire face, et me penche vers elle jusqu'à avoir le visage tout près du sien. Je murmure :

— Ma belle, tout en la regardant droit dans les yeux pour qu'elle mesure la véracité de mes paroles. Que les choses soient claires : tu es un très bon coup et tu as un corps de rêve, mais je ne traverserais jamais tout l'état pour suivre une paire de fesses dans l'idée d'avoir du rab. Et je ne chercherais pas non plus à m'implanter quelque part et à trouver un nouveau job dans la seule intention de me rapprocher de ce petit cul.

Elle devient blanche.

— Tu es vraiment grossier.

— Ça n'avait pas l'air de te déplaire, quand tu remuais sur ma queue en gémissant mon prénom, bébé.

SES MOTS me frappent de plein fouet. Il y a du vrai dans ce qu'il dit, mais ça n'enlève rien au choc. J'ai passé des mois à rêver de Pike, après les vacances de printemps, l'année dernière. Des mois à me repasser les détails de tout ce qu'on a fait, tout en me caressant, allongée dans mon lit.

Je savais que Pike n'était pas un gentleman. Le simple fait qu'il me balance ça à la figure en est la preuve.

Je ne me souviens pas qu'il ait eu des manières particulièrement délicates l'an dernier, mais il avait un côté doux et charmant qui transparaissait parfois, selon son humeur, même si j'ai passé trop peu de temps avec lui pour en profiter beaucoup. Finalement, je ne sais pas grand-chose de lui.

On a passé des jours entiers ensemble, mais en restant discrets sur nos vies personnelles. Je ne savais presque rien de ce motard, si ce n'est qu'il pouvait m'envoyer au paradis en un aller simple.

Quand je m'apprête à le frapper, il attrape mon

poignet et le retient en plein vol. Je siffle entre mes dents, retirant ma main de son emprise :

— Tu es un beau salaud, Pike, dis-je en reculant d'un pas, pour mettre entre nous la distance dont j'ai besoin. Je ne sais pas à quoi tu joues, mais je n'ai aucune envie de passer plus de temps avec toi.

Il sourit. Ce salopard sourit quand je lui dis ça ! Il jette un coup d'œil à travers la pièce, du côté où discutent mon père et ma tante.

— Ma belle, commence-t-il avant de marquer une pause en se rapprochant de moi ; je ne joue à aucun jeu. Je n'ai pas besoin de ça.

Il lève une main et me caresse la joue du dos de ses doigts. Je ne bouge pas.

— Et à voir la couleur de tes joues et ta façon de me regarder, je parie que tu referais bien un tour dans mon lit pour remuer sur ma queue.

Je le repousse d'une claque sur la poitrine, parce que je ne peux pas décemment lui mettre un coup de genou dans les couilles. En tous cas, pas maintenant, mais je garde cette option dans un coin de ma tête, au cas où je voudrais le mettre à terre plus tard. Pike n'est pas déconcerté le moins du monde. Il reste planté là, toujours avec son sourire de salopard, aussi follement séduisant qu'il l'était quinze mois plus tôt.

— Je ne *remuerai* plus jamais sur ta queue, pauvre type. Tu m'as bien servi à l'époque, mais je n'ai vraiment plus besoin de toi.

Je remue la main entre nous.

— Quoi qu'on ait fait pendant cette courte parenthèse, ça ne se reproduira jamais. Ne pose même pas les yeux sur moi, ou je vais te faire regretter d'avoir voulu prendre un nouveau départ. Quelles que soient tes compétences, mon père pourrait bien te virer en un clin d'œil. Surtout s'il savait...

— ... À quel point je t'ai bien baisée ? demande-t-il en haussant un sourcil.

Le grondement qui monte dans ma gorge sort de mes lèvres avant que j'aie pu le retenir.

— Tout va bien ? demande ma tante en revenant dans la pièce.

J'acquiesce en me tournant vers elle, et mens tranquillement :

— On parlait boulot...

Elle nous observe tous les deux et, à la tête qu'elle fait, je vois bien qu'elle n'en croit pas un mot.

— Vous n'avez pas l'air de parler boulot, commente-t-elle, la main sur le menton.

— Tatie, ce n'est rien d'autre qu'une petite compétition amicale entre nous. On commence tous les deux le même jour, et chacun de nous a envie de briller plus que l'autre... même si ce sera forcément moi. Tu connais les hommes... Ils ne supportent pas d'être dans l'ombre d'une femme.

Izzy se place entre nous et toise Pike.

— Et... C'est vraiment tout ?

Elle le dévisage, à l'affût du moindre indice dans son expression. Je connais ma tante, *rien* ne lui échappe. Un pet de travers et ça en serait terminé de Pike, avant même qu'il ait pu finir de déballer ses affaires.

— C'est vraiment tout, madame.

Oh merde. Il y a des choses que ma tante déteste, et d'autres qu'elle exècre carrément. L'appeler madame est justement un des moyens infaillibles de poser une bombe en elle, et de la faire exploser comme un feu d'artifice au quatorze juillet.

Son corps entier se raidit.

— Pike, mon chou, dit-elle sur un ton loin d'être amical, ne m'appelle plus jamais *madame*. Je sais que là d'où tu viens, dans le sud, on t'a appris à te conduire en gentleman et tout...

Je pouffe de rire, mais le regard qu'elle me lance par-dessus son épaule me coupe dans mon élan.

— Mais par ici, on m'appelle Izzy, Iz, ou boss. Ne t'avise plus jamais, au grand jamais, de m'appeler *madame*. Pigé, gamin ?

Je me bouffe la lèvre pour essayer de réprimer le fou rire qui me prend en voyant ma tante mettre à Pike la plus belle fessée qui soit, et en l'entendant l'appeler *gamin*.

— Pardon, Izzy, répond Pike, le plus sérieusement du monde. Je ne voulais pas être blessant.

— Tu dois facilement t'attirer la sympathie des femmes, d'habitude, mais il faudra plus qu'une belle gueule et une voix langoureuse à l'accent du sud pour me charmer, sache-le. Quant à son père, ajoute-t-elle en remuant son doigt sous mon nez, il sera encore moins sensible à tes charmes si tu fais quoi que ce soit qui puisse emmerder sa fille. Alors, suis mon conseil, gamin : reste éloigné de Gigi, ou bien gagne son amitié. Fais quoi que ce soit pour l'énerver, et tu auras affaire à moi jusqu'à ce que la porte de sortie se referme sur ton cul.

Pike acquiesce, sans que la moindre émotion transparaisse de ses magnifiques yeux bleu-vert qui ont hanté mes nuits pendant des mois.

— Pigé ; c'est clair et net, boss.

Izzy fait claquer ses mains l'une contre l'autre et s'éloigne.

— J'en ai fini avec toi. On a un planning chargé

jusqu'à ce soir, alors il est grand temps de préparer tout votre merdier avant l'arrivée des clients. Fini les bavardages. Vous pourrez reprendre vos petits jeux à la con plus tard. Compris ?

Je toise Pike, contente que ma tante l'ait remis à sa place ; mais alors que je me tourne vers elle, toute jubilation disparaît. Elle me cloue du regard, l'air de dire : « On me la fait, pas à moi. »

— On n'a rien à reprendre plus tard, Izzy. On est fiables, et je n'ai pas de temps à perdre. Bear vient ce matin et je vais lui tatouer le fameux dessin de ses rêves.

— Qui est Bear ? demande Pike.

— Un vrai putain de biker, Pike. Je te suggère de prendre des notes, si tu veux pouvoir lui ressembler un jour.

Je me dirige vers mon poste pour me soustraire au regard inquisiteur d'Izzy.

— Vous êtes prêts, tous les deux ? demande mon père en entrant dans la salle principale, complètement étranger à tout ce qui vient de se passer. J'ai préparé ton poste hier soir, mon cœur, je me suis dit que ça te ferait plaisir, pour ton premier jour.

Je me hisse sur mes orteils et dépose un baiser sur la joue de mon père.

— Merci, papa. Tu es le meilleur.

Je passe mes bras autour de son cou et me serre contre lui. Je jette un œil par-dessus son épaule et croise le regard de Pike. Je lui tire la langue.

C'est complètement immature, mais je m'en fiche. Je ne cherche pas à l'impressionner. J'ai déjà eu de lui ce que je voulais et à présent, quoi qu'il se soit passé pendant nos quelques jours ensemble, c'est fini. Terminé. Enterré. Je n'ai pas l'intention de m'offrir une autre tournée, aussi fabuleux qu'aient pu être nos orgasmes.

Et ils étaient hallucinants.

Les seuls orgasmes que j'avais eus avant lui étaient ceux que je m'étais donnés. C'était une histoire entre ma main et moi, avant que Pike vienne chambouler mon univers et me montre comment ça pouvait être. Ou, devrais-je dire, comment ça devait être.

— Je suis là, ma choupette ! crie Bear, poussant la porte en déclenchant le carillon qui semble avoir été réglé pour effrayer tout le monde chaque fois qu'il sonne.

Je crie à mon tour, essayant de me faire entendre malgré le volume de la cloche et le death métal que ma tante a cru bon de nous mettre dès le matin :

— Par-là, Bear !

En réalité, quand je dis dès le matin, ça veut dire midi. Ici, il ne se passe jamais rien avant midi. Ma famille a sa propre notion du temps. À la fac, je privilégiais les cours du matin pour avoir du temps libre l'après-midi. Mais ici, je vais devoir mettre mes pendules à l'heure d'Inked.

— Je m'occupe de Bear, annonce mon père en posant une main sur mon épaule. Tiens-toi prête ; il t'aime beaucoup, mais n'en profite pas pour te tourner les pouces toute la journée.

Je fais oui de la tête.

— Tout va bien. Il peut toujours me donner du fil à retordre, je suis prête. Tu sais que j'ai grandi au milieu d'hommes comme lui.

Je souris ; les amis de mon père ont beau être des durs à cuire, j'ai développé l'art de les faire manger dans ma main. Et Bear ne fait pas exception. Mon père et lui reviennent de loin. Leur amitié dure depuis presque trente ans, à l'époque où mon père était célibataire et encore plus impressionnant qu'aujourd'hui.

Quand j'étais petite, Bear a épousé ma grand-tante Fran, la sœur de mon grand-père. Au début, leur relation n'a enchanté personne et je me souviens de quelques scènes bien houleuses. Mais par la suite, ils ont tous arrêté leurs conneries et leur ont foutu la paix. J'adore Bear et tante Fran, ils forment un couple merveilleux. Et Fran est absolument parfaite pour lui, d'autant que je ne connais personne d'autre qui pourrait *gérer* Bear comme elle le fait.

Tout biker qu'il est, Bear est d'une gentillesse à toute épreuve. Il n'y a pas plus adorable que lui – s'il vous a à la bonne et surtout si vous avez une paire de nichons. C'est un chaud lapin. Peu importe son âge et sa barbe presque entièrement grise, il n'a pas perdu son goût pour la gent féminine. Mais il est l'homme d'une seule femme, et cette femme-là, c'est ma tante.

— Tu l'as payé pour être ton premier client ? Ça doit être sympa de profiter d'autant de popularité, ironise Pike alors qu'on se retrouve seul un instant.

— Tu ne peux pas la fermer, bordel !? dis-je en le fusillant du regard dans le miroir. Je n'y peux rien si ma famille tient cette boutique. Et je suis désolée que ça te fasse mal au cul de l'entendre, mais j'ai gagné ma place ici autant que toi, Pike. Alors va te faire foutre.

Je me laisse tomber sur ma chaise et sors d'un tiroir la bouteille d'encre noire que j'avais mise de côté la semaine dernière, et quel que soit le regard que Pike m'adresse, je l'ignore magistralement.

— La voilà, s'exclame Bear en arrivant dans le fond de la salle les bras ouverts, attendant que je saute dedans comme quand j'étais petite. Viens me faire un câlin, ma choupette !

— Hey, oncle Bear...

J'adresse à Pike un sourire sarcastique. Je compte bien avoir tout le monde à mes petits soins, famille ou non, et je veux qu'il le sache. La seule personne qui ne pourra pas me saquer, ce sera lui, mais ça, j'en ai rien à foutre.

— Tu m'as manqué.

Bear me serre contre lui.

—Pas autant qu'à moi...

Pike lève les yeux au ciel et secoue lentement la tête, marmonnant quelque chose de façon inaudible. Je souris, aux anges, parce que le voir ainsi contrarié me ravit au plus haut point.

Je me détache de Bear et, tenant toujours ses bras dans mes mains, je lui demande :

— Alors, tu es prêt à ce que je te marque à vie ?

Les yeux de Bear s'illuminent.

— Ça fait des années que j'attends ton autographe sur ma peau, ma petite.

— Toujours décidé à l'avoir sur l'épaule ?

— Eh bien, c'est là ou sur mon cul. Et je me suis dit qu'il valait mieux épargner ton jeune regard, alors on va s'en tenir à l'épaule.

J'adore mon oncle, mais pour rien au monde je ne voudrais tatouer ses fesses. Je sais que ça peut faire partie du job. J'aurai affaire à des hommes et des femmes qui voudront des tatouages sur des parties de leur corps que personne ne devrait voir, mais je ne suis pas prête à m'aventurer sur ce genre de terrain avec Bear. Sans quoi je ne serai plus jamais capable de m'asseoir en face de lui à un repas de famille sans penser à son gros cul blanc...

— J'ai ton dessin juste là, dis-je en attrapant mon carnet de croquis dans mon sac et le feuilletant jusqu'à trouver la bonne page. Je suis tellement impatiente que tu le voies enfin ! Bien sûr, je pourrai faire toutes les modifications que tu voudras, précisé-je en détachant la page et la lui tendant.

Bear tient la feuille à deux mains et la balaye des yeux attentivement. Les commissures de ses lèvres s'étirent, faisant apparaître ses dents blanches.

— Waouh. Tu as assuré !

Je respire enfin ! J'avais attendu son jugement en retenant mon souffle, parce que je n'étais pas sûre qu'il aime le dessin, et je savais pertinemment qu'il ne prendrait aucun détour pour me le dire. J'ai beau être sa nièce, il n'est pas du genre à mentir et à faire le putain d'hypocrite. Il n'épargne les sentiments de personne, et c'est ce que j'aime tant chez lui.

Je déteste l'hypocrisie. Famille ou pas, je veux de la franchise ; et si Bear dit que ça lui plaît, je le crois.

— Tu le veux en noir ou avec de la couleur, oncle Bear ?

— Comme tu voudras, ma petite. Évite juste le rose, répond-il en secouant la tête. Putain, je déteste le rose. Pas de violet non plus. Pas question d'avoir de sales couleurs de chochotte sur moi.

— Pas de couleur de fille, j'ai compris, Bear, dis-je tout en lui reprenant la feuille des mains, puis je lui demande :

— Tu le veux plus gros ou plus petit que ça ?

— Comme sur le dessin, c'est parfait. Allez, on s'y met. Ce soir, j'emmène Fran dîner, tu vois, alors je dois rentrer à l'heure à la maison si je ne veux pas qu'elle m'accueille en visant mes boules avec un lance-pierres.

— Installe-toi confortablement et enlève ta chemise. Je reviens dans une minute et on pourra s'y mettre.

Bear s'assied et se débarrasse de sa chemise en un geste, avant de se pencher en arrière en lançant ses mains derrière sa tête. Il observe Pike.

— Comment tu t'appelles, mon garçon ?

Je pouffe en me dirigeant vers l'arrière-salle, prête à mettre le dessin sur le papier de transfert.

— Je m'appelle Pike.

— Pike, hein ? Tu viens d'où ?

— Du Tennessee.

Je reste près de la porte, écoutant leur bavardage dans l'espoir d'en savoir un peu plus sur lui.

— C'est à toi, le gros cube, dehors ? demande Bear.

— Oui.

— Sympa.

— Tu as l'air de savoir ce que c'est qu'une bécane... Celle-là, c'est une des meilleures, mais tu le sais, non ?

— Elle a dû te coûter une jolie petite somme. Je suis impressionné qu'un gars de ton âge ait pu économiser suffisamment pour se payer une moto mythique comme elle.

— Je ne gaspille pas mon argent pour des conneries. Il y a peu de choses qui me plaisent dans la vie, mais la moto, c'est une passion. Et quand je veux quelque chose, je ne lésine pas sur les moyens pour l'obtenir, et cette moto, je la voulais depuis tout petit.

Bear se marre.

— Un gamin avec du tempérament... Je ne sais pas si cet endroit pourra en supporter un de plus, mais tu vas te sentir dans ton élément, ici, Pike.

— Alors... Gigi, c'est votre nièce ?

Je me rapproche de la salle en tendant l'oreille.

— De la famille de ma femme, oui. Je la connais depuis sa naissance. Elle est comme ma gosse, tu sais, et je t'ai vu la regarder en douce, depuis que j'ai passé la porte... Tu ferais mieux de regarder ailleurs, je te le dis.

— Je ne la regardais pas, mec. Elle n'est pas mon genre.

Pike ment. Vu comment il m'a baisée, je suis bien placée pour savoir à quel point je suis son genre, au contraire.

— Elle est le genre de tous les hommes, lui rétorque Bear, lui mettant le nez dans la merde.

Je ris en attrapant le papier, mais ne sors pas tout de suite de l'arrière-salle. Je me délecte bien trop de leur échange pour l'interrompre.

— Et je connais son père, il n'aimerait pas que tu dévores sa fille des yeux, comme si tu allais la bouffer. Alors laisse-moi te donner un conseil, gamin, regarde ailleurs. Ne chie pas dans l'assiette où tu manges. Ne fais pas – et je pèse mes mots – ne fais pas les yeux doux à ma nièce, ou il te faudra moins de temps pour dégager d'ici que pour jouir avec ta petite quéquette de jeunot.

— C'est noté, répond Pike.

Je ris sous cape, la main sur la bouche, en revenant à mon poste. J'ai le dessin en main, prête à graver sur Bear le meilleur tatouage dont je suis capable. Et je prévois aussi d'emmerder Pike le plus possible, histoire de continuer à pimenter cette fabuleuse journée.

DES ÉCOUTEURS PLANTÉS dans les oreilles, Piper, ma cliente, fait tout son possible pour tenir une heure de plus sur la chaise avant de déposer les armes pour aujourd'hui. Elle transpire à profusion et serre fort les paupières, au bord de l'hyperventilation.

— On dirait bien qu'elle va craquer, commente Joe dans mon dos, en regardant par-dessus mon épaule.

Je reste penché sur mon travail ; chaque seconde est précieuse à présent, et j'essaie de terminer le contour de l'immense dessin avant que Piper abandonne.

— Elle a dit qu'elle tiendrait. Je lui ai demandé toutes les dix minutes si elle voulait arrêter et finir un autre jour.

— Si elle dégueule, c'est toi qui nettoies, me dit Joe. Il te reste deux heures avant que ton dernier client arrive.

Il s'éloigne vers l'entrée du magasin où tout le monde papote. Tout le monde, sauf Gigi. Elle a fait du beau boulot sur l'épaule de Bear et a enchaîné quatre autres petits tatoos sur différents clients. Chaque dessin était meilleur que le précédent. Moi qui pensais qu'elle n'était là que par piston... J'avais tort. Cette fille a du talent, elle en a même beaucoup. J'ai neuf ans d'expérience de plus qu'elle, mais elle assure tellement que j'aurais pu la croire tatoueuse de longue date.

Je lui jette un coup d'œil. Elle tapote fébrilement sur son téléphone en tirant un peu la langue, se léchant la commissure des lèvres. Elle m'a à peine adressé la parole depuis notre petit tête-à-tête de ce matin. Mais c'est peut-être mieux comme ça.

De tous les salons de tatouages où j'aurais pu venir planter mes racines, pourquoi a-t-il fallu que je choisisse celui où la fille du patron est passée dans mon lit? J'étais comme un dingue, quand j'ai su qu'il y avait une place à Inked, qu'ils avaient besoin de renfort pour faire face à la demande. C'est le boulot de mes rêves. Tous les artistes veulent travailler dans un endroit qui déborde de vie.

C'est pour ça que je suis venu ici. Du moins, principalement, parce que j'avais aussi besoin de tout recommencer à zéro, de tourner les pages de merde de ces cinq dernières années, et de trouver un nouveau chez-moi.

— J'ai eu ma dose. Stop, grogne Piper en enlevant ses écouteurs d'un geste qui me fait presque foirer le bout d'une aile.

Je me redresse et contemple le résultat; les ombres restent à faire, mais ça prendra moins de temps que la forme entière.

— On pourra terminer le contour au moment de faire l'ombrage.

Dès que Piper s'assied, les traits de son visage se détendent. Elle tient son t-shirt contre sa poitrine.

— Il me faudra bien un mois avant de pouvoir revenir et subir encore cette saloperie.

Je me frotte le visage d'une main et capte le regard de Gigi qui nous observe à travers la salle.

— Prenez tout le temps qu'il vous faudra. Quand vous serez prête, on finira ce qu'on a commencé. J'ai tout mon temps. Laissez-moi juste couvrir ce tatouage et vous pourrez partir.

Gigi plisse les yeux. J'ignore si je ne m'adressais pas plus à Gigi qu'à Piper, en disant ça. Faut dire que je n'ai aucune intention de partir d'ici, que ça lui déplaise ou non. Et pour tout dire, ce qu'on a vécu tous les deux l'an dernier n'a pas l'air d'une histoire terminée.

Ce pourrait être un problème de taille...

Pourtant, je ne lui ai rien fait, à cette fille. Du moins, rien qu'elle ne m'ait supplié de lui faire. Mais elle me traite comme de la merde, comme un souvenir lointain, une énorme erreur sexuelle.

Dès que j'ai fini le pansement, Piper passe la tête dans son t-shirt en me tournant le dos, faisant face à Gigi, la poitrine nue.

— Tu peux me réserver un créneau ? Dans un mois, à compter d'aujourd'hui... J'aimerais être sûre d'avoir ma place sur le planning avant de partir.

— OK, je vais vous chercher un peu d'eau et je vous note le rendez-vous.

Je me lève en étirant mes jambes et mon dos raide, parce que j'ai franchement mal.

Piper me suit dans la grande salle. Je passe de l'autre côté du comptoir et lance le logiciel de réservation pour lequel, soit dit en passant, j'ai reçu cinq minutes de formation avant de devoir l'utiliser.

— Ce tatouage va déchirer grave, quand il sera terminé, assure Izzy en discutant avec Piper, pendant que je galère avec le planning à la recherche du mois prochain.

— Je serai contente quand ça sera fini. Je ne me rappelle jamais à quel point ce truc fait mal, avant d'avoir le cul posé sur cette chaise et l'aiguille enfoncée dans la peau.

— Mais ça en vaut vraiment la peine ! Et Pike fait le meilleur travail à main levée que j'ai eu l'occasion de voir depuis longtemps. Tu seras aux anges, une fois le tatouage terminé, et tu pourras le montrer à tout le monde !

Piper balance la tête de droite à gauche.

— Celui-là sera juste pour moi. Je n'ai pas l'intention de le montrer à qui que ce soit.

— Ah bon ?

— Mon mari est décédé l'an dernier, et ce dessin est pour lui.

Izzy en a le souffle coupé.

— Je suis désolée. Je ne savais pas.

J'observe Piper à la dérobée ; elle adresse à Izzy un sourire peiné.

— Je n'en parle jamais. Je ne suis pas encore prête à raconter toute cette histoire. Ce tatouage, c'était son rêve, mais dans le temps, j'étais trop chochotte pour franchir le pas.

— Eh bien, c'est magnifique, ponctue Izzy en mettant une main sur celle de Piper ; et le geste l'est autant que le tatouage.

Quand je trouve enfin comment entrer dans le programme, je propose à Piper :

— Il y a une place à midi, le 5 juillet, si ça vous va.

— Très bien, acquiesce-t-elle rapidement. On pourra le finir en une fois ?

— Oui, m'dame.

Je capte le regard en biais que me lance Izzy. Simultanément, le visage de Piper devient pâle. Mais qu'est-ce qu'elles ont, les gonzesses d'ici, bordel ? *Madame*, ce n'est pas une insulte, quand même... Là d'où je viens, toutes les femmes se font appeler madame. Tu te prendrais une claque sur la tête, si tu appelais une dame autrement. Mais ici, dans ce trou perdu au beau milieu de la Floride, chaque fois que tu les appelles comme ça, les femmes réagissent comme si tu les avais physiquement agressées.

— C'est Piper, mon garçon, me lance-t-elle, à la façon d'Izzy.

— Je me tue à le lui répéter, intervient Izzy en m'adressant un sourire appuyé.

Je gribouille la date et l'heure sur une carte de visite et la lui tends.

— On se revoit dans un mois, Piper.

— Merci de m'avoir aidé à traverser cette épreuve aujourd'hui, Pike, dit-elle en se dirigeant vers la porte.

Je hoche la tête, souriant à cette jolie femme qui affiche tout le chagrin et la douleur du monde sur son visage.

— Vous avez tout juste le temps d'aller manger quelque chose, annonce Joe en venant se poster devant le comptoir où se trouvait Piper l'instant d'avant. Pike, pourquoi tu n'emmènerais pas Gigi pour aller manger un bout ?

— Non, c'est gentil, ça va aller.

Me retrouver seul avec elle, là, c'est la dernière chose dont j'ai besoin.

— Vous avez tous les deux besoin de manger. Moi, j'attends un client et tous les autres sont pris, alors vas-y avec Gigi. Elle connaît le coin, et vous pourrez en profiter pour devenir de bons amis. Ça serait bien pour elle, d'avoir quelqu'un avec qui parler au boulot qui ne soit pas de la famille.

Je ne tiens pas à lui répondre qu'elle et moi n'avons pas grand-chose à nous dire. En fait, on pourrait baiser comme des lapins, ça oui, mais en dehors de ça, je ne crois pas qu'on trouve de quoi faire la conversation. Et vu la tournure de notre échange, ce matin, je dirais qu'on s'est tout dit.

— Je peux aller chercher un truc à manger juste à côté.

Joe secoue la tête.

— Je veux que ma fille aille manger, et c'est important pour moi que vous soyez bons amis.

— Joe, laisse les gamins se débrouiller, intervient Izzy en s'accrochant à son bras, faisant peser sur lui le poids de son corps et de ses mots. Tu ne peux pas les obliger à bien s'entendre.

— Gigi ! hurle Joe, exactement comme si sa sœur n'avait rien dit.

La seconde d'après, Gigi est là, derrière son père, m'adressant un regard noir.

— Qu'est-ce qu'il y a, papa ?

Joe me désigne de la tête sans se retourner vers elle.

— Prends ta pause avec Pike et allez chercher quelque chose à manger. Montre-lui les endroits où ils servent de la bonne came, hein, pas du fast food.

— Que j'aille avec Pike ? murmure Gigi. Mais pourquoi ?

— Je veux que vous soyez bons amis.

— Putain, tu es sérieux ? chuchote-t-elle toujours, son regard glacé braqué sur moi. Mais merde, pourquoi ?

— Fais comme je te dis, ordonne Joe en levant les yeux au ciel.

Elle brandit son téléphone et le remue devant lui tandis qu'il se tourne vers elle.

— Ils ont un service de livraison, maintenant, papa. On n'a besoin d'aller nulle part. Je vais nous commander de quoi manger, tout simplement.

Il ne sait pas ce qu'il lui demande. S'il savait ce qu'on a fait, il n'insisterait jamais pour qu'elle sorte d'ici avec moi. Mais pour moi, il est hors de question de parler à qui que ce soit de notre aventure. Je me ferais botter le cul vers la sortie et mon nom serait blacklisté dans tous les salons de tatouage de l'État.

— Laisse-la passer commande ici, plaide Izzy en nous regardant Gigi et moi, l'un après l'autre. Tu sais comment sont les jeunes aujourd'hui, Joe... Ils rechignent à faire quoi que ce soit par eux-mêmes.

Elle ponctue sa phrase d'un rire nerveux.

Vu son comportement, Izzy a dû lire quelque chose dans notre langage corporel, quelque chose qui la laisse présumer que, contrairement à ce qu'on a voulu faire croire, on s'est déjà rencontrés auparavant. Elle a l'air plutôt perspicace, et de ne pas être du genre à se laisser berner comme la plupart des gens.

— Ramène-moi un des burgers du bistrot qui est en bas de County Line. Ce sont mes préférés, et ils ne livrent pas jusqu'ici.

— Quoi !? Mais c'est à quinze minutes d'ici, se plaint Gigi.

— Et vous avez plus d'une heure devant vous, ça tombe drôlement bien, non ?

Joe a l'air bien parti pour démonter un à un tous les arguments qu'on lui opposera.

Gigi répond en retroussant une lèvre :

— Très bien. Mais tu as utilisé ton joker, ne me demande plus rien de la semaine.

Joe se rapproche de sa fille. Pour ma part, je n'ai pas bougé d'un pouce ; je les regarde, planté là.

— Ce n'est pas ton père qui te le demande, mon trésor. C'est ton boss qui l'exige.

J'écarquille les yeux en même temps que Gigi.

— Donc, pour moi, ce sera le même burger que d'habitude, conclut-il en fixant sa fille, à un pas d'elle.

— OK, lâche-t-elle d'un ton sec.

— Grand Dieu, commente Izzy à mi-voix, en secouant la tête. Quel bordel ! Un beau bordel, je dirais même ; total et complet.

Je m'approche du comptoir en massant ma nuque d'une main et propose :

— Je peux y aller seul...

Me coltiner Gigi qui fait la gueule parce que son père l'a obligée à venir, ça ne me dit rien. Alors j'insiste :

— Je peux trouver le bistrot et vous rapporter le burger.

Mais les arguments que j'avais encore sur le bout de ma langue s'évanouissent devant le regard que Joe me lance.

— Non, tu ne peux pas y aller seul, parce qu'elle va y aller avec toi. Je ne sais pas quelle mouche vous a piqués, tous les deux. Si c'est le fait d'avoir commencé le même jour ici, je vous arrête tout de suite : ce n'est pas une compétition. C'est un business dans lequel vous êtes tous les deux impliqués. Alors quel que soit le délire merdique que vous vous êtes inventé, il prend fin ici et maintenant. C'est compris ?

Je fais oui de la tête, parce que je ne discute pas les ordres du patron. Aucune chance. Il peut bien me demander d'emmener sa fille où ça lui chante, même de faire avec elle un aller-retour en enfer pour aller chercher une bouteille d'eau, j'irai. En plus, ce n'est pas comme si la compagnie de Gigi était si désagréable. Devoir contrôler ma queue pourrait bien être un problème, mais passer du temps avec une jolie poupée comme elle n'est pas une grande épreuve ; même si je préférerais qu'elle se serve de sa grande gueule à des fins meilleures...

— Je comprends, papa, répond-elle doucement. Je serai sympa.

Joe ébauche un sourire et ses épaules se détendent.

— Bon, maintenant filez. Je crève de faim. Et demandez aux autres s'ils veulent quelque chose à manger, avant de partir.

— Je vais chercher mes clés.

— Oh non, me coupe Gigi en secouant la tête, me fixant toujours comme si elle allait me sauter à la gorge. On prend ma voiture.

— Pourquoi ?

Elle penche sa tête de côté en croisant les bras, et me regarde de haut en bas.

— Laisse-moi deviner, articule-t-elle sur un ton ironique à souhait. Tu es à moto, pas vrai ?

— Oui.

— Et on va rapporter les repas de tout le monde...

Alors je ne vais pas les tenir à bout de bras pendant que tu slalomes entre les voitures, juste parce que monsieur veut prendre sa moto.

Je hausse les épaules.

— J'ai un compartiment à bagage

— Rien à foutre. On y va avec ma voiture, un point c'est tout.

— OK, comme tu préfères.

Je ne vais pas rester planté là dix minutes de plus à tergiverser au sujet du mode de transport.

— J'en ai rien à carrer de comment on y va, du moment qu'on y va.

— Bien dit, commente Joe. Il est bien, ce jeune.

— Ou alors c'est le pire de son espèce, dit tout bas Izzy, secouant la tête à mon intention.

Je ne sais pas quels scénarios Izzy a tournés et retournés dans sa tête à mon sujet, mais heureusement, elle a l'air prête à discuter avant de faire exploser ma vie. Elle et Gigi sont proches. Ça crève les yeux, même en les ayant vues interagir si peu de temps. Si Gigi crache le morceau, je n'aurai plus qu'à poser mon cul sur ma moto pour partir à la recherche d'un nouveau boulot et d'une nouvelle ville... une fois de plus.

— Je te retrouve devant, me dit Gigi en faisant un mouvement de tête vers la porte. Le pick up noir.

Je ne m'éternise pas. J'ai besoin de me rafraîchir les idées avant d'aller où que ce soit avec cette fille. Elle me met la tête sens dessus dessous. Mes idées partent dans toutes les directions, dont la plupart sont mauvaises, mais finissent toutes au même endroit : au lit avec Gigi qui gémit mon nom en suppliant d'en avoir toujours plus.

Putain...

La porte ne se referme pas derrière moi quand je

sors dans l'air humide de Floride. Je crois être seul et commence à faire les cent pas.

— Je ne sais pas quel est le problème entre vous, commence Izzy, me faisant sursauter au point que je m'agrippe à ma propre poitrine. Mais quel qu'il soit, tu ferais mieux de le régler ou de déguerpir d'ici en vitesse.

— Nom de Dieu! Tu m'as flanqué une de ces trouilles!

Elle se rapproche de moi et tend le cou pour me regarder bien en face.

— Tu m'as entendue?

J'opine derechef.

— Ben oui. Je t'ai dit, tu m'as flanqué la trouille, Iz.

— Écoute bien, gamin… dit-elle en pointant du doigt la fenêtre de la boutique. Gigi t'a dans le collimateur. Elle ne t'aime pas, et c'est rare qu'elle déteste quelqu'un. Alors, je ne sais pas quelle connerie tu as faite pour mériter ça, mais débrouille-toi pour te rattraper. Je n'ai pas envie que tu partes déjà, mais tu comprends : Gigi, c'est la famille.

— Oui. Je sais. Je sais comment ça marche.

Je soupire en passant une main dans mes cheveux.

— Ce n'est pas mes oignons. Elle a beau être ma nièce, vous êtes majeurs; mais je t'aurais prévenu : arrange ce que tu as merdé, où t'auras dégagé dans moins d'une semaine.

Je ne nie pas qu'il existe une histoire. Izzy est intelligente, je ne vais pas lui mentir une fois de plus, mais sans rentrer dans les détails pour autant. Je vais bien me garder de lui raconter comment sa nièce embrasse, quel goût a sa peau et la courbe parfaite de ses fesses.

— Je m'en occupe.

Je fourre mes mains au fond de mes poches, en me demandant comment je vais bien pouvoir m'y prendre.

Je pourrais peut-être rappeler à Gigi à quel point on va bien ensemble... Je ne comprends pas pourquoi elle en a autant après moi. Je ne l'ai pas traquée à travers tout l'État. Bon sang, je ne connaissais que son prénom, rien d'autre !

Elle m'a menti, en y repensant.

D'abord, vu qu'elle est fraîchement diplômée de la fac, elle m'a menti sur son âge. Elle m'avait dit avoir vingt-deux ans et être sur le point de finir ses études, et c'était il y a plus d'un an. Ensuite, elle m'avait dit habiter et travailler à Miami. Bon, je me doute avoir eu droit à des tonnes d'autres mensonges pendant la semaine qu'on a passée ensemble, mais je n'ai pas été très bavard et honnête au sujet de ma vie ou de mon passé non plus.

On savait tous les deux ce qu'on faisait, à Daytona. Il ne s'agissait que de prendre du plaisir, de profiter du moment. Hier et demain n'avaient aucune importance. Les mensonges qu'on se disait étaient sans conséquence ; on vivait une parenthèse, dans cet hôtel, emmêlés dans les draps et couverts de sueur.

Mais maintenant... Nos chemins sont liés l'un à l'autre, comme imbriqués. Dire que mon avenir et mon destin sont entre les mains de la fille du patron... Cette même fille que j'ai baisée jusqu'à ne presque plus pouvoir tenir sur mes jambes !

— Fais ce qu'il faut pour arranger ce merdier,

conclut Izzy avant de s'éloigner pour disparaître dans la boutique, me laissant les bras ballants.

Elle a dit *ce qu'il faut*... Je me demande si ça peut inclure d'être en couple avec sa nièce.

Je sens qu'il y a toujours cette étincelle.

J'ai surpris Gigi à me regarder plus d'une fois. Pas méchamment, plutôt avec curiosité. Elle observait mes mains quand elles étaient sur le dos de Piper ; est-ce qu'elle repensait à ces mêmes mains sur sa peau à elle ?

Quoi qu'il en soit, je vais la laisser tranquille en attendant d'en savoir plus.

ET MERDE. J'adore mon père, mais là... Pourquoi est-il si naïf et enthousiaste, tout à coup ? Et cette obsession pour qu'il y ait à tout prix une ambiance familiale à la boutique... Qu'est-ce que ça peut bien lui faire que je m'entende avec Pike ou non ? Je ne me souviens pas qu'il ait fait tout ce foin quand ils ont embauché Kat. Je me souviens plutôt de mes tantes qui s'arrachaient les cheveux à l'idée qu'une petite meuf sexy bosse si près de leurs hommes.

Mais maintenant, mon père s'est proclamé roi de la camaraderie, et il veut régner sur une seule et grande famille où tout va bien dans le meilleur des mondes. Si seulement il savait...

Il me tuerait, avant d'assassiner Pike.

— On en parle ? demande Pike depuis le siège passager de mon pick up.

— Je pense qu'on s'est déjà tout dit.

Je regarde droit devant moi, les yeux sur la route, sans faire cas de la bombe sexuelle assise à mes côtés.

Pourquoi est-ce qu'il sent si bon, putain ?

Pike remue sur sa chaise, mais je ne daigne pas le

regarder. Je sais qu'il a les yeux posés sur moi et nulle part ailleurs. Je peux sentir le poids de son regard comme une couverture chauffante sur ma peau.

— Ma belle, prononce-t-il avec un léger accent du Tennessee ; en fait, j'aurai bien plus de choses à te dire...

— Eh bien parle, et peut-être que j'écouterai en conduisant. Je hausse une épaule en resserrant ma prise sur le volant. Je n'ai pas vraiment le choix, de toute façon, non ?

— J'aime avoir un public attentif, répond-il en plaisantant. Je veux que tu saches que je ne t'ai pas suivie. Je ne suis pas comme ça.

— C'est ce que tu dis, mais qu'est-ce qui le prouve ?

— Gigi, putain, mais comment est-ce que j'aurais pu te trouver ?

— Tout est possible, dis-je en haussant les épaules.

— Tu m'avais seulement donné ton prénom. Et dit que tu étais de Miami, qui se trouve être à des centaines de kilomètres de là.

— Il y a d'autres moyens.

— Quels autres moyens !?

Il se tourne vers moi et son genou touche presque le mien, mais je ne peux mettre mes jambes nulle part ailleurs. Je sais bien qu'il a raison, et ça ne me facilite pas les choses.

— Je ne sais pas. Mon oncle est détective privé, et je suis sûr qu'il aurait pu me trouver avec peu d'indices.

Pike se met à rire et, du coin des yeux, je peux voir qu'il secoue la tête.

— Écoute, poupée...

Je pousse un grognement, ce qui le fait rire de plus belle.

— Tu préfères *chérie* ?

— Non. Mon nom c'est Gigi, ou Giovanna.

— Giovanna fait un peu prétentieux, ce qui, en ce moment, te va très bien.

— J'ai changé d'avis.

Je tends la main vers le poste, parce que je préfère écouter n'importe quoi plutôt que cette voix ensorcelante.

Il referme ses doigts sur mon poignet, m'empêchant d'allumer la radio.

— Je n'avais rien à poursuivre. On a passé des moments sympas, mais il n'a jamais été question qu'on aille plus loin. Et je ne te poursuivrai jamais pour toucher encore une fois ton merveilleux petit cul.

Je ne peux m'empêcher de le dévisager avant de fixer la route à nouveau.

— Sympas ? Ma voix est aiguë, presque perçante. On a passé des moments *sympas* ? Je serre les dents, retirant mon poignet de son emprise d'un geste vif.

— Eh bien, pas vraiment.

Il marque une pause. Il a une chance de cocu que je ne peux pas me jeter en travers du siège pour broyer son joli cou dans mes mains.

— C'était putain de spectaculaire, en fait. Ce que tu m'as fait...

— Stop, dis-je en secouant la tête et en serrant les dents si fort que j'en ai mal à la mâchoire. J'étais là. J'ai pas besoin que tu me racontes.

Pike se remet à rire, ce qui fait bouillir mon sang dans mes veines.

— Tout ce que je dis, c'est que je ne t'ai pas poursuivie. Je me suis dit que tu avais eu ce que tu voulais, que tu en avais fini avec moi. Alors, pourquoi est-ce que je t'aurais pourchassée ? Il garde un moment le silence, mais je le laisse continuer sans répondre. Je ne chasse pas les gonzesses. Je ne l'ai jamais fait, et ne le ferai jamais. C'est pas mon style, ma belle.

— Merci pour cette petite once de vérité, Pike.

— À t'entendre, on dirait que je t'ai fait du tort. Je te ferais remarquer que c'est toi qui es partie comme une voleuse, sans même dire au revoir.

Ses derniers mots me font tiquer. C'est vrai que je lui ai fait ce coup-là. Je lui ai dit que j'allais prendre un café vite fait, et je suis partie sans me retourner. J'ai pris ma voiture, je suis passée prendre les filles et j'ai conduit jusqu'à l'université d'État de Floride. Mais pour être tout à fait franche, ce matin-là, je suis tombée sur un texto qui s'affichait sur l'écran de son téléphone et disait :

— Dis-moi quand tu auras fini avec la gamine, je t'attends.

Ça m'a fait l'effet d'un détonateur.

Je savais bien que je n'étais pour lui qu'un autre plan cul dans une longue file d'attente. Mais l'espace d'une seconde, il m'avait semblé qu'il y avait plus entre nous qu'une brève liaison, et ce texto m'avait réveillée : je n'étais rien d'autre qu'une conquête de plus à son tableau de chasse.

— Je t'ai attendue pendant trois heures dans cette chambre d'hôtel, avant de comprendre que tu ne reviendrais pas. Je me suis senti vraiment con.

— Je suis désolée.

Je n'avais pas pris en compte ce qu'il avait pu ressentir ou s'il en avait eu quelque chose à faire. J'avais imaginé qu'une séparation sobre, sans adieu, sans dernier baiser et sans poser de question, était la meilleure façon de le quitter. C'était un peu lâche, mais je n'avais jamais rien vécu de semblable dans ma vie ; je ne savais pas comment faire. Et je me voyais mal clore l'histoire en disant quelque chose dans le genre : *merci pour ta queue, mon gars*.

— Qui se comporte comme ça ?

— Oh, je t'en prie. Je suis sûre que tu as connu un tas de filles qui ne sont pas venues te border pour te dire au revoir.

— Personne ne s'était jamais enfui sans au moins dire merci...

Mes yeux glissent du feu rouge à son visage. Il a une expression dure dans le regard. Ses doigts triturent sa barbe.

— Merci ?

Le coin de sa bouche s'étire, découvrant le blanc de ses dents comme un éclat de nacre niché dans sa toison faciale.

— Pourquoi pas ?

Je renverse ma tête en arrière en riant.

— Je pense que si l'un de nous deux avait à remercier l'autre, ce serait toi, mon pote.

Mes mots n'ont d'autre effet sur lui que de déclencher son rire à nouveau. Bon sang, ce qu'il m'énerve !

— Je croyais t'avoir largement remerciée en te donnant tellement d'orgasmes que tu pouvais à peine marcher, quand tu es sortie chercher ton café fantôme.

Je regarde son beau visage satisfait en plissant les yeux.

— Ce n'est pas comme si tu étais le seul mec de la planète à pouvoir me donner un orgasme. Tu n'es pas un cadeau que Dieu aurait fait aux femmes, pauvre minable. Et je peux aussi me donner un orgasme toute seule quand ça me chante.

— En pensant à moi ?

Son sourire s'élargit. Je pince mes lèvres et me retourne vers la route, en silence. Heureusement qu'on n'est plus qu'à deux minutes du bistrot, parce que j'ai besoin de sortir de cette voiture et de mettre de la distance entre nous.

— Mon chou, quand je me touche, quand j'ai les doigts bien au fond et que je me caresse en rêvant de pénétration...

— Ne dis pas des choses pareilles, ma belle, à moins d'avoir l'intention de t'allonger sur le dos et de réclamer ma queue.

— Tu es tellement prétentieux.

Mais putain, il a tellement raison.

On est coincés dans la cabine étroite de mon pick up, et il est si près de moi... Je peux sentir l'odeur musquée que le savon a laissée sur sa peau. Les souvenirs de cette fameuse semaine me submergent, comme le plus enivrant des rêves, mais je les repousse, m'accrochant à la version agaçante que j'ai de Pike aujourd'hui.

— Dis-moi que tu n'as pas pensé à moi une seule fois depuis que tu as quitté Daytona, et je te laisse tranquille, je classe l'affaire comme si ça n'avait jamais été rien d'autre qu'un bon moment.

— Je n'ai pas pensé à toi une seule fois, dis-je en mentant. Et toi, tu as pensé à moi ?

— Tous les jours, répond-il rapidement, tandis que je regrette aussitôt de lui avoir posé la question.

Pour être honnête – ce que je ne suis pas, pour éviter de lui fournir des armes contre moi – j'ai pensé à lui chaque putain de jour aussi. Comment aurais-je pu faire autrement ? Après la semaine qu'on a passée, et tout ce qu'on a fait, je ne pouvais penser à personne d'autre qu'à lui.

Il m'a dévastée. Je n'aurais jamais cru dire ça un jour, et j'ai parfois du mal à l'admettre, mais c'est la vérité. Il m'a complètement dévastée.

Avant que je rencontre Pike, Mallory m'avait demandé si Erik était un bon coup. J'avais répondu qu'il était pas mal, ou peut-être même bon, mais maintenant je sais ce qu'il en est. Pike m'a fait certaines choses qui ont tendu mon corps jusqu'aux orteils ; mes jambes en tremblaient, comme prise de convulsions.

— On y est.

J'ouvre la porte et d'un bond, je descends du pick up. Je claque la portière et m'éloigne sans attendre Pike.

Je marche vite jusqu'à la porte du bistrot que j'ouvre en grand, essayant de maintenir le plus d'espace possible entre Pike et moi. Mais aussi vite que j'aille, il est sur mes talons.

— Notre histoire n'est pas terminée, me dit-il, quasiment collé à mon dos dans le bistrot bondé.

Je tourne la tête et le regarde par-dessus mon épaule.

— Mais si.

Il se penche vers moi jusqu'à ce que son visage soit si près du mien que je peux sentir la chaleur de son souffle caresser ma peau.

— Admettons que tu aies raison... Ça ne veut pas dire que je ne veux plus de toi dans mon lit, tes lèvres contre les miennes.

Je prends une longue et profonde inspiration, prise de vertige au souvenir de sa bouche de velours.

— Ça n'arrivera plus jamais.

Je détourne la tête rapidement pour me plonger dans le menu, me maudissant en silence parce qu'en fait, ça ne me déplairait vraiment pas de me retrouver dans son lit avec sa bouche sur la mienne. Je murmure tout bas :

— Salaud...

— Bienvenue chez Burger-Burger-Burger. Qu'est-ce que je vous sers ? demande un serveur depuis l'autre côté du comptoir.

Il est vêtu du costume le plus ridicule qui soit et arbore un sourire démesuré. Personne ne saurait être heureux à ce point de bosser dans une gargote pareille.

Mais si le nom du boui-boui est complètement tarte et les uniformes plus ringards encore, leurs burgers sont les meilleurs du pays.

— Pour moi, ça sera un Double Suisse Champignons, des beignets aux oignons XL et une moyenne limonade light.

— Light ? me souffle Pike à l'oreille. Je profite qu'il est si près pour lui donner un coup de coude. Je n'ai aucune envie d'aborder le sujet avec lui devant tout le monde.

— Et toi, Pike, qu'est-ce que tu prends ?

Je lui pose la question sans daigner lui faire face.

Au contraire, je regarde *Jim* – d'après ce qui est écrit sur son badge – en lui rendant son putain de sourire artificiel.

— À part toi ? murmure Pike à mon oreille, ce qui lui vaut un autre coup de coude dans le bide. Je prendrai la même chose qu'elle.

Sa voix étant un peu cassée, j'en déduis l'efficacité de ma frappe.

— Sur place ou à emporter? demande Jim derrière la caisse, sa tête de boutonneux toujours fendue d'un large sourire.

— À emporter.

— Sur place, corrige Pike en couvrant ma voix. On va aussi passer commande pour d'autres menus, qui seront à emporter.

Je sursaute en sentant ses doigts effleurer mes fesses. Je m'apprête à le gifler quand je remarque la feuille jaune qu'il tient à la main. Il énumère les différentes commandes des collègues avant de tendre à Jim une liasse de billets.

Je lui fais remarquer sèchement :

— Tu aurais pu me demander la liste, au lieu de...

Mon Dieu. Pourquoi est-ce que je me comporte comme une garce... ?

Devant Pike, tout mon mauvais côté ressort. J'étais plus à l'aise pendant notre semaine à Daytona. Je n'avais pas à jouer un rôle. Comme je ne le connaissais pas du tout, je lui ai menti un peu, mais j'étais vraiment moi-même. Je n'avais pas besoin de porter un masque, ou de continuer à jouer le rôle de la fille enjouée prête à faire n'importe quoi pour ne plus avoir à supporter Mallory.

— On vous apporte tout ça dès que c'est prêt, déclare Jim, nous encourageant à bouger de là pour désencombrer la file d'attente.

D'une démarche raide, je me dirige vers une place libre, me laisse tomber sur la chaise et regarde par la fenêtre.

— On peut faire la paix, propose Pike en se glissant sur la chaise en face de moi. Je tiens à ce boulot, et je n'ai pas envie d'être foutu à la porte avant même d'avoir eu la chance de faire mes preuves. Ton père ne te virera pas, mais il pourrait me botter le cul jusqu'à la sortie en un rien de temps. Je ne tiens pas à t'embêter.

— Contente de l'apprendre, Pike. Et, au passage, je n'ai pas été embauchée par piston. Ça fait des années que je me casse le cul à m'entraîner à la boutique pour mériter ce foutu siège.

— Et tu as un coup de crayon remarquable, reconnaît-il, me faisant pour la première fois un compliment qui n'a aucune connotation sexuelle. Surtout en ayant eu si peu d'expérience. Je suis très impressionné, pour tout dire.

— Merci. Mon père est un bon prof.

— Une chance pour toi, dit-il en s'adossant à sa chaise, étendant sa jambe de sorte qu'elle touche presque la mienne. Tout ce que mon père m'a montré, c'est comment devenir un salaud.

— Ah, c'est génétique, en fait.

Je ne peux pas m'empêcher de le taquiner, avant de tendre un bras pour attraper une pleine poignée de serviettes en papier dans le distributeur, histoire de faire autre chose que de le regarder.

— Ha ha. Très drôle. Je ne suis pas un salaud.

Il se tait un instant. Je risque un œil vers lui et le regrette aussitôt. Le mec taquin et joyeux assis en face de moi l'instant d'avant a laissé place à un homme rempli de tristesse, et peut-être même, de regret.

— Enfin, pas dans le style de mon père, au moins. On n'a rien à voir, lui et moi. Heureusement... C'est un petit miracle.

— Je suis désolée.

Je ne peux pas imaginer avoir grandi avec un père

épouvantable. Joseph Gallo a beau être autoritaire, il est tellement plein d'amour que ses bons côtés compensent les autres. Évidemment, j'ai parfois eu envie de lui crier dessus, parce que j'en avais marre de ses règles à la con, mais je savais bien pourquoi il dépassait les bornes. C'était par amour. Et aussi parce qu'il pensait toujours avoir raison, ce qui était probablement vrai, bien que je n'aie jamais voulu l'admettre.

On peut dire que le jour de ma naissance, j'ai gagné au loto. Ça, c'est sûr. J'ai un père qui m'adore, et ma mère est l'être le plus adorable au monde. J'ai toute une tribu autour de moi, qui veille sur moi, qui m'aime quoi que je fasse... et Dieu sait que j'en ai fait des conneries.

Pike soulève une épaule en passant les doigts dans sa chevelure châtain clair bordélique – et pourtant parfaite.

— C'est comme ça. J'ai mis autant de distance que je pouvais entre lui et moi.

— Mais... Et ta mère ? lui demandé-je, incapable d'imaginer ne pas pouvoir rentrer chez moi.

— Elle ne vaut pas mieux que lui. Une salope d'un style un peu différent, mais une salope quand même.

— Tu es sévère.

— Si tu les connaissais, tu penserais que je ne le suis pas assez.

Je le fixe, perdant mon regard dans la profondeur du sien, en me demandant ce qui décide du sort de chacun, quand certains naissent dans une famille géniale alors que d'autres viennent au monde sous le coup d'un mauvais sort.

Une fille arrive devant notre table. Elle a l'air tout aussi ridicule que Jim et porte le même accoutrement débile.

— Deux burgers, deux beignets d'oignons et deux boissons !

— C'est pour nous.

Je tends les mains vers le plateau, parce qu'elle reste figée à dévisager Pike, hypnotisée comme une biche devant les phares d'une voiture. Elle a beau ne pas être une biche, et Pike n'avoir rien d'une voiture, elle n'en reste pas moins fascinée.

Et oui, ma fille, je sais...

Je lui prends le plateau des mains et le pose sur la table entre nous, mais elle ne bouge toujours pas. Elle cille à peine des yeux, comme si je n'étais pas là. Elle semble collée au sol, clouée sur place.

— Est-ce que vous désirez autre chose ? demande-t-elle à Pike d'une voix quasiment robotique.

— Je pense que non, répond-il en m'adressant un regard suppliant, comme si je pouvais nous débarrasser de cette fille. Tu veux autre chose, chérie ?

— J'ai tout ce qu'il me faut.

Je défais l'emballage en papier de mon burger en essayant de faire comme si de rien n'était, comme si cette fille bizarre n'était pas plantée là, à dévisager Pike sans pouvoir bouger.

— Eh bien, dit-elle d'une voix douce en battant des cils à une telle vitesse que je parierais un instant qu'elle a une poussière coincée sous la paupière. Si vous avez besoin de quoi que ce soit, vous n'avez qu'à me demander, dit-elle en souriant et en pointant son badge du doigt. Moi, c'est Angie.

— Merci, Angie, répond Pike dans un large sourire, en lui adressant un signe de tête. Je vous appellerai si on a besoin de quoi que ce soit. Maintenant, on aimerait bien manger, ma petite amie et moi.

Le regard que Pike me lance la sort de sa transe.

Elle lui adresse un sourire forcé, se rendant enfin compte qu'il n'est pas seul.

— Bon appétit! conclut-elle d'un ton monocorde, avant de s'éloigner de notre table, nous laissant finalement tranquilles.

Je le taquine:

— Ça doit être difficile d'être toi.

— Difficile, parce que les gens sont gentils avec moi? demande-t-il en attrapant son burger, avant de le placer devant ses lèvres pulpeuses, sans ouvrir la bouche.

— Difficile parce que toutes les femmes ont l'air de se jeter à tes pieds.

— Des fois c'est cool, des fois c'est chiant.

Il croque une grosse bouchée et se met à mâcher lentement, me regardant en faire autant. On reste assis là, à manger en silence, mais ses yeux parlent d'eux-mêmes. Je pourrais me perdre corps et âme dans son regard du même vert profond que le golfe du Mexique avant une tempête.

— Le soir où on s'est rencontrés, par exemple, c'était très cool.

J'avale de travers et un morceau de burger menace de rester coincé dans ma gorge, mais je bataille pour le faire descendre.

— Et sinon, quand c'est chiant? dis-je en essayant d'orienter la conversation vers n'importe quoi d'autre que nous deux.

— Putain, murmure Pike, son burger à la main et un sourire arrogant sur les lèvres. Qu'est-ce qu'on en a à foutre? Une gueule comme la mienne a ses avantages et ses inconvénients, c'est tout.

Je saisis une rondelle d'oignon frit et la lui lance

au visage, avec un sourire joueur, mais il l'attrape avant qu'elle ne l'atteigne.

— Tu te comportes à nouveau comme un salaud.

— Ma belle, je suis tout le temps un salaud, mais c'est ce qui te plaît chez moi, répond-il d'un air sérieux.

Je grogne à son intention :

— Dans tes rêves, mon vieux, dis-je en mordant dans mon burger.

Est-ce que Pike me plaît ?

Il m'a plu suffisamment pour que je couche avec lui – un paquet de fois.

Il m'attire, ça, c'est sûr.

Mais je préférais le Pike de Daytona au Pike d'Inked. Celui de Daytona avait une date limite, ça rendait les choses plus simples. Alors que celui d'Inked arrive dans ma toute petite ville et semble prêt à y poser ses valises pour de bon.

Et je ne peux pas l'en empêcher, à moins d'être honnête envers mon père en lui avouant tout sur ce qu'on a vécu à Daytona.

Bon sang, mon père ne sait même pas que je suis allée là-bas ! Et il ne supporte pas les mensonges. Bon, à la fac, j'ai rempli ma part du contrat, mais ils n'ont jamais su toutes les conneries que j'ai faites... Je sais qu'il n'est plus question qu'il me prive de sortie, ou un truc du genre ; je ne vis plus sous son toit et peux établir mes propres règles. Mais il serait quand même capable de me botter les fesses en découvrant les risques que j'ai pris.

Je n'imagine même pas sa réaction, s'il apprenait que j'avais osé coucher avec un inconnu ; un inconnu que j'avais suivi jusqu'à sa chambre d'hôtel, pour aggraver mon cas, où il aurait pu me violer ou me tuer. Mais je suppose qu'il imaginerait tout de suite le pire scénario possible, en plus d'envisager les mille et une façons que j'aurais pu avoir de bousiller ma vie.

Je n'ai pas attrapé de MST, et ne suis pas repartie avec un souvenir marquant à vie, me valant de me réveiller la nuit pour avoir du lait. Ce que j'en ai gardé, c'est l'histoire indélébile de l'expérience sexuelle la plus étourdissante de ma vie, avec à présent une piqûre de rappel permanente assise en face de moi.

— Dépêche-toi de finir, on va devoir y retourner. J'ai un client dans une demi-heure, me dit Pike en regardant son téléphone.

Je croque encore deux bouchées, essayant de regarder autre chose que les muscles de ses bras tatoués qui se contractent au moindre mouvement. Mais quand je lève mes yeux vers lui, ça ne fait aucun doute : je suis grillée ; il a très bien vu mon manège.

— J'ai fini.

Je jette la fin de mon burger dans son papier d'emballage et fourre un beignet d'oignon dans ma bouche.

— On y va quand tu veux, lui dis-je en parlant la bouche pleine, espérant ainsi être aux antipodes de la séduction.

J'ai besoin de mettre de la distance entre nous. L'étincelle, l'alchimie et l'attraction que j'ai pu éprouver pour lui à Daytona sont toujours là. Et ça m'angoisse énormément. Du temps d'Erik ou de Keith, je n'avais jamais ressenti la puissance de cette force invisible me pousser vers qui que ce soit. Mais avec Pike, elle est tellement forte que je ne suis pas sûre de pouvoir y résister.

— Tu as des idées coquines, me dit-il comme s'il

lisait en moi. Tu arrives à me faire bander même avec la bouche pleine d'oignons frits.

Je suis debout avant que Pike n'ait pu dire un mot de plus, le plateau dans une main et le sac à emporter dans l'autre. Je pars sans l'attendre, mais il ne met pas longtemps à me rattraper ; j'entends son pas lourd derrière moi et sens la chaleur de son corps avant même d'être parvenue à la porte de sortie.

Je jure tout bas :

— Putain de merde... avant de pousser la porte vitrée et de m'enfoncer dans la chaleur infernale typique des jours d'été en Floride.

— La prochaine fois, on prendra ma moto, déclare Pike en faisant rapidement le tour du pick up pour venir m'ouvrir la portière.

Je le regarde bien en face :

— Il n'y aura pas de prochaine fois.

Je me retiens de lever la main et de passer mes doigts dans l'épaisseur de sa barbe.

Il sourit en penchant la tête, avant d'approcher son visage près du mien.

— Flash info, Gigi : Daytona n'était qu'un début.

dix

PIKE

— POURQUOI EST-CE que tu n'es pas venu
t'installer à Nashville? demande ma grand-mère
alors que je cherche mes bottes partout dans l'appartement. Ce n'est pas le travail qui manque, par ici,
mon petit chou.

— Mamie, ce serait encore trop près. J'ai besoin
de m'éloigner autant que possible de cette putain de
ville de merde.

— Comment est-ce que tu parles, Pike... ? Je ne t'ai
sûrement pas appris à t'exprimer comme ça.

— Désolée, mamie.

Je trouve enfin mes bottes près du canapé et en-
treprends de les mettre.

— Nashville est à deux heures de route de ton
père. Ce n'est pas comme si tu pouvais tomber sur lui
au coin de la rue.

Ma grand-mère a été le lot de consolation de mon
enfance. Encore aujourd'hui, elle prend soin de moi.
Comment cette même femme a pu élever l'homme
qu'est devenu mon père, ça, pour moi, ça reste un
mystère absolu. Elle est aussi gentille qu'il est cruel,

115

aussi douce qu'il est féroce. C'est comme s'il en avait contre le monde entier, comme s'il avait décidé de prendre systématiquement le contre-pied de sa mère.

— Je sais bien, mamie.

— Promets-moi juste de venir rendre visite à cette vieille dame que je suis avant qu'elle meure, dit-elle en essayant de me faire culpabiliser, comme toujours.

Elle a commencé à me parler de l'imminence de sa mort quand j'étais encore à l'école primaire. Au début, elle utilisait cette menace pour me contrôler. Ça a marché du feu de Dieu, jusqu'à ce que je prenne conscience qu'elle n'était pas près de passer l'arme à gauche, loin de là. Ensuite, elle s'en est servi pour me faire culpabiliser au point de me garder près de mes parents quand j'aurais tout donné pour ne pas respirer le même air qu'eux.

— Je te promets de revenir te voir avant l'automne.

— C'est dans trois mois, mon chou. Une femme de mon âge peut rencontrer la grande faucheuse à tout moment.

— Alors, tu n'as qu'à venir chez moi. J'ai une chambre d'ami, et je pourrai te faire visiter le coin. Tu as déjà mis les pieds en Floride, mamie ?

— Non. Je souffre bien assez de la chaleur et de l'humidité qu'il y a ici pour aller faire un hammam en Floride.

Elle me fait rire. Je sors dans le patio, un café à la main, en prenant soin de refermer la moustiquaire. Les insectes du coin sont hallucinants, ils sont plus gros que la plupart des rats que j'ai pu voir ramper dans les caniveaux de Nashville.

— N'exagère pas.

— J'exagère toujours.

— De ta bouche, c'est parole d'évangile.

— Lydia est arrivée ; elle doit m'amener faire les courses. Appelle-moi demain pour me raconter ton installation.

— OK, mamie. Dis bonjour à Lydia pour moi.

Je m'accoude à la balustrade et pose ma tasse dessus.

— On se reparle bientôt. Et ne me fais pas le coup de mourir aujourd'hui, d'accord ?

— Personne ne choisit son heure, Pike. Souviens-t'en, dit-elle avant de raccrocher sans dire au revoir, comme à son habitude.

Je n'ai jamais supporté cette façon de faire. Petit, déjà, ça m'ennuyait beaucoup qu'elle ne dise pas au revoir. Personne d'autre qu'elle ne s'interdisait de prononcer ce mot. Elle se justifiait en disant que c'était bien trop définitif pour clore de simples conversations. Mais à part ce côté un peu expéditif, tout en elle était doux et tendre.

— Belle journée, n'est-ce pas ?

Je tourne la tête, la tasse de café encore sous mes lèvres, et tombe nez à nez avec une blonde plantureuse, vêtue d'une robe en soie. Elle est appuyée à la balustrade qui sépare son patio du mien par une légère rampe en métal. Elle tient son mug à une main, sa robe entrouverte laissant presque voir ses seins.

— On peut le dire.

Je ne m'attarde pas à l'observer. Je ne la connais pas, et qui me dit que son mec n'est pas à l'intérieur, prêt à se battre avec moi parce que j'aurais regardé sa meuf de travers ?

— Nouveau dans le quartier ? demande-t-elle, se laissant glisser vers moi, toujours en appui sur la balustrade.

— Depuis la semaine dernière.

Elle tend sa main libre, mais je ne bouge pas d'un pouce.

— Moi, c'est Cadence, mais mes amis m'appellent Cady, comme Katie.

Elle insiste en remuant ses doigts, ne prenant pas la mesure de mon indifférence.

— Eh bien, enchanté, Cady comme Katie.

— Je ne mords pas, précise-t-elle dans un petit rire.

J'en ai connu plein, des filles comme Cadence ; elles finissent toujours par mordre. Elles prélèvent leur part de chair fraîche – et en ce qui me concerne, j'ai déjà bien assez de cicatrices comme ça.

— Pike.

Je lui donne une brève poignée de main, et rien d'autre.

— Eh bien, Pike... Si tu as besoin de compagnie, je suis juste là.

— Désolé, Cady, j'ai déjà quelqu'un.

Je préfère mentir, ça m'évite de lui répondre que je ne suis pas intéressé. Mais elle n'a pas le profil d'une femme qui capitule au premier refus. À sa façon de me regarder, il est clair qu'elle me mangerait volontiers au petit-déjeuner.

— Quel dommage, murmure-t-elle en retirant sa main. Si jamais tu changes d'avis...

— Je sais où te trouver.

— Beaux tatouages, au passage.

— Merci.

Je me garde bien de lui préciser que je suis tatoueur. Il ne manquerait plus qu'elle vienne me mettre ses seins sous le nez à Inked, devant toute la famille Gallo !

Elle me jauge d'un rapide coup d'œil avide, abaissant son regard brûlant de mes bras à mon entrejambe.

— Allez, va, passe une bonne journée.

— Toi aussi.

Je retiens mon souffle, immobile, jusqu'à ce qu'elle disparaisse derrière sa moustiquaire.

Je suis presque dans mon appartement, une jambe encore dehors, lorsqu'une voix familière retentit dans l'autre patio voisin, retenant toute mon attention.

— Je sais, Tamara. Tu le crois, toi? Pike qui débarque de nulle part...

Bon sang!

Si Gigi a cru que j'avais pu la suivre, j'imagine le bordel quand elle découvrira que je suis son voisin. Mais putain, de tous les endroits où elle aurait pu emménager dans cette petite ville de merde, pourquoi a-t-il fallu qu'elle tombe dans le même immeuble que moi, et qui plus est : pile dans l'appartement d'à côté?

Je rentre chez moi et me poste derrière la porte, hors de vue, sans toutefois refermer derrière moi, pour ne pas attirer l'attention. Je ne voudrais surtout pas que Gigi me surprenne en train de l'écouter.

— Oui, il est toujours aussi séduisant, dit-elle à Tamara.

Je le savais, putain!

— Tam, réfléchis une minute. Mets de côté la grosse queue de Pike, tu veux? Imagine un peu comment cette histoire pourrait dégénérer et me retomber sur la gueule.

Il n'y a plus rien qu'elle puisse dire à présent qui pourrait effacer mon putain de sourire. Absolument rien. Elle peut continuer à me traiter de salaud si ça lui chante, et affirmer qu'elle ne veut plus de moi, je ne serai pas dupe. Elle a déjà dit à Tamara tout ce que j'avais besoin d'entendre, et apparemment, elle n'est pas au bout de ses confidences.

— Arrête tes conneries.

Gigi pouffe de rire, avant de demander d'une voix grave :

— Et si mon père découvrait tout sur Daytona ? Je me ferai défoncer.

Ah, mademoiselle a ses petits secrets... Son père ne sait pas qu'elle a couché avec moi, mais il ignore carrément tout de la Semaine de la moto, l'année dernière à Daytona. Sûr qu'il péterait un câble. Si j'avais une fille, je ne voudrais pas qu'elle approche ce genre de manifestation envahie de types comme moi. Aucune chance que je la laisse faire.

Je jette un rapide coup d'œil dans la cour, le temps de voir en gros plan les fesses de Gigi moulées dans le plus sexy des shorts en jean qui soit. Un mug de café dans une main et son téléphone dans l'autre, elle se tient adossée à la balustrade.

— Je ne peux pas me remettre à coucher avec lui.

Je me redresse légèrement.

— Parce qu'on travaille ensemble, et Pike n'est pas du genre à se caser. Je ne me contenterai pas d'être le plan cul de qui que ce soit, Tam. Je veux de l'amour. Je veux une relation sérieuse. Comme celle de mes parents, ou des tiens...

C'est là où elle se trompe, mais bon sang, ce n'est pas le bon moment pour la reprendre. Ça gâcherait tout ce à quoi on était arrivés hier. À la fin de la journée, elle n'avait plus envie de m'étrangler, ce qui était un grand progrès ! Alors je ne vais pas tout ruiner, et encore moins en l'effrayant, sortant comme un diable en boîte dans la cour pour interrompre son flot de confidences.

— Je ne vais pas craquer pour une nouvelle partie de jambes en l'air, juste parce que je n'en ai pas eu d'autres depuis.

Mes yeux s'agrandissent et tout semble disparaître autour de moi. Ses mots me percutent comme une tonne de briques.

Elle n'a couché avec personne d'autre ?

— Ma passade avec Pike était une folie passagère, inspirée par les conneries de Mallory qui voulait à tout prix me faire passer pour une prude. J'ai vaincu ma pudeur à présent, avec très exactement deux trophées à mon tableau de chasse ! Erik était un connard immoral, et Pike était Pike. Il a beau avoir été le meilleur coup de ma vie, je ne sortirai pas avec un homme qui ne peut pas s'engager.

Dire que je suis abasourdi serait un euphémisme. Il n'y a plus grand-chose qui puisse m'étonner dans le monde, surtout en matière de conneries. Mais bon sang, apprendre que Gigi n'avait couché qu'avec un seul type avant moi, et n'a plus connu personne depuis...

Est-ce seulement possible ?

Jusqu'ici, je connais trois choses sur elle.

Premièrement, je sais que les apparences sont trompeuses : elle n'est pas une fille légère qui couche avec le premier venu. J'étais une exception étrangère à sa norme.

Deuxièmement, j'ai encore ma chance avec elle. Elle veut de l'amour, du romantisme. Ce serait dans mes cordes. Je pourrais être celui qu'elle veut. Elle me plaît, elle a vraiment tout ce qu'il me faut : elle est douce en ayant du caractère, elle est gentille et piquante à la fois. Elle a du tempérament et un bagou qui pourrait briser le cœur d'un homme jusqu'à le mettre à ses pieds.

Troisièmement, j'ai intérêt à trouver un moyen de l'attirer à moi sans me faire défoncer par son père. Si Gigi était capable de céder à mes avances, avoir l'aval de Joe est une tout autre histoire...

— Crois-moi, les femmes se pâment devant Pike. Elles deviennent carrément débiles, près de lui. C'est ridicule.

Gigi se tait un instant avant d'ajouter :

— Ferme-la, Tamara, je ne suis pas devenue débile moi aussi. J'ai pris ce que je voulais, et c'est tout.

Je ne sais pas ce que Tamara lui dit, mais le savoir me démange. C'est déjà bien d'avoir la moitié de la conversation, mais bon sang... La totalité m'irait mieux. Je serais curieux de savoir ce qu'elle a dit à sa cousine, à quel point elle s'est confiée à elle et si elle lui a confessé combien ça avait été phénoménal entre nous.

— Je ne dis pas que de la merde ! aboie Gigi.

Oh que si... Elle n'a pas été franche sur un seul sujet depuis que je l'ai rencontrée, et elle a continué à me mentir hier. J'ai entendu de sa propre bouche qu'elle me détestait, avant de l'entendre avouer à Tamara tout le contraire. Mais à vrai dire, à sa façon de me regarder, j'avais vu qu'elle avait toujours envie de moi.

— Bon, passons à autre chose. Tu arrives quand ? Ma mère flippe complètement de me savoir toute seule. Je lui ai dit que tu passerais tout l'été avec moi, jusqu'à la reprise des cours.

Merde. Même s'il se pouvait que Tamara soit un atout dans mes plans de conquête, elle pourrait aussi bien se révéler être un obstacle. D'après ce que j'ai entendu, je dirais plutôt que Tamara incite Gigi à venir vers moi, même si ça ne devait être que sexuel. Je prendrai ce qui viendra, et j'essaierai de faire flancher Gigi centimètre par centimètre, orgasme après orgasme. Quel qu'en soit le prix. Quand je veux quelque chose, je fonce, et il n'est jamais question pour moi d'abandonner.

— Je te garde la place au chaud, mais je ne te donne pas plus de deux semaines pour ramener ton cul par ici. Je ne comprends même pas ce que tu peux bien foutre encore là-haut.

Voilà, maintenant je sais à quoi m'en tenir. J'ai deux semaines pour essayer d'amadouer Gigi avant que sa cousine débarque et se tape l'incruste. Le temps pourrait jouer en ma faveur. Si ses parents, et particulièrement sa mère, n'aiment pas la savoir toute seule, ils seraient peut-être rassurés d'apprendre que j'habite à côté. Un voisin qu'on connaît, un collègue de travail qui pourrait intervenir en cas de problème, ça pourrait même être appréciable, non ?

— Hank, ce minable ? C'est un gros naze, Tam. Tu mérites mieux, et tu le sais. Ça fait déjà un mois que tu devais le quitter, et voilà où tu en es : à rester coincée à la fac pour lui.

Elle se tait à nouveau. Je ne bouge pas, toujours collé au mur de l'entrée.

— Tu as deux semaines pour lui briser le cœur et ramener ta fraise ici, avant que je ne dise à ton père à quel point tu te fais liposucer la cervelle.

Toujours caché, je tends le bras, ferme lentement la porte du patio et pousse le loquet. Je ne sais pas si le bruit attire son attention, mais je ne vais pas me risquer à vérifier. Je dois me rendre à la boutique, et j'aime autant être dehors, assis sur ma moto, avant qu'elle se décide à sortir. La dernière chose dont j'ai besoin maintenant, c'est qu'elle me trouve ici et me soupçonne à nouveau de l'avoir suivie.

Comment lui faire découvrir qu'on est voisins sans qu'elle me suspecte d'avoir écouté sa conversation… ?

C'est un grand sac de nœuds, mais je devrais pouvoir tirer mon épingle du jeu.

Je suis presque à ma moto lorsqu'une porte s'ouvre dans mon dos. Je me fige.

— Pike ? appelle Gigi. C'est toi ?

Et merde. Je passe une main sur ma nuque et me retourne vers elle.

— Hey !

Je lui adresse un signe de l'autre main, l'air benêt, mes clés se balançant au bout de mes doigts.

Elle est sublime ; les rayons du soleil entourent sa silhouette et la font briller comme un ange. Mais l'expression de son visage n'a rien d'angélique.

— Qu'est-ce que tu fous là ? demande-t-elle en venant vers moi d'un pas rapide, ses bras se balançant de chaque côté de son corps.

— J'allais partir à la boutique.

Je reste planté là, sur la place de parking vide à côté de ma moto.

— Non.

Elle croise les bras, et je peux sentir la colère monter en elle comme une vague.

— Ce que je te demande, c'est qu'est-ce que tu fais ici, à Sunshine Vista.

J'essaie de répondre d'un air anodin :

— J'habite ici.

Voilà, c'est dit.

— Ici ? demande-t-elle en pointant du doigt le bitume sous mes pieds.

— Là-bas.

Je rectifie d'un geste en montrant l'immeuble ; notre immeuble.

Son regard se rétrécit.

— Quelle entrée ?

— Celle du fond.

Elle a l'air hallucinée.

— Bordel, tu habites pile à côté de moi, c'est ça ?

J'écarquille les yeux.

— Arrête ! C'est vrai ? Quelle putain de coïncidence.

Pour l'amour de Dieu, faites qu'elle n'ait pas entendu ma porte se refermer, qu'elle ne puisse pas réaliser que je l'écoutais. J'apprécierais de pouvoir aller au travail avec mes boules intactes et ma voix grave.

— Tu dis que tu ne me suis pas. Mais putain, Pike, tout laisse à croire le contraire.

— J'ai signé mon bail il y a deux mois, et j'ai emménagé la semaine dernière. Et toi ?

— J'emménage cette semaine, rétorque-t-elle, les poings sur les hanches. Je recule discrètement, parce qu'elle a l'air d'être au bord de m'en coller une. Elle demande :

— Et pourquoi ici, précisément ?

— Il n'y avait que deux résidences avec des appartements à louer dans ce trou du cul du monde, et l'autre...

— Il craignait, dit-elle en finissant ma phrase.

Je hoche la tête.

— Exact, et je n'allais sûrement pas m'installer dans une bâtisse aussi merdique. Donc, je ne t'ai pas suivie. C'était juste le seul endroit potable à trente bornes à la ronde, c'est tout. Bon, maintenant, tu veux que je t'emmène au boulot ou pas ?

— Non, répond-elle sans desserrer les dents.

— Comme tu veux.

— Pike, réfléchis une seconde ; comment est-ce que je pourrais justifier d'arriver au boulot sur ta moto ?

J'acquiesce d'un mouvement lent, avant de passer une jambe par-dessus ma moto et de me laisser retomber sur la selle.

— J'avoue que je n'avais pas réfléchi à grand-chose, à part de t'avoir contre moi, tes cuisses collées aux miennes et tes seins plaqués dans mon dos.

Elle lève le visage au ciel en grognant, et déblatère une flopée de jurons dans un agencement original somme toute assez impressionnant. Puis, détachant son regard des nuages cotonneux au-dessus de nos têtes, elle plante ses yeux dans les miens et articule :

— Ça n'arrivera plus jamais.

Oh que si, ma belle. Je ne prononce pas ces mots-là à voix haute ; à quoi bon ? Elle s'empresserait de me traiter de malade en cachant ses moindres sentiments. Ça m'est égal ; maintenant que je l'ai entendue parler à Tamara, je sais à quoi m'en tenir.

— Pars devant. Je ne suis pas encore prête ; je ne suis pas maquillée. Je venais chercher ma trousse de maquillage, elle est restée dans ma voiture.

Je ne peux réprimer un demi-sourire.

— Tu n'as pas besoin de cette merde sur ton visage, poupée. Tu es magnifique comme tu es, avec le soleil qui s'emmêle dans tes cheveux et qui t'embrasse les joues.

Elle rougit légèrement, et toute tension semble s'évaporer de son corps.

— N'importe quoi, réplique-t-elle en me congédiant d'une main. Vas-y, j'arriverai juste après toi. Et ne dis à personne qu'on est voisin.

— Bouche cousue, ma belle.

— Gigi, rectifie-t-elle alors que je démarre la moto, prêt à partir.

— Bien sûr, ma belle Gigi.

Je lui adresse un grand sourire en lançant le moteur, couvrant le son des cris qui doivent sortir de sa bouche ouverte. Je mets mes lunettes de soleil et lui adresse un signe de tête, avant de sortir en douceur ma moto de la place de parking.

Elle reste à me regarder sans bouger d'un pouce, les poings toujours fichés sur ses hanches. Elle est bombesque, et ce short en jean met vraiment en valeur ses longues jambes. Avec ses cheveux bruns flottant autour d'elle dans la brise matinale, elle a l'air d'une déesse. Tandis que je m'éloigne, elle me suit de son regard perçant.

— ON SORT tous boire un pot après le boulot, annonce Izzy quand j'entre dans le bureau à la recherche d'une boisson fraîche après le départ tardif de mon dernier client.

Je ronchonne en ouvrant la porte du petit frigidaire.

— Je ne sais pas trop, tatie... J'ai beaucoup de choses à faire à l'appartement.

— On sort pour fêter votre arrivée dans l'équipe, Pike et toi. Donc, aucune chance que tu y échappes, ma petite.

Elle s'assoit au bureau. Je la regarde bouche bée, en décapsulant mon soda.

— Mais je ne suis pas une nouvelle recrue ! Et pour ce qui est de Pike, je parie qu'il ne restera pas longtemps.

Elle soulève un sourcil.

— Qu'est-ce qui te fait croire ça ?

Je réponds en haussant une épaule :

— C'est juste un pressentiment.

Elle tapote ses ongles contre la surface en bois du bureau.

— Est-ce que tu vas enfin te décider à me raconter d'où tu connais Pike ?

— Je ne vois pas de quoi tu parles.

Je compte bien continuer à nier ce qui s'est passé avec lui aussi longtemps qu'il sera humainement possible de le faire.

Elle repousse le bureau, se lève et se dirige vers moi. Elle croise les bras sous sa poitrine, ce qui n'est jamais bon signe.

— Je vous ai observés pendant deux jours, tous les deux ; et tu veux savoir ce que j'ai vu ?

— Pas particulièrement.

Elle me cloue du regard.

— J'ai vu deux jeunes gens qui se connaissent, et qui se connaissent même plutôt bien.

Je laisse échapper un petit rire, mais c'est un rire nerveux, trop aigu. Ma tante braque ses yeux sur moi et j'essaie d'esquiver :

— Je ne le connais pas. C'est juste qu'il est hyper séduisant, OK ? Ça fait un bon moment que je suis seule, et c'est le seul mec de la boutique qui n'est pas de ma famille. C'est aussi simple que ça.

Elle me toise en soupesant ce que je viens de dire, sans avoir l'air d'en croire un mot.

— Il est très séduisant, je te l'accorde. Mais il y a autre chose, et tu me le caches. Par ailleurs, laisse-moi te dire un truc à propos de Pike… Elle se rapproche de moi et me tient par les épaules.

— Il n'est pas près de partir, ma petite. Il a signé un contrat d'un an avec nous, et compte bien s'enraciner ici.

— S'enraciner…

Je ne peux m'empêcher de répéter ce mot dans un murmure. Pike l'a prononcé tant de fois ces deux derniers jours que j'ai bien cru devenir folle.

— Ça fait trois ans que ce gars-là essaie de se faire embaucher ici. Bon, jusqu'ici, on n'était pas chauds pour engager un inconnu. Mais à présent qu'on lui a fait une place, tant qu'on voudra de lui, il restera. À moins qu'il fasse une connerie vraiment grave...

Trois ans ? Cette information anéantit ma suspicion à son égard ; il ne m'a vraiment pas suivie à travers tout l'État pour me remettre dans son lit.

Je laisse échapper un « putain » qui n'échappe pas à ma tante.

— Donc, tu ferais bien de me dire comment tu l'as connu, et pourquoi tu voudrais qu'il parte, avant qu'il ne s'enracine complètement.

Je sais que s'il y a bien une personne à qui je peux confier tout ce qu'il s'est passé, une qui peut me comprendre, c'est tante Izzy. Elle ne me jugerait pas, si je lui avouais avoir couché avec un inconnu. Mais je n'échapperais sûrement pas à une sacrée morale de sa part, à propos des risques liés à une sexualité hasardeuse. Elle aborderait des sujets que je ne me sens pas prête à partager avec elle. Ensuite, à tous les coups, elle me ferait une scène pour être allée à Daytona pendant la Semaine de la Moto, et je n'y tiens pas spécialement. Pas pour l'instant.

Comme continuer à mentir me semble plus simple que de dire la vérité, je réponds :

— Il n'y a pas grand-chose à dire. On est juste tombés l'un sur l'autre une fois. Il a un visage qu'on n'oublie pas.

Je ne tiens pas à faire des vagues. Pike n'a rien fait de

mal. J'ai pris ce qu'il m'a donné, avant de me sauver sans même dire au revoir. Si quelqu'un doit être en pétard, c'est lui. Mais il ne l'est même pas. Il n'a pas l'air de m'en vouloir du tout. Peut-être que je devrais lui expliquer ma fuite, lui dire que je n'avais jamais vécu ce genre de situation et que je ne savais pas comment quitter quelqu'un qu'on n'imagine pas revoir. Toujours est-il qu'il est là, maintenant, et qu'il n'est pas près de partir...

Izzy n'a toujours pas bougé; elle me dévisage comme si elle s'était transformée en détecteur de mensonges prêt à me démasquer.

— Et c'est tout?

— Oui.

Je la regarde droit dans les yeux, parce qu'éviter de le faire me trahirait d'office.

— Qu'est-ce que vous manigancez, toutes les deux? demande oncle Mike en entrant dans le bureau, me faisant sursauter à mort.

— On débriefait la journée de Gigi. Je voulais juste m'assurer qu'elle était à son aise, et heureuse.

Mike s'effondre sur le canapé qui est dans mon dos; il pose ses pieds sur la petite table du nécessaire à café et croise ses mains derrière sa tête.

— Ce n'est pas comme si elle était nouvelle, Iz.

— Merci, lui dis-je en appuyant ma réponse d'un geste de la main.

— Eh bien, elle l'est sans l'être vraiment, répond Izzy.

Je lève les yeux au ciel.

— Je ne comprends pas pourquoi il faudrait qu'on aille fêter ça ce soir.

Mon oncle se met à rire.

— Quand tu auras des gosses, tu comprendras

comment on en arrive à sauter sur la moindre occasion de passer une soirée avec eux.

Je croise les bras, comme si ma famille entière s'était liée contre moi.

— Je suis sûre que tante Mia préférerait que tu rentres à la maison.

Son rire éclate de plus belle.

— Mia dormira, tout comme les enfants. Je parie qu'elle sera ravie d'avoir le lit tout entier pour elle pendant quelques heures. Pour l'instant, Pike termine son dernier tatouage ; on pourra sortir d'ici une demi-heure. Tu veux que je ferme la caisse ?

— Je m'en occupe, répond Izzy avant de ramener sur moi son regard sévère. On n'a pas fini, toi et moi. Je te connais mieux que quiconque, ma puce, et je sais que tu me caches quelque chose.

— Chouette, j'adore les secrets ! lance Mike depuis le canapé.

— Il n'y a aucun secret, oncle Mike.

— Si tu veux, je peux la tenir par terre pendant que tu la chatouilles jusqu'à ce qu'elle avoue. Qu'en dis-tu, ma sœur ?

Je me retourne vers mon oncle, les mains sur les hanches.

— Je n'ai plus cinq ans. Ça ne marcherait pas.

— Ma petite, tu connais ta tante. Quand elle a quelque chose derrière la tête, elle est comme un chien enragé. Tu ferais mieux de cracher le morceau maintenant pour ne pas te compliquer la vie. Et, au passage, tu seras toujours une petite fille à mes yeux.

— Mais il n'y a rien d'autre à dire. Je vais nettoyer mon poste. Plus tôt on commencera cette fichue soirée, plus tôt on la terminera. J'ai plein de choses à faire, alors autant ne pas perdre de temps.

Je quitte la pièce avant qu'ils n'aient pu ajouter quoi que ce soit.

Pike, Anthony et mon père font un peu de ménage tout en parlant moto, comme par hasard.

Dès qu'il me voit, mon père m'apostrophe :

— Gigi, Pike vient de m'apprendre quelque chose d'intéressant.

Je m'arrête net, comme si on m'avait cloué les pieds au sol. Mon cœur s'emballe, il bat si vite qu'il menace d'éclater. Je ne suis pas sûre d'avoir envie d'entendre ce que mon père va me dire, pourtant je m'entends demander : « Quoi ? » en grimaçant d'angoisse.

Pike m'observe, et je me sens prête à dire absolument n'importe quoi pour noyer le poisson. Mais bordel, quel intérêt aurait-il eu à révéler à mon père l'histoire de Daytona ? Je croyais qu'il le voulait vraiment, ce boulot, et même si construire les bases d'une relation professionnelle sur des mensonges n'est pas idéal, avouer à son patron avoir baisé sa fille est carrément stupide.

— Il a trouvé un appartement à Sunshine Vista. Donc, vous êtes voisins ! C'est ta mère qui va être rassurée d'apprendre qu'il y a dans l'immeuble quelqu'un pour veiller sur toi.

Un sourire victorieux se dessine lentement sur le visage de Pike, et je suis tentée de le faire disparaître d'une gifle.

Je fixe mon père avec insistance, en faisant les gros yeux.

— Veiller sur moi ?

— Eh oui. Inconscient de la réalité, mon père hoche la tête en souriant. Tu sais bien que ta mère n'aime pas te savoir toute seule là-bas. Elle va être rassurée, en apprenant la nouvelle.

— Pike pourrait aussi bien être un serial killer, papa. On ne le connaît pas si bien que ça, et de toute façon... J'ai vingt et un ans : je n'ai besoin de personne pour veiller sur moi, dis-je en pressant mes mains l'une contre l'autre et en malaxant mes doigts nerveusement, essayant de contenir ma colère.

Mon père secoue lentement la tête.

— Mais tu es une fille qui vit seule. Je me fiche de ton âge, tu pourrais même avoir trente ans, ça ne changerait rien. Et ta mère restera toujours ta mère. Tu sais comment elle est. Elle dormira mieux la nuit en sachant Pike dans le secteur.

Mon père, je l'adore ; mais ce qu'il peut être vieux jeu, des fois ! Il a beau avoir trois filles, leur avoir appris à se défendre et à être indépendantes, le voilà qui soutient ma mère dans ses délires de mieux dormir s'il y a un type dans mes parages. Je ne vois pas en quoi une queue garantirait ma sécurité. Si n'importe quel connard déboule chez moi pour me chercher des noises, je suis suffisamment armée pour l'accueillir ; de vraies balles, voilà toute la sécurité dont j'ai besoin.

— Elle dormirait mieux la nuit si elle savait que j'ai un Glock dans ma table de nuit, prêt à tirer sur le moindre intrus.

Mon père remue la tête en frottant son visage dans ses mains, marmonnant une série de jurons dans sa barbe.

— Et d'un, tu sais qu'elle ne doit rien savoir à propos du Glock.

— Quoi ? Tu n'as jamais dit à Suzy que tu avais acheté une arme à Gigi ? demande Anthony à mon père, la mâchoire pendante.

— Non, et on va tous faire en sorte qu'elle ne l'apprenne pas, répond mon père.

Pike intervient en s'adossant à sa chaise, les yeux braqués sur moi :

— Et tu sais t'en servir ?

Je lui adresse un sourire narquois.

— Tu veux vérifier ?

Pike lève les mains en l'air.

— On pourrait choisir des cibles en carton...

— Sûrement pas, dis-je en me retournant vers mon père. Je n'ai pas besoin d'un homme pour assurer ma sécurité, papa. Pas quand j'ai Lola.

Alors qu'il sirotait un verre d'eau, Anthony manque de s'étrangler.

— Tu as appelé ton flingue Lola ?

— Oui, et alors ? Comment il s'appelle, le tien ?

— Je n'ai jamais donné de nom à une arme ! Et de toute façon, je n'en ai plus une seule à la maison. Max me dépècerait vivant si elle en trouvait une dans les parages, avec les enfants.

Tous les gros bras qui m'entourent prétendent toujours avoir les choses en main dans leur vie, et tout contrôler. Mais c'est loin d'être le cas. Les femmes qui partagent leur lit ont tout le pouvoir. Anthony ne peut même pas garder une arme chez lui parce que si ma tante a dit non, c'est non. C'est elle qui porte la culotte, et elle le tient par les couilles.

— Pour tout dire, papa m'a appris à tirer il y a déjà longtemps. Quand je suis partie à la fac, il m'a offert Lola ; comme cadeau d'études.

— La classe, commente Anthony, ce qui lui vaut le regard noir de mon père. Tu n'aurais pas pu avoir un cadeau normal, comme de l'argent, ou une voiture ?

— Mon père ne s'encombre pas des normes.

— Ça, ce n'est pas faux, commente mon oncle. Tamara, pour sa part, déteste les armes, ajoute-t-il, ignorant qu'il est bien loin du compte.

Je glousse, parce que je suis bien placée pour savoir que la fille d'Anthony, ma cousine, ne déteste pas les armes. Elle adorait aller au stand de tir avec moi, surtout quand on avait besoin de se défouler pendant les semaines d'examens. On peut même dire qu'elle a de sacrées prédispositions ; elle est vraiment douée pour quelqu'un qui s'est si peu entraîné.

— Lily a un flingue, intervient Mike. C'est important qu'une fille puisse se défendre.

Izzy nous rejoint dans la salle, les bras croisés, la tête haute, prête à exploser.

— Vous autres connards, nous traitez comme des êtres faibles. Je n'ai jamais eu besoin d'un flingue pour mettre un homme à genoux. Inutile de faire comme si on était de petites fleurs fragiles ayant besoin de votre aide. Vous avez appris à chacune de vos filles à se battre, tout comme vous l'avez fait pour moi avant elles. Seigneur, puisses-tu venir en aide à tout homme qui fera le con avec une fille Gallo...

— Tu as une arme, Pike ? demande Anthony pour détourner la conversation de la faiblesse des femmes et en revenir aux flingues.

— Non, répond Pike en haussant les épaules. J'ai mes deux poings, ça me suffit. J'ai eu un flingue quand j'étais gosse, mais je n'ai jamais eu à m'en servir.

Je roule des yeux, écœurée par un tel ramassis de machisme.

— Je pourrai te couvrir, Pike, tu sais... Si tu as besoin de renfort, lui dis-je en lui adressant un sourire espiègle.

Le rire de Pike soulève son corps tout entier.

— Elle est bien bonne, celle-là, Gigi.

— On décolle dans dix minutes. Tout ce qui n'aura pas été nettoyé ce soir devra l'être demain matin, annonce Izzy en s'adressant à l'assemblée. Il y a une bonne boisson rafraîchissante qui m'attend, et vous perdez du temps à faire les pipelettes.

— On est à fond là, m'man, lui répond Anthony, mais sa tentative d'humour lui coûte un regard noir.

Dix minutes plus tard, Izzy nous pousse dehors et ferme la porte derrière nous.

— Je t'emmène ? me demande Pike en passant à ma hauteur sur le parking.

Je le regarde bouche bée.

— Tu es sérieux, là ?

— Ben, oui.

— Est-ce que tu veux plutôt que moi, je t'emmène ? Parce que je ne monterai pas sur ta moto ce soir.

— Est-ce que ça sous-entend que tu monteras dessus un autre jour ?

Son visage est dans l'ombre, mais je distingue clairement la blancheur de son sourire.

— Non.

— Pourquoi est-ce que tu ne monterais pas en voiture avec Gigi, Pike ? demande Izzy.

Je sais bien qu'elle me teste, pour voir si je vais réussir à me contrôler, ce que j'ai bien du mal à faire.

— Comme on va boire quelques verres, l'un de vous deux devra rester sobre pour conduire, et ce serait dommage de prendre deux véhicules alors que vous allez au même endroit.

J'ouvre la bouche et m'apprête à répondre, mais Pike saute sur l'occasion et déclare avant moi :

— Bonne idée, boss !

— Tu n'as qu'à garer ta moto derrière la boutique, pour que personne ne l'abîme, ajoute Izzy en m'observant avec un sourire immense, alors que je lui lance un regard furieux. Gigi va te montrer où.

Je me tourne vers mon père, espérant quelque soutien, mais il monte sur sa moto sans dire un mot, soit parce qu'il ne se rend compte de rien, soit parce qu'il est entièrement d'accord avec ma tante.

— Ça me va, répond Pike en passant une jambe par-dessus sa moto, l'air absolument ravi de la tournure des événements.

Je commente à mi-voix : « Évidemment. » Je monte dans mon pick up, ferme la porte et profère une flopée de gros mots.

Pour tester les limites de ma patience, ma tante bien-aimée fait ce qu'elle sait faire de mieux : fourrer son nez là où il ne faut pas en se mêlant de la vie des autres.

Qu'est-ce qui pourrait encore arriver de pire ?

douze

IL Y A CERTAINES choses dont je suis sûr, et
d'autres que je présume seulement. Ce qui ne fait
aucun doute, c'est que Joe Gallo aime Gigi plus que
tout au monde, avec peut-être sa femme et ses autres
filles. Il contemple sa fille aînée comme si la terre entière tournait autour d'elle. Je ne me souviens pas que
mes parents m'aient regardé une seule fois avec ces
yeux-là. Pour eux, j'étais plus une chose encombrante
qu'une source de fierté. Quoi que je fasse, ils me trouvaient nul, et ils faisaient en sorte de me le faire sentir
chaque jour de ma vie.

Ce qui ne m'a pas échappé non plus dans le peu
de temps que j'ai passé à Inked, c'est l'unité de la famille Gallo. Ils se régalent de passer leur temps les
uns avec les autres, à se casser les couilles mutuellement au moindre prétexte. Je ne peux même pas imaginer avoir autant de gens prêts à prendre ma défense
pour un oui ou pour un non.

La seule expérience que j'ai vécue qui pourrait
approcher ce genre de solidarité à toute épreuve, ce
n'était pas dans ma famille. À dix-huit ans, j'ai

quitté le Tennessee pour atterrir directement au sein d'un groupe de motards qui voulaient à tout prix faire de moi l'un des leurs. Je suis resté avec eux pendant trois ans, bossant pour des tatoueurs ici et là dans toute la Floride, en essayant de parfaire mon art et la qualité de mon coup de crayon. Ils m'ont donné plus d'affection que les deux personnes qui m'ont mis au monde. Ils ne me jugeaient pas, et n'attendaient rien d'autre de moi que de la loyauté. Ils étaient toujours là pour moi, quelles que soient les galères dans lesquelles je me fourrais ; et des galères, il y en avait. Il y en avait même plein. J'étais un mec en rogne, je débordais de colère, et comme j'en voulais au monde entier, j'étais prêt à m'en prendre à n'importe qui, quelles qu'en soient les conséquences.

Ces types m'avaient adopté, en quelque sorte. Autant qu'il est possible de le faire avec un garçon qui n'est plus un enfant. J'avais été honnête avec eux dès le début : je leur avais dit que je n'étais pas fait pour une vie de biker. J'avais certains rêves dont rien ni personne n'aurait pu me détourner, pas même ma propre famille. Quand j'ai fini par trouver un salon de tatouage prêt à m'embaucher à temps plein, j'ai passé de moins en moins de temps avec les gars du groupe. Ça ne leur a pas plu, mais ils ont compris que mes ambitions n'étaient pas de passer ma vie à sillonner la côte de Floride en faisant des ravages et en semant le chaos, et ils ont respecté mon choix.

Ils ne faisaient plus partie de mon quotidien, mais je ne leur avais pas dit adieu pour autant. Je les rejoignais chaque année pour la Semaine de la Moto ; on s'y retrouvait pour rattraper le temps perdu, comme de vieux amis. C'était la petite réunion de notre espèce de famille déglinguée ; ensemble, on se sentait moins seul.

Ce qui ne m'a pas échappé non plus, ces deux derniers jours, c'est à quel point la tante de Gigi, Izzy, avec ses manières de grand chef, aime être au courant de tout. Elle se mêle des histoires des uns et des autres de façon systématique, et ne fera aucune exception pour Gigi et moi, surtout après avoir senti qu'il se trame quelque chose entre nous. Ceci dit, on a beau être incapable de cacher ce qui crève les yeux, ni elle ni moi sommes prêts à cracher le morceau.

— C'est ma dernière bière, déclare Mike, après avoir commandé une deuxième tournée en faisant glisser un billet de cinquante à la serveuse. Je finis enfin par me sentir aussi vieux que je le suis. Et laissez-moi vous dire que si je veille trop pour faire la fête ce soir, vous n'aurez pas droit au Mike de bonne humeur demain.

Du peu que je sais sur Mike, il rêvait d'être boxeur. Il a même vécu son rêve, jusqu'à monter au sommet et remporter le grand titre, avant de se marier et de jeter l'éponge.

J'ai traîné avec des types qui faisaient flipper leur propre mère, à l'époque, mais aucun d'eux n'était aussi impressionnant que Mike Gallo. À côté de ce gars-là, les passages de portes semblent avoir été taillés pour des nains. Mais malgré sa taille imposante, il a un sourire bienveillant, et il aime dire des conneries ; j'adore quand il plaisante.

— C'est notre dernière tournée à tous, annonce Izzy, nous maternant comme elle l'a fait toute la journée à la boutique. C'est la deuxième ; encore une et plus aucun d'entre nous ne pourrait conduire.

— Je m'en tiendrais à la première.

Je ne suis pas contre allier travail et amusement, mais je ne connais pas suffisamment ces gens-là pour les suivre un verre après l'autre.

— Très bien, comme ça tu pourras prendre le volant pour raccompagner Gigi, en conclut Joe, assis à l'autre bout de la table aux côtés de sa fille, en me lançant un regard de côté.

— Je gère, papa. Ce n'est que de la bière, intervient-elle en saisissant son verre à moitié vide. Et je ne vais pas boire la prochaine cul sec.

La première fois que j'ai rencontré Gigi, elle avait plus d'une bière au compteur. Elle semblait avoir ce genre de penchant typique pour l'alcool qu'ont tous les étudiants dans ce pays.

Je sais qu'elle va péter un câble en m'entendant proposer de lui servir d'escorte, mais tant pis. Je réponds tranquillement à son père :

— Je veillerai à ce qu'elle arrive chez elle saine et sauve.

— Je ne sais pas comment j'ai pu survivre à la fac sans personne pour me raccompagner après la moindre bière.

Gigi fait rouler ses yeux et repousse son verre de bière en faisant la moue, avant d'ajouter :

— Il m'en faut plus que ça pour être saoule.

Joe couvre de sa main celle de Gigi, posée sur la table.

— Fais une faveur à ton vieux père, tu veux ? Laisse Pike te reconduire pour que j'aie l'esprit tranquille.

— Pourquoi aurais-tu l'esprit tranquille ? Parce que c'est un homme ? ronchonne-t-elle. C'est vraiment des conneries, papa, et tu le sais bien.

— Estime-toi déjà heureuse d'avoir deux sœurs,

Gigi, et pas deux frères, intervient Izzy en jouant du bout des doigts avec les gouttes qui roulent sur son verre. Ta vie serait encore pire. Encore bien pire.

— Comme vous voudrez, murmure Gigi en m'adressant un regard de reproche depuis l'autre bout de la table, alors que je n'ai rien fait de malhonnête, si ce n'est par omission en gardant notre secret sous silence.

— Alors, Pike, intervient Anthony en posant son téléphone sur la table, près de son verre. Tu nous racontes ton histoire ?

Je cligne des yeux plusieurs fois, confus ; ce qu'il me demande est bien vaste et me fait l'effet d'un piège.

— Mon histoire ?

— Ben oui… dit Anthony en faisant un geste évasif de la main et en fronçant les sourcils. Tu as des frères, des sœurs ? Tes parents sont toujours en vie ? Qu'est-ce qui t'amène si loin de chez toi… ?

— Un frère. De dix ans de moins que moi. Mes parents sont bel et bien vivants ; ils habitent toujours dans le Tennessee où, fort heureusement, ils resteront jusqu'à leur dernier souffle.

Je pousse ma bière de côté et me penche au-dessus de la table, tenant mes mains l'une contre l'autre.

— Ta famille… Elle prévoit de te rendre visite ? demande Izzy en me dévisageant, un sourcil arqué. Elle attend que je sois plus généreux pour sa pêche aux informations, le genre de pêche dont elle ne se lasse jamais.

— Non. Ça fait des années qu'on ne se parle plus. Je remarque le regard de Gigi. J'ai vécu chez ma grand-mère quand j'ai eu treize ans.

— Des années? répète Gigi dans un murmure. Je ne peux même pas imaginer rester si longtemps sans parler à mes parents.

— C'est parce que tu as de bons parents, Gigi. De super parents, même. Quand tu grandis avec des parents de merde, comme moi, tu prends le large dès que tu peux, et sans te retourner. Je n'ai pas de temps à perdre avec des gens qui se moquent éperdument de savoir si je suis vivant ou mort.

Gigi écarquille les yeux, épouvantée.

— C'est horrible!

Les gens ont facilement de l'empathie pour moi quand ils apprennent que la vie ne m'a pas gâté à la naissance. Et ça ne serait pas la première fois que je pourrais en tirer un certain profit.

— Si j'avais grandi avec une once de ce que vous avez, dis-je en me tournant vers Joe et en montrant l'assemblée d'un grand geste, je ne serais probablement pas assis à cette table à siroter une bière dans un autre État, déterminé comme je le suis à m'enraciner aussi loin que possible de chez moi, espérant ne pas recroiser mon passé de sitôt.

La jolie petite serveuse dépose les nouvelles bières sur la table, nous regardant tous les uns après les autres sans dire un mot, sentant sans doute que l'ambiance a changé.

— Garde la monnaie, ma petite, intervient Mike en la voyant fouiller dans son tablier.

— Tu es un amour, Michael, dit-elle, ses lèvres pulpeuses étirées en un large sourire. Si je ne respectais pas tant Mia...

— Il ne se passerait rien pour autant, ma petite. Tu as beau être gentille et jolie, tu es bien trop jeune pour un vieux chnoque comme moi.

— Quel charmeur... soupire-t-elle.

Je suis soulagé par son interruption. Tout le monde est occupé à distribuer les bières, oubliant tout ce que j'ai pu dire l'instant d'avant. Tout le monde, sauf Gigi. Elle ne me quitte pas des yeux et me dévisage avec attention, ce qui dessine une petite ride entre ses sourcils.

— Et ton frère ? me demande-t-elle après le départ de la serveuse, ne pouvant s'empêcher de remuer la merde.

Je hausse les épaules.

— Il n'avait que sept ans quand je suis parti de la maison, alors on ne peut pas dire qu'on était très proches.

— Mais si tes parents sont si terribles, tu n'es pas inquiet de le savoir avec eux sans pouvoir le protéger ?

Je secoue la tête en riant.

— Mes parents faisaient de la merde avec moi, mais pas avec lui. Ils adoraient mon frère, ils le traitaient comme un petit roi. Il ne pouvait jamais rien faire de mal à leurs yeux. Alors, il doit être bien où il est ; et de toute façon, ce n'est pas comme si j'avais pu l'emmener avec moi quand je suis parti. La route, ce n'est pas une vie pour un gamin.

Au moment de partir, j'ai bien pensé un moment emmener Austin avec moi. Mais je ne savais même pas comment j'allais me nourrir moi-même. Et je savais qu'il serait bien avec mes parents, parce qu'ils l'aimaient bien plus qu'ils ne m'avaient jamais aimé, comme ils s'étaient appliqués à me le faire sentir chaque jour de ma vie. Et puis, ma grand-mère m'avait promis de garder un œil sur eux, et de me prévenir au cas où ils se mettraient à traiter Austin autrement que comme un prince. Alors seulement, je reviendrais le chercher et l'emmènerais avec moi, où que j'aille.

— Où étais-tu, ces neuf dernières années ? me demande Gigi en se penchant en avant, le menton en appui sur sa main, me regardant un peu comme si j'étais un extraterrestre.

— Ici et là.

— Pike a travaillé dans certains des meilleurs salons de tatouage de Floride depuis qu'il a vingt ans, intervient Joe, parce que ma réponse n'aurait pas suffi à Gigi.

— S'ils étaient si bons que ça, pourquoi est-il venu ici ? lui demande-t-elle comme si j'étais absent ou incapable de répondre moi-même.

— Parce que je voulais travailler dans le meilleur. Et le meilleur, c'est Inked.

J'espère avoir eu le dernier mot, parce que j'aimerais bien ne plus être au centre de la conversation.

— Et pendant les deux années d'avant ? insiste Gigi en fin limier, s'intéressant à ma vie comme elle ne l'avait jamais fait depuis qu'on se connaît.

— Il traînait avec les gars des Disciples, lance Izzy comme si tout le monde savait ça, ou que je l'avais stipulé sur mon CV.

Je croyais pourtant avoir suffisamment brouillé les pistes pour que personne n'apprenne ça. Mon regard glisse vers elle. Elle hausse les épaules et arbore un sourire putassier.

— Tu ne croyais quand même pas que j'allais t'embaucher sans que mon mari n'enquête à fond sur ton passé ?

Je plaque mon dos contre le dossier de ma chaise, tout abasourdi.

— Alors vous saviez tout, et vous m'avez engagé quand même ?

— Quand on prend quelqu'un à la boutique, il n'arrive pas seulement dans notre business : il arrive dans notre famille, m'explique Joe, le visage fermé, impassible. Alors il peut toujours tatouer comme un Dieu, jamais on ne l'embaucherait sans avoir fait notre enquête en amont.

Je réagis, éprouvant soudain le besoin de justifier mon passé tumultueux :

— J'ai atterri avec eux par hasard.

— On le sait, répond Izzy en croisant les bras sur sa poitrine et en appuyant son dos contre le dossier de sa chaise, comme je viens de le faire. Tu ne serais pas assis sur cette chaise, si ça n'avait pas été le cas.

— Comment est-ce que vous le savez ?

Je suis certain que ce dont elle parle et ce qu'elle sait ne sont pas de notoriété publique. Quiconque voudrait découvrir les merdes que j'ai voulu enfouir devrait sévèrement fouiner dans mon passé.

— Mon chou, dit-elle avec un sourire de mange-merde sur le visage. Mon mari est peut-être détective privé aujourd'hui… Mais autrefois, c'était un agent de la DEA, et il surveillait les MC dans tout le sud. Alors s'il cherche des infos sur quelqu'un ou sur un club, il finira par les trouver, et il ne lâchera rien avant d'avoir trouvé.

— À qui a-t-il posé des questions sur moi ?

Izzy appuie sa réponse d'un hochement de tête.

— Il est remonté à la source, et il a trouvé Tiny.

Mes épaules s'avachissent, et je laisse échapper un soupir exaspéré.

— Il est allé voir Tiny, hein ?

— Oui, confirme Izzy. Il est allé remuer la merde.

Je soulève un sourcil; il a peut-être remué la merde à la surface, mais il n'a sûrement pas pu mesurer la profondeur du merdier fumant de cette époque où je traînais avec les Disciples.

— Tiny n'est pas un grand bavard.

— Tiny et James ont pourtant bien bavardé, et avec mon frère Thomas, ils sont allés encore plus loin. Ils ont pressé la cervelle de Tiny pour en extraire toute la merde. Et à la fin, suffisamment satisfaits de ce qu'ils avaient appris, ils m'ont donné le feu vert pour t'embaucher.

Izzy se tait et prend le temps d'arranger ses cheveux, penchée en avant, les coudes en suspension au-dessus de la table.

— Et pour ta gouverne : les fédéraux surveillent ces clubs chaque seconde de chaque jour. Tu es dans leurs dossiers. Ils ont ton nom, des photos de toi dans le camp des Disciples ou à moto avec eux, participant aux ravages qui font leur réputation. Si Tiny n'avait pas répondu de toi comme il l'a fait, en plaidant que tu n'étais qu'un môme à la rue cherchant de l'aide, tu ne serais pas assis là aujourd'hui.

— Tout ce merdier ne me plaît toujours pas, déclare Joe en jetant un coup d'œil à sa fille qui me regarde bouche bée, comme si elle n'avait jamais eu le moindre indice sur mon passé.

Elle n'était peut-être pas au courant pour les Disciples, mais on s'est connus à la Semaine de la Moto. Ce n'est pas comme si on s'était rencontrés à un stand de glace, et qu'on avait échangé des regards innocents en mangeant des cônes à la vanille. On s'est connu à un rallye de motards, et à l'un des plus importants du pays, bordel!

— Tout ça n'a jamais été mon truc, et ne le sera

jamais. Ces gars-là m'ont recueilli quand je n'avais nulle part où aller. Ils m'ont proposé un toit et un groupe auquel appartenir à un moment de ma vie où je n'avais rien ni personne. Ils m'ont servi de repère quand je me débattais dans le chaos.

— Ils ne font pas ça gratuitement, intervient Izzy, apparemment bien informée par son mari. J'ai bien assez fréquenté ce genre de mecs pour connaître le revers de la médaille.

— Tu as connu des bikers comme eux ?

Je me retiens de rire en lui posant la question. Cette femme a beau foutre la trouille, elle n'a pas l'air du genre à traîner dans des camps et à prendre son pied en suçant des motards au hasard.

— Un jour, si tu restes dans le coin, je te raconterai peut-être l'époque où je fréquentais les Sun Devils. Mais ce jour n'est pas encore arrivé, gamin.

Là, je suis époustouflé.

— Les Sun Devils ? Avec ce que je sais d'eux, je ne suis pas sûr de vouloir connaître quelles circonstances de merde ont pu t'amener dans leurs parages.

— Putain de Sun Devils, gronde Joe. J'exècre ces connards. Ils ont bien foutu la merde dans cette famille ! Que je trouve encore l'un d'eux dans le coin et je...

— Ils sont tous en taule, Joe. Descends d'un cran. Ils ne peuvent plus nous atteindre, assure Izzy comme s'ils n'avaient rien à craindre, ce qui n'est pas si sûr.

— Ils ont le bras long, Iz. Même en étant derrière les barreaux, ils ont des yeux et des oreilles partout. Moi, je m'attends à ce qu'ils s'en reprennent à cette famille. Et puis, ce n'est pas comme s'ils avaient pris des peines à perpétuité.

Je déglutis difficilement, au souvenir du carnage

que les Suns Devils ont pu faire dans le temps, partout dans le sud.

— Ils s'en sont pris à votre famille ?

Joe acquiesce, le regard dur et froid comme de l'acier.

— Ils ont kidnappé Izzy et – bon Dieu… Angel aussi. Mais au bout du compte, ils ont fini là où était leur place. Ils auraient pu s'y attendre, en touchant à la famille d'agents de la DEA, mais ils n'étaient pas toujours très intelligents, ces fils de putes. Ils se sont laissé aveugler par leur soif de vengeance et ont scellé leur destin en allant au bout de leurs conneries.

— Il s'en passe, des choses, avec ce genre de mecs, ajoute Anthony en portant à ses lèvres son verre de bière.

Tous continuent à parler des Sun Devils, tandis que je reste assis là, à les regarder, encore sous le choc. Je n'en reviens pas. Je n'arrive pas à concevoir que les MC aient pu s'en prendre aux Gallo. Ces gens sont tellement adorables… Ils sont peut-être un peu nerveux et un peu trop affectueux à la fois, mais bon sang, qu'est-ce qui a bien pu mettre des gens comme eux dans les pattes des MC au point qu'ils kidnappent deux femmes ne faisant même pas partie de leur monde ? Ça n'a pas de sens. Mais après tout, le sens n'a pas d'importance dans l'univers de ces malades ; ils ont leur raison cachée de déverser leur haine.

— Je suis prête ; on y va ? demande Gigi, me dévisageant toujours à l'autre bout de la table.

Je hoche la tête, avale ma dernière gorgée de bière et repousse ma chaise en me levant.

— Allons-y.

— Soyez prudents sur la route ! lance Joe, comme s'il nous avait déjà dit ça des millions de fois.

Alors que Gigi dit au revoir à tout le monde en re-muant la main, un étrange sentiment me submerge. Un sentiment d'appartenance. J'éprouve une sensa-tion de lien familial, cette chose que je n'ai jamais eue, mais dont j'ai tellement rêvé. Personne ne s'était jamais soucié de savoir si j'arriverais chez moi en un seul morceau ou pas. Ma grand-mère faisait attention à moi, mais pas à ce point-là, parce qu'à ses yeux, j'étais à même de me sortir de n'importe quelle situa-tion, d'une manière ou d'une autre.

Gigi, elle, est née Gallo. Elle a grandi entourée d'amour, sans savoir ce que c'est de n'avoir personne qui veille sur toi. Elle n'est pas consciente de la chance qu'elle a et, quelque part, je suis jaloux de la vie qu'elle a eue. De l'amour qu'elle a eu. De ce sou-tien, infaillible et gratuit.

Je donnerais n'importe quoi pour avoir une once de cette bienveillance dans ma vie. J'ai beau ne pas en avoir bénéficié d'office à la naissance, je suis prêt à faire tout ce qu'il faudra pour en avoir un petit mor-ceau dans ma vie d'adulte.

— J'AI BEAUCOUP AIMÉ le dernier tatouage que tu as fait, me dit Pike, la main sur le volant comme s'il avait conduit mon pick up des milliers de fois. Les phares des voitures qui roulent en sens inverse l'éclairent par intermittence, et une alternance d'ombres et de lumières passe sur son visage.

Dans la pénombre, j'observe ses lèvres généreuses et la courbe légèrement arrondie de son nez.

— J'adore que les clients me demandent de créer un dessin, me donnent carte blanche pour leur proposer quelque chose d'original qui ait du sens pour eux, qui leur ressemble.

— Tu as tapé dans le mille. Excellent choix de couleurs, aussi, ajoute-t-il sans tarir d'éloges. La chaleur me monte un peu aux joues.

— Merci.

Chaque fois qu'il me regarde, je détourne les yeux ; je ne veux pas qu'il me surprenne à l'observer.

— J'ai besoin d'encore un peu d'entraînement pour le travail de remplissage.

— Non... Ça m'a pris pas mal d'années pour atteindre le niveau que tu as déjà. Dans cinq ans, on parlera de toi dans tous les grands magazines. Souviens-toi de ce que je te dis, Gigi.

— C'est très gentil de ta part, mais tu n'as pas besoin de me lécher les bottes. Je n'ai pas l'intention de te faire virer, Pike.

Il gare le pick up sur une place de parking devant notre immeuble, et se tourne vers moi en coupant le moteur.

— Je pense que si tu l'avais voulu, tu l'aurais déjà fait.

Il se rapproche de moi, glissant doucement sur le siège. Je murmure :

— Oh... Qu'est-ce que tu fais ?

— Je voudrais juste qu'on se parle encore un peu.

Pike me regarde dans la lueur douce d'un lampadaire voisin et j'ai du mal à me retenir de lui tomber dans les bras.

Même après quinze mois, l'attirance envers lui est si forte, le désir si profond, que je dois faire l'effort de me convaincre qu'il n'est pas pour moi. On a très peu de choses en commun, mis à part le boulot et l'endroit où l'on vit. On a eu un parcours très différent, il n'a pas été entouré par sa famille, mais surtout : il a traîné avec les Disciples.

— Tu peux me parler en restant là.

J'indique son siège d'un mouvement du menton, parce que s'il s'approche encore...

Mais il ne recule pas ; bien au contraire. Je retiens mon souffle.

— Où est-ce que ça va nous mener ?

Je triture nerveusement les franges de mon short en jean et dois m'obliger à respirer.

— Je ne pense pas que ce soit une bonne idée.

S'il y a une chose dont je suis sûre concernant Pike, c'est qu'il ne fera rien sans mon feu vert. Si je lui dis d'arrêter, qu'il ne se passe rien, il le respectera. Mais il y a aussi autre chose dont je me souviens... C'est le goût de sa bouche, et la douceur de ses lèvres contre les miennes. J'aimerais tellement m'allonger et sentir à nouveau son corps peser sur le mien.

— Parfois, les meilleures choses ne découlent pas des meilleures idées.

— Et si on se fait surprendre ?

Il soulève un sourcil.

— Tes parents te surveillent ?

Je hausse les épaules en riant nerveusement, lisant dans ses yeux l'ardeur de son désir.

— On ne peut être sûrs de rien... Mon père est surprotecteur, mais à côté de ma mère, c'est un petit joueur.

Tandis que je parle, son regard descend sur mes lèvres et mon corps tout entier s'embrase. Le désir fulgurant que j'ai réprimé quand je l'ai revu à Inked m'assaille de plus belle, et j'ai bien peur que seules ses caresses puissent en venir à bout.

— Ma belle... commence-t-il, et je me décompose. Je n'arrête pas de lui dire que je n'aime pas qu'il m'appelle comme ça, mais c'est faux. Il n'y a rien de plus doux que ces mots-là dans sa bouche, et c'est complètement aphrodisiaque.

— Approche un peu... Viens m'embrasser.

Je le regarde bouche bée. C'est comme s'il avait lu dans mes pensées, parce qu'on ne peut pas dire que mon langage corporel ait été très explicite, jusqu'ici. Je n'ai pas bougé d'un millimètre, pétrifiée à l'idée de ce qui pourrait arriver, parce que la dernière fois qu'on s'est embrassés, Pike et moi, on a passé une semaine sans reprendre notre souffle. Et, à en juger par mon état complètement hypnotique, tout laisse à croire que rien ne serait différent cette fois-ci, si ce n'est par manque de temps.

Comme je ne bouge toujours pas, Pike glisse encore vers moi, jusqu'à frôler mes genoux.

—Je vais t'embrasser, Gigi.

Oh mon Dieu. Oh mon Dieu. Oh mon Dieu. Oui! Oui! Oui! J'ai envie de me jeter sur lui, l'entourer de mes bras et l'embrasser jusqu'à manquer d'air.

Je murmure « Pike... », ne pouvant pas détacher mes yeux de sa bouche. Sa langue passe doucement sur sa lèvre.

—Je...

Sa main se pose sur mon visage avant que je n'arrive à prononcer un mot de plus, et son pouce caresse doucement ma joue.

—Tu n'as qu'à dire non, et j'arrête.

Je répète « Pike », comme si mes neurones étaient givrés et que son contact me rendait complètement stupide.

Il se penche vers moi sans me quitter des yeux, la main toujours sur ma joue, et des ombres ondulent sur son visage alors qu'il approche sa bouche de la mienne.

J'entends à peine le « oui » que je murmure, étourdie par les battements assourdissants de mon cœur dans ma poitrine.

Quand ses lèvres chaudes et douces comme du velours touchent les miennes, mon corps entier cède. Tout est dur, chez cet homme: ses bras, ses traits, ses yeux, sa queue. Mais ses lèvres sont incroyablement douces. Son corps entier appelle au plaisir, tandis que ma bouche fond contre la sienne. Il m'attire à lui en pressant ses doigts sur ma nuque et je ne réponds plus de rien. Sans réfléchir, je glisse vers lui et monte sur ses genoux, là, sur le siège de mon pick up en plein parking public, devant notre immeuble.

Je l'enlace, comme si mes bras étaient faits pour s'emboîter autour de lui. Je me cale sur ses genoux et appuie ma poitrine contre lui. J'adore l'avidité avec laquelle il m'embrasse.

Il pourrait me faire perdre la tête.

Ce qui est déjà arrivé.

Sauf qu'il y a quinze mois, quand je goûtais ses lèvres dans la même position, je pensais ne plus jamais le revoir.

Tout faux.

Il glisse une main dans mon dos et empoigne mes fesses avec fermeté, tout en léchant mes lèvres. Mon corps entier frissonne comme s'il était l'esclave de sa bouche et de ses mains. J'ai l'impression d'être en feu, brûlant de désir pour cet homme.

Je remue les hanches en ouvrant la bouche, prête à lui donner ce qu'il veut. Ça fait si longtemps qu'on ne m'a pas touchée comme ça, que je n'ai pas éprouvé ce désir irrésistible. Pour être honnête, je n'ai pas eu envie d'un seul homme depuis que j'ai quitté Daytona, en me disant que l'aventure avec Pike n'était qu'une folie passagère.

Il remonte ses doigts dans mon dos et les emmêle dans mes cheveux, me maintenant sur lui. Mais même s'il me lâchait, je n'irais nulle part ; je suis exactement là où je veux être.

— Ça m'a manqué, murmure-t-il contre mes lèvres, tandis que des décharges électriques fusent dans mon dos, faisant trembler de désir mon corps tout entier. La douceur de ta bouche m'a manqué.

Je resserre mes bras autour de ses épaules en gémissant, plaquant mes lèvres sur les siennes pour le faire taire. Parler, on a fait ça toute la journée ; ce n'est plus le moment ; maintenant, il est temps de s'embrasser et de faire ce dont je rêve depuis qu'on s'est revus.

Tout à coup, j'entends un homme s'éclaircir la voix. Pétrifiée, j'ouvre de grands yeux. On se regarde sans respirer, Pike et moi, nos bouches toujours l'une contre l'autre.

— Excusez-moi, intervient un inconnu sans faire cas de nos ébats tendancieux en plein parking public. Je cherche un certain Pike Moore.

Pike tourne la tête vers lui en détachant doucement ses lèvres des miennes, et je serais capable de sauter de la voiture par la fenêtre ouverte pour aller mettre un coup de genou dans les couilles de cet intrus qui ose nous interrompre.

— C'est moi.

L'homme se met à fouiller dans sa poche et je sens Pike se raidir. Saisissant mon bras, il me replace rapidement sur le siège passager pour me protéger, au cas où ça dégénérerait.

— Agent spécial Russo, du FBI. Pourriez-vous m'accorder une minute ? demande l'intrus en montrant son insigne avant de refermer son portefeuille en cuir d'un coup sec.

Pike émet un grognement, un grognement sonore comme s'il allait lui sauter à la gorge.

— Il est presque une heure du matin, je passe du bon temps avec ma petite amie, et c'est le moment que vous choisissez pour venir m'interrompre et me casser les couilles ?

L'agent me dévisage un instant avant de revenir à Pike.

— Désolé de choisir le mauvais moment, monsieur Moore, mais je vous ai attendu ici toute la journée.

— Le mauvais moment, répète Pike en maugréant, et ses poings se resserrent contre ses jambes. C'est l'euphémisme de l'année, putain !

— Ça ne prendra qu'un instant, insiste l'agent, apparemment décidé à ne pas bouger d'ici et à nous empêcher de finir ce qu'on avait commencé.

Pike se tourne vers moi.

— Va m'attendre à l'intérieur, ma belle ; j'en ai pour une minute.

— Je n'irai nulle part.

Aucun homme ne me dira quoi faire, et s'il croit que je vais le laisser seul avec cet agent sans savoir de quoi il retourne, il se fourre le doigt dans l'œil.

— C'est à propos de votre père.

Si je le trouvais déjà tendu, maintenant Pike est raide comme un piquet. Ses mouvements sont lents. Il encaisse les mots de l'agent, les laisse imprégner son esprit.

— Il est mort ?

— La dernière fois qu'on l'a vu, il ne l'était pas.

Pike pose ses mains sur le volant. Il ne se décide pas à sortir de la voiture, et je reste immobile à ses côtés, respirant à peine.

Bon sang, qu'est-ce que cet agent peut bien attendre de Pike si ça concerne son père, qu'ils soient proches ou non ? Je n'imagine même pas un flic débarquer ici pour me questionner sur quelqu'un de ma famille.

— Je ne parle plus à mon père depuis longtemps, alors je ne vois pas en quoi je pourrais vous être utile. Pike se tourne vers moi, le regard brûlant. Je passe la soirée avec ma petite amie, alors si vous pouviez revenir demain, peut-être – et je dis bien peut-être, que je vous parlerai.

— Monsieur, commence l'agent en secouant doucement la tête. Je ne vous lâcherai pas tant qu'on n'aura pas discuté. Si je dois pour ça vous traîner jusqu'aux quartiers généraux du FBI, je le ferai.

Sous le choc, je prends une rapide inspiration et plaque ma main sur ma bouche. Je murmure dans ma paume, les yeux écarquillés :

— Est-ce que c'est vraiment nécessaire ?

L'agent acquiesce.

— En fait, ça serait même mieux. Allons-y, on sera plus tranquille en ville, pour parler.

— Ben voyons, lâche Pike entre ses dents, contractant ses mains comme s'il essayait d'étrangler mon volant.

— N'y va pas.

Je me mêle de ce qui ne me regarde pas, mais je ne sais pas faire autrement.

— M'dame, ça vous dirait de faire aussi un petit tour de voiture ? Vous pourriez ensuite attendre dans une cellule de détention provisoire, là où on met les bons criminels, me lance-t-il avec un clin d'œil.

Pike est sorti de la voiture avant que l'agent ait eu le temps de reprendre son sérieux.

— Foutez-lui la paix. Laissez-là en dehors de tout ça, vous m'entendez ?

Je plonge de côté pour essayer d'attraper son bras

mais rate mon coup et j'atterris la tête la première sur le siège conducteur. J'interviens, la bouche encore sur le tissu :

— On va appeler mon oncle, avant de me redresser et de m'asseoir.

Pike se tourne vers moi. Le regard qu'il me lance n'a pas besoin de mots. Il ne veut pas que j'appelle qui que ce soit, c'est clair.

— Ça va aller. File à l'appartement et ferme la porte à clé, me dit-il en m'indiquant l'immeuble d'un bref mouvement de tête, comme si j'étais censée lui obéir sur-le-champ.

Il est sérieux ? Si la situation n'était pas si démente et si l'agent n'avait pas cet air de sale con, je lui rirais au visage.

— Pike, je ne crois pas que...

— Ça va bien se passer, m'dame, me coupe l'agent en abaissant la tête vers moi.

Il me gratifie d'un sourire de merde comme si j'allais m'en contenter et me taire. Je trouve ses manières bien désagréables, autant avec Pike qu'avec moi, pour quelqu'un qui prétend juste vouloir poser des questions.

Indignée, je demande :

— Vous l'arrêtez ? avant de me glisser hors du pick up pour me placer derrière Pike.

L'agent le jauge du regard tout en tirant sur les manches de sa chemise pour les réajuster sous sa veste.

— Pas pour l'instant ; mais il s'est passé des choses étranges.

Alors ça, c'est rassurant !

— Rentre maintenant, Gigi, m'ordonne Pike alors que j'attrape mon téléphone. Et n'appelle personne.

Je pousse un long soupir en replaçant mon portable dans la poche de mon jean.

— OK.

— Allons-y, mon garçon.

— Ne m'appelez pas comme ça. Vous n'êtes pas mon père, répond froidement Pike.

— Moins vite on partira, plus tard vous rentrerez.

Pike se tourne vers moi. Il prend mes mains et mêle ses doigts aux miens.

— Ma belle, dès que je reviens, je t'envoie un texto. T'inquiète. Tout ira bien.

— Je viens avec toi.

J'essaie d'avancer d'un pas, mais Pike m'en empêche en serrant mes mains.

Il fronce les sourcils et me demande d'un ton suppliant :

— S'il te plaît, reste ici. Je pourrais avoir besoin de toi.

Mais putain, je suis censée faire comment, moi, pour l'aider en restant ici, à trente minutes de route ? S'il croit que je vais attendre sagement son texto en me tournant les pouces, il délire.

— D'accord. Premier mensonge. Promis. Deuxième mensonge.

Ses épaules se détendent et je l'entends souffler de soulagement.

— Merci.

Il se penche vers moi et dépose un baiser sur ma joue. Dans un murmure, il me promet que tout ira bien. Quand il se détache de moi et recule vers l'agent, les yeux toujours plongés dans les miens, je ne sais pas si je vais me mettre à hurler ou fondre en larmes. J'ai envie de le supplier de rester, mais je sais bien que c'est inutile.

Il se plie en deux pour monter à l'arrière de la voiture banalisée. L'autre tête de nœud claque la portière. Pike me regarde par la fenêtre et je lui fais signe de la main. J'aimerais pouvoir répéter ses propres mots, lui dire que tout ira bien, mais je suis sûre qu'il n'y croyait pas lui-même.

L'agent se met au volant en exhibant un sourire narquois. Cet abruti démarre sa voiture, une Capri de merde, en faisant gronder le moteur comme si elle avait trois cents chevaux sous le capot.

Alors qu'elle roule doucement vers la sortie de la résidence, je marche derrière la voiture. Pike se retourne sur son siège. Même si je le distingue à peine dans l'obscurité, je sais qu'il me regarde.

Alors qu'il s'éloigne, sans perdre de temps, je sors mon téléphone de ma poche et compose le numéro de la seule personne à ma connaissance qui peut nous aider dans une situation pareille. La seule personne de mon entourage qui peut garder un secret.

— Bordel, tu as vu l'heure ? J'espère que tu as une putain de bonne excuse.

Je grimace.

— Heu, oncle James… J'ai besoin de toi.

Je regarde les feux arrière de la voiture disparaître dans la nuit.

À QUATRE HEURES DU MATIN, à force de rester assis dans une pièce silencieuse, je sombre dans un état de torpeur quand tout à coup, le bruit d'un choc métallique sur du béton me fait sursauter. Et merde, je dois être au boulot dans huit heures, je suis loin de chez moi et il faudrait que je dorme un minimum si je ne veux pas être une loque au travail tout à l'heure.

Jusqu'ici, ce crétin d'agent n'a pas été bien bavard. Il s'est contenté de venir me casser les couilles toutes les cinq minutes, chaque fois que je piquais du nez. Je présume que ça fait partie de son plan de génie : me priver de sommeil pour que je finisse par lui dire tout ce qu'il désire entendre, ne serait-ce que pour sortir d'ici.

— Désolé, lâche un nouveau gars en se laissant lourdement tomber sur une chaise, renversant presque le café qu'il tient dans une main. Loin de moi l'intention de vous réveiller.

Enfoiré.

— On peut arrêter les conneries, maintenant ? Posez-moi vos questions, qu'on en finisse et que je puisse me tirer d'ici.

Ils ont pris mon téléphone dès mon arrivée. Je parie qu'il a au compteur une douzaine de textos de Gigi, se succédant en un crescendo de panique, et probablement quelques appels manqués. Je m'attends à ce qu'elle me casse les oreilles parce que je l'ai sommée de rentrer dans son appartement et de s'occuper de ses affaires, bien que je le lui aie dit gentiment. Ou du moins, le plus gentiment possible.

Le type ouvre un dossier et tourne quelques pages qu'il fouille des yeux.

— Vous êtes le fils de Colton Moore ?

— Oui.

Je serre les dents, avachi sur ma chaise. Je frappe nerveusement le bout de mes doigts sur la table en métal, avant d'ajouter :

— Pourquoi me demander ce que vous savez déjà ?

— Je viens de prendre la relève, dit-il en tournant une page et en me jetant un coup d'œil. Avez-vous déjà travaillé pour l'entreprise Moore, Justice and Sanders ?

Je le regarde comme s'il était complètement stupide.

— Vous trouvez que j'ai l'air d'un avocat ?

— Je prends ça pour un non, dit-il en sortant un stylo de sa poche de chemise. Est-ce qu'il vous est arrivé de passer du temps dans le bureau de votre père ?

— Récemment ? Alors, vu que je me trouve en Floride, on peut en déduire que non.

Il se fout de moi, ou quoi, avec ses questions à la con ?

— Et moins récemment? Vous y passiez du temps, avant?

— Quand j'étais gosse, évidemment. Vu que c'est le bureau de mon père.

Il gribouille quelque chose sur la page avant de passer à la suivante.

— Avez-vous déjà entendu le nom de Dominic DiSantis?

Si ce nom ne me fait pas réagir, c'est parce que je l'ai entendu des millions de fois dans ma vie. Sale Dom. C'est comme ça que l'appelait mon père, surtout quand il en parlait à des amis ou à des clients qu'il ramenait à la maison. Il était l'avocat de ce voyou, mais la majorité des affaires qui les liaient dépassaient la sphère des relations légales.

Ils ne se méfiaient pas de moi; j'étais jeune, et ils pensaient que je ne comprenais pas un mot de ce qu'ils racontaient, que je n'écoutais pas. Ils imaginaient que je n'étais qu'un stupide gamin occupé à faire inlassablement rouler le petit camion que j'avais eu trois ans plus tôt. Mais j'écoutais tout; et je retenais tout.

À l'autre bout de la table, l'agent me dévisage en s'attendant à ce que je mente.

— J'ai déjà entendu ce nom.

Je ne doute pas un instant qu'il connaisse les réponses aux questions qu'il me pose. Une brève enquête révélerait facilement que je n'ai pas mis les pieds dans le Tennessee depuis presque une décennie, et qu'à tous les coups, étant le fils de Colt, j'ai dû entendre des noms que je n'aurais jamais dus.

Il soulève un sourcil.

— Vous êtes prêt à collaborer?

J'imite sa mimique.

— Vous êtes prêt à m'expliquer pourquoi ?

Le type soupire. Il recule dans sa chaise en repoussant le dossier vers le milieu de la table.

— Dominic DiSantis est un mafieux.

Je hoche la tête ; n'importe quel clampin qui écoute un tant soit peu les informations nationales sait ça. Il s'est fait choper il y a un an. Il attend d'être jugé pour blanchiment d'argent et pour toute une putain de liste de conneries qu'il a dû faire.

— Actuellement, il est enfermé, en attente de jugement.

— Vous ne m'apprenez rien, dis-je en m'appuyant contre le dossier de ma chaise et en croisant mes mains derrière ma tête, essayant de garder mon sang-froid. Pourquoi m'avoir traîné ici pour me dire des choses que je sais déjà ? Qu'est-ce que c'est que ces conneries ? Ça frôle le harcèlement.

— Votre père était l'avocat de Dominic.

Je perds patience et lui réponds en criant :

— Je sais !

— On a des raisons de croire que votre père est impliqué dans certaines des affaires frauduleuses de monsieur DiSantis.

Je pose mes avant-bras sur la table et me penche vers ce bouffon en le regardant bien en face.

— Que mon père le soit ou ne le soit pas, je ne vois pas en quoi ça me concerne. Vous connaissez mon rapport à mon père ?

Je marque une pause, mais je reprends avant qu'il puisse dire une autre connerie.

— Ça fait dix ans que je ne lui ai pas parlé. Quand j'étais au collège, je suis parti vivre chez ma grand-mère pour échapper à cet enfoiré. On a beau avoir le même sang, on n'est pas une famille. Je comprends votre envie de les coincer, lui et DiSantis, mais je ne peux pas vous aider.

L'agent m'observe, les bras croisés.

— Tu as beau ne pas avoir parlé à ton père depuis dix ans, tu as vu des choses dont personne d'autre n'a été témoin. Si tu ne veux pas nous aider, peut-être qu'on devrait rendre visite à ton petit frère à sa colonie de vacances… Peut-être qu'il coopérerait mieux que toi.

Je fais un gros effort pour rester assis et ne pas plonger sur la table pour étrangler ce connard jusqu'à ce qu'il me supplie de le lâcher.

— Laissez Austin en dehors de tout ça.

— Nous sommes à court de solutions, monsieur Moore. Sans votre aide, nous n'aurons pas d'autre choix que de nous adresser à Austin.

— Vous n'avez qu'à parler à ma mère. Je suis sûre qu'elle vous donnera mon père en monnaie d'échange, si vous lui proposez quelque chose qui l'intéresse, comme une nouvelle vie avec un compte en banque illimité.

— Elle est morte, petit.

Je cligne des yeux plusieurs fois, pensant avoir mal compris.

— Pardon ?

— Elle est morte ce matin, d'une balle derrière la tête, après avoir déposé Austin à la colonie de vacances. On pense que cette exécution est un avertissement de monsieur DiSantis à votre père.

La nouvelle me frappe en pleine poitrine et me fait tourner la tête. Ma mère est morte. Notre relation avait toujours été très limitée ; j'étais loin d'être son préféré ; j'avais l'air d'être un fardeau pour elle plutôt qu'une bénédiction. Elle n'a pas une seule fois empêché mon père de lever la main sur moi ni de me traiter comme un paria dans ma propre maison. Si elle avait le moindre instinct maternel, il était resté caché jusqu'à la naissance d'Austin.

Je ne suis jamais allé en colonie de vacances. Je n'ai jamais été gâté. Aucun jouet n'arrivait dans ma chambre avant que le précédent n'ait atteint un état de délabrement total. Je ne me souviens pas d'avoir jamais été pris dans les bras ou consolé, même quand j'étais malade ou en sang. Mon père et ma mère étaient des parents aussi déplorables l'un que l'autre. Le jour où ma grand-mère a surpris mon père la main levée, prêt à me frapper, elle m'a emmené chez elle et je n'ai jamais regardé en arrière.

— Vous pensez que DiSantis a assassiné ma mère, et vous venez me chercher, vous me harcelez pendant des heures, sans prendre la peine de mentionner ce putain de détail jusqu'à maintenant ?

Je serre les poings, à deux doigts de frapper ce connard en pleine poire.

— Et vous m'obligez à laisser ma petite amie toute seule, vulnérable, pendant que vous me traînez ici sans prendre la peine de me mettre au parfum des événements d'aujourd'hui ?

— On n'a pas de raison de la croire en danger.

— À la bonne heure ! Et, dites-moi... Aviez-vous des raisons de croire ma mère en danger, ou aviez-vous pris les choses à la légère, au risque de la sacrifier ?

— Mon garçon...

Je me mets à hurler :

— Putain, ne m'appelez pas comme ça ! Je saute sur mes pieds en repoussant la table. Ne vous avisez plus jamais de m'appeler comme ça ! Je veux parler à votre supérieur.

Le type s'est levé ; il m'observe faire les cent pas dans la pièce en passant mes mains dans mes cheveux, pour les mettre ailleurs que dans sa tronche.

— Je ne pense pas que...

Je le coupe :

— Ça semble être un principe, ici.

J'espère le provoquer suffisamment pour qu'il se jette sur moi, que je puisse enfin lui en coller une bonne.

Il me tourne le dos alors que la porte s'ouvre sur un homme qui s'interpose :

— Agent Carson, l'interview est terminée.

— Un peu qu'elle est terminée, dis-je en aboyant, fusillant les deux hommes du regard.

— Nous n'avions pas terminé, répond Carson en me faisant face et en tapotant son stylo sur la table qui nous sépare. J'ai encore besoin d'un moment.

L'autre homme fait non de la tête.

— Impossible. On a un problème.

— Quel genre de problème !?

— Le chef a appelé, et il n'était pas tellement content qu'on ait embarqué monsieur Moore ici pour le questionner.

Carson se raidit.

— Comment est-il au courant, bordel ?

L'autre homme hausse légèrement les épaules.

— Je présume que le gamin a des relations. Des coups de fil ont été échangés, des arrangements pris. On doit le laisser partir, sinon...

Des relations ? Des arrangements ? Seule Gigi sait que je suis là. *Et merde.* Elle n'a pas écouté un traître mot de ce que je lui ai dit. À l'heure qu'il est, toute la famille Gallo doit savoir que je suis en ville, dans les quartiers généraux du FBI pour une raison inconnue. Je vais avoir une tonne d'explications à donner, et vais devoir les supplier de me garder à Inked au moins jusqu'à la fin du contrat dont je rêvais tellement.

C'est parfait, putain. Comme si ça ne puait pas déjà assez la merde avec ma mère assassinée, mon frère qui se retrouve seul et mon père évaporé dans la nature ; maintenant, mon boulot est menacé parce que Gigi n'a pas été foutue de me laisser sortir de ce merdier tout seul.

— Mais putain... ! Le chef sait à quel point cette affaire est importante ! Carson fait un geste vers moi. Et on est censé le laisser partir ?

L'autre homme soulève un sourcil.

— À moins que tu veuilles appeler le chef à cette heure-ci pour lui dire qu'à ton avis, il a tort...

Carson pousse un grognement sonore en levant les yeux au plafond.

— Putain, quelle connerie !

Je précise dans un murmure :

— Quelle connerie depuis le début... tout en arpentant la pièce pour éviter de péter les plombs face à cette situation de dingue, et à ces deux connards qui se tiennent devant moi.

— Nous sommes désolés pour votre mère, déclare le second agent, comme si ses soudaines condoléances allaient apaiser la situation.

Ça fait des années que ma mère a coupé les ponts avec moi. La dernière fois qu'on s'est parlés, j'habitais déjà dans le camp des Disciples, ce qui lui avait donné une nouvelle occasion de me rappeler, l'air dégoûté, que je n'étais qu'une merde. Quand je lui ai dit au revoir cette fois-là, j'étais sûr de le lui avoir dit pour toujours.

Je devrais pleurer, verser une larme pour la femme qui m'a mis au monde et qui gît quelque part dans un cercueil, raide et sans vie. Mais je ne peux pas. Je ne m'en fiche pas, non, c'est quand même ma mère, mais il n'y avait pas d'amour entre nous. Et je peux dire maintenant qu'il n'y en aura jamais.

Moi, ce qui me préoccupe pour l'instant, c'est de savoir Gigi toute seule, avec toute cette histoire. Je ne sais pas qui me surveille. Si DiSantis a pisté ma mère jusqu'à la tuer, je ne peux pas savoir s'il ne m'a pas aussi à l'œil. Et s'il nous avait vus ensemble, Gigi et moi... Est-ce qu'il se servirait d'elle pour me faire taire ?

— Vous pouvez partir, monsieur Moore. Si jamais on a besoin de vous...

D'un geste, je lui fais signe de se pousser tout en bousculant Carson sur mon passage.

— Si l'envie vous prend de lâcher une autre bombe dans ma vie ou de me harceler, vous saurez où me trouver.

— Je vous présente nos excuses, au nom de tout le service, dit-il alors que je le frôle en le dépassant, rêvant de pouvoir les assommer tous les deux.

Je me dirige vers le couloir sombre.

— Vous pouvez les garder. Contentez-vous de me rendre mon téléphone et de me laisser sortir.

— Le réceptionniste à l'accueil vous rendra vos affaires.

Je reste immobile un instant, attendant qu'ils me proposent de me ramener chez moi, mais personne ne dit rien. D'un pas raide, je traverse le couloir. J'ai hâte de retrouver ma liberté et de rejoindre Gigi pour m'assurer qu'elle va bien. Il faut que je décide quoi faire, par rapport à elle. Devrais-je m'en éloigner complètement ? M'éloigner de sa famille ? Je ne veux pas que mon pingre de connard de père les mette en danger, elle et les siens.

Je regarde le sol en damier noir et blanc filer sous mes enjambées. Je suis vraiment content de sortir d'ici, même si je dois faire du stop pour rentrer chez moi.

— Pike ! hurle Gigi.

Je lève les yeux et aperçois une jolie brune courir vers moi comme si on s'était perdus de vue pendant des années.

— Est-ce que ça va ? Oh, mon Dieu ! J'ai eu tellement peur. J'ai cru qu'ils ne te laisseraient jamais partir.

Elle me parcourt du regard, cherchant sur mon corps la moindre trace de maltraitance.

— Ils t'ont fait mal ? J'étais si inquiète, je ne savais pas quoi faire. Je suis désolée.

Par-dessus son épaule, elle jette un coup d'œil à un homme à l'air renfrogné, plus impressionnant que n'importe quel mec du FBI.

— J'ai dû appeler quelqu'un. Ne m'en veux pas, supplie-t-elle avant de prendre une grande bouffée d'air, elle a parlé précipitamment sans discontinuer, sans même prendre le temps de respirer.

— Je ne t'en veux pas, ma belle, lui dis-je dans un murmure, tout en restant attentif à l'homme qui l'accompagne et qui ressemble un peu à un lion en cage emmerdé d'être ici à cette heure-là. Je n'ai qu'une envie : la prendre dans mes bras et l'emmener loin d'ici, quelque part où personne ne la trouverait. Mais vu comment le colosse me regarde, nous regarde, je ferais mieux de mettre mes mains dans mes poches.

Gigi se retourne vers cet homme immense aux cheveux sombres.

— Lui, c'est James, me dit-elle en attrapant ma main et en m'attirant vers lui. Le mari de ma tante Izzy.

J'écarquille les yeux.

— Tu as appelé le mari d'Izzy ?

Elle hoche la tête en souriant, comme si les vertus de son initiative ne faisaient aucun doute.

— Izzy n'est pas stupide. Elle se doute de quelque chose. En plus, James a travaillé pour la DEA, et j'ai pensé que si quelqu'un pouvait avoir des relations avec le FBI, c'était lui. Qu'est-ce que je pouvais faire d'autre ? Te laisser là ?

Elle serre ma main dans la sienne et m'adresse le plus doux des sourires, comme si ça suffisait à faire passer la pilule.

Génial, putain.

— En fait, oui.

Je détache mes doigts des siens, parce que ce geste affectueux de Gigi n'a pas échappé à l'oncle James et n'a pas l'air de le ravir.

— Je me serais débrouillé, d'une manière ou d'une autre.

James se redresse, les pieds fermement plantés dans le sol, et croise les bras.

— Vous avez bientôt fini ?

— On a fini.

Je le regarde droit dans les yeux, avec respect. Il vient quand même de me sortir d'une prison. Et cet homme s'est levé en plein milieu de la nuit pour aider quelqu'un qu'il ne connaît même pas.

— Est-ce que vous pourriez juste nous raccompagner ?

James secoue la tête calmement.

— Je vous emmène tous les deux chez moi. Izzy nous attend, et elle doit grimper aux rideaux, à l'heure qu'il est. Si je reviens sans vous, elle sera furieuse contre moi. Et en plus de ne pas dormir de la nuit, je n'aimerais pas l'entendre me rebattre les oreilles toute la matinée parce que je vous aurais déposés chez vous.

— Je suis désolée, répète Gigi.

Je suis bien obligé de répondre que ça me va, même si c'est faux. Rien de ce qu'il s'est passé cette nuit ne me va. Depuis que l'autre connard a mis fin à nos baisers jusqu'à ma sortie de l'interrogatoire, ça a été la merde.

— On vient avec toi, oncle James.

Gigi se tourne vers moi, prend ma main dans la sienne et serre un peu mes doigts.

— OK ?

Elle me regarde, le visage levé vers moi, attendant mon feu vert.

J'acquiesce. Je suis inquiet pour Gigi, même si je ne veux pas qu'elle le sache ; elle flipperait à mort, et à juste titre. Je devrais peut-être expliquer la situation à James, et lui demander son avis sur la marche à suivre pour protéger Gigi de tout dommage collatéral.

Il nous précède pour sortir dans la nuit épaisse, ouvrant la porte d'un bon coup d'épaule. Tous les deux mètres, Gigi m'adresse un petit sourire avant de jeter des coups d'œil à son oncle en fronçant les sourcils.

Je sais qu'elle a beaucoup à dire, et qu'elle brûle de me poser dix mille questions mais pour une fois, elle se retient. J'ai beaucoup à dire moi-même, mais pour l'instant, je ne suis pas sûre de trouver les mots. J'ai l'esprit tout embrouillé ; je ne suis pas encore capable de mettre de l'ordre dans mes pensées.

— Monte devant, Pike. On doit parler, tous les deux, me lance James alors qu'on approche d'un putain de gros Challenger garé juste devant l'entrée.

— Heu... marmonne Gigi en tentant d'exprimer son désaccord. Mais un seul regard de son oncle suffit à la faire taire.

— OK, je monte à l'arrière !

J'incline le siège avant pour qu'elle puisse se faufiler sur la minuscule banquette arrière. Je suis soulagé de ne pas avoir à me contorsionner pour m'asseoir auprès d'elle. Alors que je me glisse sur le siège passager, sous l'œil vigilant de James, et m'applique à regarder droit devant moi, une étrange sensation m'envahit.

— Ceintures, les enfants.

Je ne relève pas, je ne suis pas débile. Je ne suis pas d'humeur à lui répondre que je ne suis pas son gosse, d'autant qu'il fermerait sûrement ma bouche d'une bonne droite, et qu'au final, je devrais quand même attacher ma ceinture. Tout ce que je veux pour le moment, c'est un endroit où me reposer, mettre de l'ordre dans ma tête, et en finir avec cette nuit.

— Comment connais-tu DiSantis ? demande James avant même qu'on ait quitté la place de parking.

— Je ne le connais pas.

Je hausse les épaules en regardant quelques voitures passer devant nous.

— Mon père travaillait pour lui.

— Et c'est tout, tu n'as jamais bossé pour lui ?

— C'est tout. Je n'étais qu'un gosse, la dernière fois que je l'ai croisé, il y a environ quinze ans, je crois.

J'avais oublié jusqu'à son existence avant de voir son arrestation faire la une des journaux.

James se redresse sur son siège et se penche en avant, tenant le volant dans une main.

— Le directeur et moi, on se connaît de longue date. On a toute une histoire derrière nous. Il m'a dit ce qu'il pouvait sur l'affaire; il m'a expliqué pourquoi ils t'avaient amené ici et ce qu'ils espéraient obtenir en te questionnant.

— Je n'ai rien à dire qui puisse les aider.

Je hausse à nouveau les épaules. J'appuie mon coude contre la porte et pose ma tête sur la paume de ma main. Je suis épuisé; je lutte péniblement pour rester éveillé.

— Ils m'ont dit, pour ta mère, ajoute James d'une voix plus douce, mêlée de tristesse. Toutes mes condoléances.

Gigi pousse un cri de surprise derrière moi et je me redresse d'un coup.

— Oh, mon Dieu, Pike... Je suis désolée.

Sa voix tremble, comme si elle allait se mettre à pleurer.

Mais ce n'est pas le moment, alors je fais comme si de rien n'était; il y a plus urgent que de se faire du mouron pour une femme qui se foutait éperdument de moi.

— Je m'inquiète pour Gigi et pour ceux qui sont dans mes parages. J'écouterai volontiers vos conseils quant à savoir quoi faire, monsieur.

— Pourquoi es-tu inquiet pour moi?

Cette fois, James ne prend pas la peine de répondre à Gigi.

— On a beaucoup de choses à démêler, et peu de temps pour le faire. Pour l'instant, vous serez plus en sécurité chez moi. Vous y resterez jusqu'à ce qu'on ait compris de quoi il retourne. Entendu ?

Au feu rouge, James se redresse et regarde dans le rétroviseur.

— C'est compris, Giovanna ? Et, au passage, je ne veux pas d'insolence.

Oh, putain, génial !

Cette nuit, on aura atteint le summum des emmerdements.

IL Y A UNE demi-heure qu'on a quitté les quartiers généraux du FBI et ça doit être la centième fois que je bâille. Dire que je suis fatiguée serait un euphémisme. Je ne me souviens pas d'avoir été épuisée à ce point. Je n'ai jamais fait de nuit blanche, pas même quand je révisais mes partiels.

Le peu de fois où je suis intervenue dans la conversation entre Pike et James, ils m'ont totalement ignorée. Ils faisaient comme si je n'avais rien dit ou comme si je n'étais même pas dans la voiture. Ils sont tous les deux taillés dans le même moule viril, c'est exaspérant. Je les trouve ennuyants à mourir.

— Attention : c'est là que va commencer le véritable interrogatoire, annonce James en garant la voiture alors qu'Izzy apparaît dans les faisceaux des phares.

Elle fait les cent pas dans l'allée. Sur son visage éclairé par les lumières de la voiture, il n'y a pas une once de sympathie ou d'amusement. Elle a un regard plus froid qu'une tombe, tout en semblant prête à nous sauter dessus.

Je ronchonne en me demandant si je n'aurais pas mieux fait d'appeler oncle Thomas :

— Eh ben, ça promet.

Mais je sais qu'Angel ne peut pas garder sa langue dans sa poche et pour le moment, j'ai besoin que tout ça reste secret.

— Si vous la laissez dire ce qu'elle a à dire et répondez à ses questions, vous resterez en vie pour voir le soleil se lever, déclare James, essayant d'égayer un peu la situation qui est loin d'être drôle.

Je frotte mon visage avec mes mains pour sortir de ma torpeur. J'ai intérêt à avoir les idées claires pour affronter l'engueulade et les heures de remontrance qui s'annoncent.

— Tu gères ta tante pendant qu'on va parler dans mon bureau, Pike et moi, me dit James en coupant le moteur, avant de déverrouiller les portières.

— La gérer ? Je ricane nerveusement, la fatigue me rendant à moitié tarée. Tu sais que ce que tu me demandes là est totalement impossible, pas vrai ?

Les yeux de James me clouent sur place.

— Ma petite, tu es exactement comme ta tante. Vous avez le même esprit. Si j'étais un étranger, je mettrais ma main à couper que vous êtes mère et fille. Et sachant comment elle fonctionne, tu vas la gérer. Dis-lui ce que tu veux, mets de côté ce que tu peux, et ensuite va te coucher.

James se tourne vers la portière alors qu'Izzy tape sur la vitre avec impatience avant de lever un bras, l'air de demander ce qu'on peut bien foutre là-dedans.

— Je pense que la meilleure partie sera pour moi, grommelle Pike en sortant de la voiture et en abaissant le dossier pour que je puisse m'extraire de la minuscule place arrière.

— Aucun doute, dis-je en murmurant tandis que je manque de me cogner la tête en sortant, frôlant Pike au passage. Je te rejoindrai quand tu auras fini.

— Vous feriez bien de ramener votre cul dans la maison au plus vite, tous les deux. Vous me devez beaucoup d'explications, annonce Izzy avant même que j'aie pu me redresser entièrement et étirer mes jambes.

— Il se pourrait bien que je finisse avant toi... Juste un pressentiment, me dit Pike dans un demi-sourire.

Je lui fais les gros yeux, parce qu'entre son arrestation, la mort de sa mère – advenue je ne sais comment ni pourquoi – et l'implication de mon oncle et de ma tante dans nos histoires, la situation est loin d'être amusante.

— Mon amour, commence James en attrapant Izzy par la taille et en l'amenant contre lui. Vas-y mollo avec la petite. Sa nuit a été longue et stressante. Elle est fatiguée.

Ma tante me jette un regard par-dessus l'épaule de son mari.

— Tant mieux, décrète-t-elle. Comme ça, elle crachera le morceau plus facilement.

Je roule mes yeux sous mes paupières et dis à voix basse :

— Oh, le bordel... Je te dirai tout, tatie, si tu me laisses dormir avant, ne serait-ce qu'un tout petit peu.

— Là, tu rêves, miss. Ramène ton joli petit cul dans la cuisine ; je vais nous faire du café et tu vas m'expliquer tout ce bordel.

Pike serre ma main dans la sienne en baissant les yeux vers moi.

— Dis-lui tout ce que tu veux, Gigi. Je n'ai plus rien d'autre à cacher, et je pense qu'ils me foutront à la porte de toute façon.

— Pourquoi ?

Je lève la tête vers lui et le regarde en fronçant les sourcils, bouche bée.

— Personne n'a envie d'être mêlé aux problèmes des autres, encore moins à ceux d'un inconnu qui vient tout juste d'être embauché. Va avec elle. Tout ira mieux demain matin.

Je lui demande en implorant :

— Tu me retrouves après, d'accord ? Promets-le-moi.

Pike hoche la tête en lâchant ma main, avant de me pousser doucement vers ma tante.

—Vas-y.

En quelques secondes, Izzy s'éloigne de James, contourne le Challenger et fonce vers moi comme une possédée.

— Arrête de perdre du temps, me lance-t-elle en tirant sur mon bras pour m'éloigner de Pike comme si j'étais une petite fille à nouveau.

Je le regarde par-dessus mon épaule tout en suivant ma tante dans les escaliers qui mènent à l'entrée de leur maison, et j'articule en silence un : « Désolée ». Il m'adresse un petit sourire et un signe de la main, comme si de rien n'était, comme si sa mère ne venait pas de mourir et que sa propre vie n'était pas en danger.

— Assieds-toi, m'ordonne Izzy en pointant du doigt une chaise près de l'îlot de la cuisine, avant que j'aie pu faire deux pas dans la pièce.

— De l'eau ou du café ?

— Du café.

J'aurais préféré qu'elle me propose un oreiller et une heure de sommeil… Mais je sais bien qu'elle ne m'accordera rien du tout tant que je ne lui aurais pas donné ce qu'elle veut. Je m'affale sur la chaise.

Tandis qu'elle sert le café en me tournant le dos, je peux presque l'entendre penser et agencer le flot de questions qu'elle s'apprête à déverser dans mes oreilles.

— Avant de commencer…

Je m'éclaircis la gorge en regardant son dos. Si seulement je pouvais ne pas être ici, bordel !

— Tu veux bien ne rien dire à mon père ?

Izzy soupire en replaçant la cafetière.

— Ils sont déjà au courant.

Je pousse un cri de surprise en écarquillant les yeux, me sentant soudain plus éveillée que je ne l'ai jamais été de toute ma vie.

— Quoi !?

— Quand tes parents sont rentrés du bar, hier soir, ils ont trouvé un agent devant leur porte. Ils savent que Pike a été emmené pour être interrogé. De notre côté, on ne leur a pas dit que tu nous avais appelés complètement paniquée, suppliant James d'aider quelqu'un que tu jurais détester.

— Je ne le déteste pas.

Je l'avoue dans un murmure, en croisant les bras sur ma poitrine, cherchant comment sortir de ce pétrin.

— Je le sais, ma puce, me dit-elle en poussant une tasse de café devant moi. Je regardais ton oncle James de la même façon, quand on s'est rencontrés. Ma chérie… Elle se met à rire en secouant la tête, puis se penche au-dessus de la table pour me faire face. Cet homme m'a rendue folle, il m'a fait tourner la tête !

Ça me fait rire, parce qu'elle dit ça comme si ce n'était plus le cas aujourd'hui, comme s'il n'avait plus d'emprise sur elle. Alors que, lorsque ma tante se lance dans ses fameuses tirades, ce qui lui arrive souvent et encore plus ces derniers temps, mon oncle est le seul homme à pouvoir la faire taire.

— Alors, commence par le début et raconte-moi comment tu as connu Pike.

Elle me dévisage et j'ai tout d'un coup du mal à déglutir.

Je pique du nez dans mon mug, les mains pla-quées sur la chaleur de la céramique, me demandant jusqu'où remonter dans l'histoire et quels détails ré-véler. Je ne vais quand même pas lui faire un dessin. Il est hors de question pour moi de parler de sexe avec ma tante, et je n'aurais même pas envie de discuter de sa sexualité à elle, même si j'en connais déjà un rayon.

— Eh bien...

Je me tais, complètement bloquée. Mais bon, comme je sais qu'elle serait capable d'attendre la ré-ponse toute l'éternité s'il le fallait, je suis bien obligée de poursuivre.

— Je l'ai rencontré l'année dernière.

Elle cligne des yeux.

— Où ça ?

— À Daytona.

— Quand ?

— L'année dernière.

— Ne fais pas la maligne. Quand étais-tu à Dayto-na ? Je ne me souviens pas que tu en aies parlé à qui que ce soit.

Je me trémousse sur ma chaise, mal à l'aise, parce

que Tamara et moi nous étions jurées de garder le secret. Jusqu'ici, on n'a jamais trahi notre promesse, pour éviter que nos parents flippent à mort. Je glapis :

— Je suis allée là-bas aux vacances de printemps, et grimace au son de ma voix. Une ombre passe sur le visage de ma tante.

— Tu es allée à Daytona l'année dernière aux vacances de printemps ?

— Oui. J'acquiesce lentement, soutenant son regard froid.

— En mars ?

Je me contente de hocher la tête à nouveau, parce que cette information parle d'elle-même ; il n'y a plus qu'à attendre, les questions vont suivre.

Elle pousse son mug de côté, et plaque ses deux mains sur le granit froid du comptoir.

— C'était pas pendant la Semaine de la Moto, ça... ?

J'acquiesce encore, me mordant la lèvre pour ne rien dire de plus.

— Bordel, tu as complètement perdu la tête, ma petite ?

Je secoue la tête. Après tout, il est inutile de me défendre, et je la sens bien partie pour parler à ma place.

— Tu es allée à Daytona aux vacances de printemps, au moment où, comme par hasard, il y avait la Semaine de la Moto, sans rien dire à personne ?

Elle prend une grande inspiration, l'air d'être au bord d'exploser.

— Est-ce que tu réalises à quel point cette connerie aurait pu te coûter cher ?

Je lui réponds à voix basse :

— Je n'étais pas seule, dis-je en regardant mon mug et en jouant avec l'anse.

— Tu étais avec Tamara, c'est ça ? en déduit-elle sur un ton monocorde, sachant bien que généralement, où que j'aille, Tamara n'est pas très loin. On est un ensemble indissociable, elle et moi, surtout depuis que Lily a décidé d'étudier à Miami plutôt qu'à l'Université d'État de Floride.

J'acquiesce à nouveau.

Izzy repousse le plan de travail de l'îlot qui nous sert de table haute, et se met à déblatérer des jurons en arpentant la pièce.

— De toutes les conneries débiles que vous pouviez faire ensemble...

— On a été prudentes. On s'en est bien tirées. Il ne s'est rien passé de grave, tatie.

— Encore heureux, putain ! lâche-t-elle d'une voix forte.

Elle fait demi-tour sur un talon pour me faire face.

— Je connais la Semaine de la Moto, pour y avoir été. Ce n'est pas un endroit où aller s'amuser, Gigi.

— Tu y es allée ?

Je lui demande ça parce qu'imaginer ma tante dans ce monde de motards me fascine, alors qu'en réalité, ça ne devrait pas me surprendre. Elle a fini mariée au mec le plus dur à cuire que je connaisse en dehors de mon père. Mais j'insiste :

— À la Semaine de la Moto ?

— J'ai failli me faire violer à la Semaine de la Moto. Si tes oncles James et Thomas n'avaient pas été là, je ne sais pas comment j'aurais fini.

Elle se tient la tête un instant et prend une profonde inspiration.

— Mais j'étais plus âgée que toi, et j'aurais dû être

plus maligne. Tu n'avais pas encore vingt et un ans, et Tamara ne les a toujours pas aujourd'hui ; alors, explique-moi ce que vous foutiez toutes les deux à la Semaine de la Moto !

— On bronzait sur la plage...

Je ne crois pas moi-même une seule seconde à ma connerie, surtout qu'en disant ça, ma voix est montée comme si je posais une question au lieu d'énoncer un fait. Erreur flagrante qui n'échappe pas à ma tante, évidemment.

— Gigi, dit-elle froidement. Arrête tes conneries. Accouche, maintenant, et je veux la vérité.

— On y est allées pour les vacances, mais on n'avait pas prévu de tomber en pleine Semaine de la Moto. On s'en est rendu compte en arrivant en ville : c'était bondé de gens habillés de cuir et couverts de tatouages, comme si l'Enfer avait peuplé la Terre.

— Admettons que tu ne le savais pas ; mais pourquoi avoir menti pour Daytona ?

Je hausse les épaules.

— On a eu peur que ça énerve papa et qu'oncle Anthony pète un câble, alors on a pensé qu'il serait plus simple de ne rien dire.

Izzy rit sous cape, et l'espace d'un instant, j'imagine qu'elle va s'en tenir à ça et me laisser aller dormir, mais je suis loin du compte.

— Tu dois toujours dire à quelqu'un où tu vas. Tu aurais au moins pu me le dire, à moi. Aller dans un endroit pareil à un moment pareil était très dangereux, et laisse-moi te dire que vous avez eu de la chance d'en sortir indemnes.

— Oui. Maintenant, j'en ai conscience, dis-je en essayant de l'apaiser. Je ne recommencerai plus.

— Et comment Pike en est-il arrivé à – elle s'éclaircit la gorge – bronzer sur la plage avec toi ?

— C'est là-bas qu'on est tombé l'un sur l'autre, dis-je en essayant de dissimuler en partie mon visage dans le mug que je porte à mes lèvres, pour qu'elle n'y lise pas ma manœuvre.

Elle se redresse en croisant les bras sur sa poitrine et me toise, dans son débardeur noir et son collant de yoga, les cheveux tirés en queue de cheval haute.

— Donc, vous étiez juste tombés l'un sur l'autre, et c'est pour ça que tu as eu l'air de voir un fantôme, à Inked, quand tu es tombée sur lui à nouveau ? Elle plisse les yeux. Et tu crois que je vais gober une connerie pareille ?

Je marmonne, le nez dans mon mug : « C'est pas des conneries », tout en fixant mon fond de café, parce que défier son regard serait un peu trop pour moi, surtout maintenant qu'elle écume presque de rage.

— Tu connais bien mieux ce type que si tu lui avais juste dit bonjour en passant, Gigi. Je ne suis pas née de la dernière pluie. Alors tu ferais bien de commencer à me dire la vérité, avant que je ne parle à Joe de Daytona.

J'écarquille les yeux.

— Tu n'oserais pas.

Elle hausse une épaule, un sourire malin sur les lèvres.

— Ma chérie, je ferai ce qu'il faut pour avoir le fin mot de cette histoire. Et après tout, je ne serai pas celle qui se fera botter le cul s'il l'apprend.

Je grogne de rage. Moi qui devais la gérer, c'est raté. C'est elle qui me tient à la gorge. Du travail de pro !

— Très bien. On a fait plus que tomber l'un sur l'autre.

— Vous avez bu ensemble ?

Je grimace.

— Un petit peu.

— Est-ce qu'il savait que tu n'avais pas l'âge de boire ?

Je fais non de la tête.

— On avait de fausses pièces d'identité.

Izzy ferme les yeux et masse ses tempes du bout de ses doigts.

— Putain de bordel de merde, murmure-t-elle avant de prendre une profonde inspiration. Combien de verres as-tu bus avec Pike ?

— À quel moment ?

Bon, ce n'était peut-être pas le moment de faire de l'humour, même si là, en même temps, j'étais honnête...

Sa bouche se tord et elle lâche :

— Ne fais pas ta maligne.

Je hausse à nouveau les épaules.

— La première fois, quand je l'ai rencontré, je pense n'avoir bu qu'un verre.

— Donc, tu n'étais pas saoule ?

— Eh bien... J'hésite en souriant nerveusement. Il se peut que j'aie bu de l'alcool avant de le rencontrer. J'ai dit que je n'avais bu qu'un verre avec lui.

— Sur une échelle de un à dix, dix étant le coma éthylique, tu te situais où ?

— Avant le verre avec lui ou après ?

— Putain, j'te jure, lâche-t-elle en secouant la tête, avant d'énumérer toute une suite de gros mots à mi-voix. Après avoir bu un verre avec lui.

— J'étais à neuf. Je me souviens de tout avant de

tomber dans les pommes, boum! Ça, c'est l'effet tequila.

Je ris pour essayer de détendre l'atmosphère, espérant qu'Izzy, connue pour être le boute-en-train de la famille, se mette à rire avec moi.

Elle pince ses lèvres l'une contre l'autre et ferme une nouvelle fois les yeux, en grognant. Clairement, ma tentative de plaisanterie est tombée à l'eau, et ma tante a perdu son sens de l'humour quelque part entre hier soir et maintenant.

— Quand tu as perdu connaissance, tu étais avec lui ou avec Tamara ? Elle est appuyée au comptoir de l'îlot et tape nerveusement ses longs ongles peints en noir sur le granit. Tu peux me le dire. Sinon, je demanderai à Tam quand elle rentrera.

— J'étais avec lui.

Je ne veux pas qu'elle interroge Tamara. De toute façon, elle la ferait craquer en moins de deux, en lui mettant la pression, et elle saurait la vérité.

— Bon Dieu, s'exclame-t-elle en repoussant le comptoir, avant de se remettre à faire les cent pas. Il t'a fait du mal ? Elle plonge son regard dans le mien.

Je secoue la tête.

— Non, tatie. Il s'est conduit en gentleman.

— En gentleman ? En t'emmenant dans sa chambre d'hôtel ? dit-elle en se mettant à rire. Tu es poilante, ma petite !

— Quoi... Tu vas me dire que tu n'as jamais passé une nuit avec un inconnu ?

Je lui balance ça dans la gueule, sachant très bien que la nuit où elle a rencontré James au mariage de mes parents, ils ne sirotaient pas des menthes à l'eau avant qu'elle se carapate en douce de la putain de chambre où il dormait.

Elle esquive :

— Il ne s'agit pas de moi. Donc, tu bois un verre avec lui, tu t'évanouis, et ensuite ? Tu as intérêt à tout me dire si tu ne veux pas que Pike soit mis à la porte avec ses valises avant que tu émerges demain matin.

Je prends alors une profonde inspiration et me lance : je lui raconte tout depuis le début et dans les moindres détails, sauf en ce qui concerne notre incroyable odyssée sexuelle. Je parle à ma tante, pas à une copine, et c'est déjà suffisamment terrifiant de lui avouer avoir couché avec Pike sans devoir lui faire un dessin. Après un monologue qui semble avoir duré une éternité, je me tais et la regarde enfin dans les yeux.

— Voilà.

— Tu lui as donné ton numéro, lui as promis quoi que ce soit ?

Je secoue la tête négativement.

— Je ne lui ai même pas dit mon nom de famille. Il ne connaissait que mon surnom, Gigi. Un matin, je lui ai dit que j'allais boire un café et je ne suis jamais revenue.

Ma tante change d'expression et ses yeux s'illuminent.

— Tu lui as dit que tu allais boire un café ?

Je hoche la tête en riant doucement sous cape, même si j'éprouve un peu de culpabilité.

— Oui. Il a dit qu'il m'avait attendu des heures avant de réaliser que je ne reviendrais pas.

— Alors là, tu aurais vraiment pu être ma fille, me dit-elle en se tordant de rire, se tenant le ventre à deux mains. C'est totalement le genre de truc que j'aurais pu faire, dans mon âge d'or.

Je la coupe et, pour reprendre son expression vieux jeu, je lui dis :

— On ne parle pas de ton âge d'or, tatie.

S'il y a bien quelque chose de pire encore que de raconter ses histoires de cul à sa tante, c'est de l'entendre raconter les siennes au même âge.

— J'ai été jeune, tu sais.

— Tu l'es encore.

En général, elle adore que je lui lèche les bottes.

— Tu es une très mauvaise menteuse, ma puce.

— Pike... Ne le vire pas.

Je profite de son changement d'humeur pour la supplier, c'est peut-être le seul moment que j'aurai pour lui demander une faveur.

— Je te promets qu'il n'a rien fait de mal.

— Je dois parler à ton oncle avant de pouvoir te faire une promesse quelconque au sujet de Pike et de son avenir à Inked.

— C'est n'importe quoi, putain. Je suis une adulte ou je ne le suis pas. Tu ne peux pas rire avec moi comme avec une copine quand je te raconte comment j'ai planté un mec la queue à l'air, et l'instant d'après, vouloir demander l'avis de mon oncle avant de pouvoir me faire une promesse. Demande aussi celui de mon père, pendant que tu y es !

— Toute décision concernant l'avenir de Pike avec nous sera prise en famille. Inked nous appartient à tous. Je ne prendrai aucune résolution sans que chacun ait eu son mot à dire.

Je grommelle :

— Génial, putain...

— Je ne dirai rien de tes occupations pendant les vacances de printemps, mais ils sauront ce qu'il s'est passé ce soir et tout le bordel qu'il y a autour de Pike.

— Mais tu ne diras pas qu'on se bécotait ce soir, d'accord?

Elle ouvre grand les yeux et je plaque ma main sur ma bouche, réalisant que je ne lui en avais pas parlé et qu'elle n'avait aucun moyen de le découvrir. *Et merde. Bravo, championne.*

— Je ne dirai rien là-dessus non plus, si tu tiens à ce que Pike reste en vie. Mais ils vont avoir des questions à te poser, et je te conseille de faire preuve de plus de maturité pour y répondre.

— Entendu.

— Attends-toi à ce qu'ils aient beaucoup de questions, surtout maintenant que Pike s'inquiète pour ta sécurité.

Oh bordel, je sens que je vais passer un moment merveilleux. J'ai toujours eu envie de raconter à mon père tous les mensonges que j'ai élaborés pour lui, et de lui parler des mecs que je me suis tapés – même s'il n'y en a pas eu des masses. J'ai vraiment hâte de vivre la situation la plus embarrassante de toute ma vie. *Ou pas.*

À la vérité, je préférerais qu'on m'attache sur une chaise couverte de clous et qu'on m'arrache les cheveux un à un, plutôt que d'affronter les hommes de ma famille – et mon père en particulier.

— Quand on parle du loup... annonce Izzy, quand la porte grince derrière moi.

Pétrifiée, j'ouvre de grands yeux, incapable de bouger, comptant sur un miracle pour disparaître et ne pas avoir maintenant la discussion que j'aurais pu avoir plus tard.

— Giovanna, commence mon père, et sa voix me cloue sur place. J'ai l'impression d'être à nouveau une enfant qui a fait une bêtise et attend d'être punie.

Je ne me retourne pas, parce que mon père a beau être gentil, comme tous les hommes, il a ses limites. Et je pense que là, sans même faire d'efforts, je les ai largement dépassées.

— C'est toi, papa...

— Toi et moi, dehors.

— Vous n'avez qu'à parler ici, intervient ma tante. Sers-toi un café, je vais voir où en sont James et Pike, depuis tout ce temps.

Elle m'adresse un léger clin d'œil en quittant la pièce d'un pas désinvolte, n'ayant pas l'air de se soucier le moins du monde de ce qui va bien pouvoir me tomber sur la tête dans un instant.

— Papa...

— Ne te fatigue pas, ma chérie.

Je baisse la tête et fixe en silence ma tasse de café, me préparant à encaisser la plus grosse engueulade de ma vie.

— ON A UN PROBLÈME, déclare James au téléphone tout en me regardant, assis à son bureau, les lèvres étirées en une mimique sévère. Je ne voyais que toi à solliciter dans une situation pareille.

Je mords l'intérieur de ma joue, frottant mes mains contre la chaise en bois sur laquelle je suis assis depuis des heures, à encaisser les questions de James comme des tirs de mitraillette.

— Je sais quelle putain d'heure il est, figure-toi, mais je ne pouvais pas attendre que ton vieux cul se décide à sortir du lit.

Ma mâchoire en tombe. Personne n'a jamais parlé comme ça à Tiny, le président du MC des Disciples. Du moins, je n'ai jamais entendu quelqu'un le faire, au risque de se faire défoncer la tronche jusqu'à changer de couleur et ne plus pouvoir manger autre chose que de la purée pendant deux mois – et encore, à l'aide d'une paille.

James se marre.

— Tu n'as jamais été un lève-tôt, vieille ordure.

Je cligne des yeux deux-trois fois, me demandant qui James peut bien être pour Tiny, et comment ils peuvent se connaître assez pour rire ensemble tout en s'insultant à mort.

— J'ai ton petit Pike, ici. James se tait un instant en me balayant des yeux. Oui, en un seul morceau et bien vivant. Il est assis là, devant moi.

J'ai supplié James de ne pas appeler Tiny, de ne pas mêler le MC des Disciples à cette histoire, mais il m'a traité de putain d'abruti tout en décrochant le téléphone, comme si leur demander une faveur n'était qu'une broutille.

— Contente-toi de rester assis et de te taire, m'a-t-il dit avant de composer le numéro de Tiny de mémoire, me laissant sur le cul.

Alors je reste assis là, à le regarder prendre mes affaires en main et m'aider alors même que je n'ai rien demandé. Mais il ne s'agit pas que de moi ; il s'agit de sa nièce et de la merde dans laquelle elle se retrouve pour avoir traîné avec moi.

— Il est dans le collimateur de DiSantis. Il lui faudrait un endroit où se faire oublier. Avec son stylo, James tapote sur le calepin où il a pris des notes, comme s'il enquêtait sur mon cas.

— Qui d'autre que toi aurait assez d'hommes et d'armes, en dehors de la police, pour couvrir le petit ?

Je n'en reviens pas que James demande de l'aide à Tiny. Et pas seulement à Tiny : à tout un club de bikers devant qui les types en uniforme tremblent dans leurs belles bottes cirées.

— C'est du lourd. La mère de Pike a été refroidie à cause du merdier qui lie son père à DiSantis.

Je ferme les yeux en me demandant ce qui a pu

faire déraper ma vie à ce point. À l'heure qu'il est, ma mère gît quelque part, sans vie, un trou derrière la tête, mon frère est Dieu sait où – chez ma grand-mère, avec un peu de chance – et mon père manque à l'appel parce que c'est un putain de lâche et un criminel.

— Tiny, ma nièce est peut-être menacée, elle aussi. Elle va avoir besoin d'une place au vert, et j'ai besoin de savoir que tu la protégeras au péril de ta vie s'il le faut. Pour que je te demande une faveur pareille, c'est qu'en dehors de ma famille, je ne fais confiance à personne autant qu'à toi.

Putain, le délire !

Gigi a dit que son oncle était retraité de la DEA et qu'il avait monté une entreprise de détectives privés. Mais à en croire mes oreilles, il est encore de la partie.

— Je t'en devrai une bonne, et tu sais que je paie toujours mes dettes, lui dit James en me dévisageant toujours d'un air que j'ai franchement du mal à interpréter et qu'il est peut-être préférable de ne pas décrypter. Je les amènerai après la tombée de la nuit. Tu vas devoir les cacher jusqu'à ce que tout ce bourbier soit éclairci. Je veux que personne ne soit capable de les localiser. Les agents du FBI ont déjà interrogé Pike, et je ne veux pas qu'ils puissent remettre la main sur lui. Quelle que soit la haine qu'il éprouve pour son père, aucun homme ne devrait avoir à subir ça. Assure leur sécurité et je reviendrai les chercher quand tout se calmera.

— James...

J'aimerais discuter sa décision, parce que je ne suis pas sûr que se cacher dans le camp d'un régiment de bikers dans leur genre soit la meilleure idée.

Il couvre le téléphone d'une main et articule en silence :

— Pas maintenant. Tais-toi.

Mes sourcils se soulèvent et je serre les lèvres, ravalant ce que je voulais tellement dire.

— On arrivera vers une heure. Attends-nous. Je les déposerai à ton point de rendez-vous avant de reprendre la route. Deux voitures me suivront pour vérifier que personne ne soit sur nos traces. Je répète qu'ils ne doivent pas être localisables.

James se penche en arrière en riant avec Tiny avant de mettre un terme à la conversation.

— Va dormir un peu, me dit-il sans même prendre la peine de discuter du plan qu'il a élaboré pour moi. Tu as une longue journée devant toi, qui sera suivie d'une longue nuit.

Je ne bouge pas. Je n'ai pas pour habitude d'obéir à des ordres et je n'ai jamais laissé personne m'imposer quoi que ce soit.

— Qu'est-ce qu'il y a, entre Tiny et vous ? Parce que vous n'avez pourtant pas l'air de jouer sur le même terrain.

— Tu sais que j'ai bossé pour la DEA, pas vrai ?

J'acquiesce.

— On n'était sûrement pas potes, à l'époque, mais il y avait entre nous un respect mutuel. Je n'étais pas là pour les épingler, lui et son club, pour les conneries qu'ils faisaient. Les Sun Devils étaient ma cible, et les ennemis jurés des Disciples. Disons simplement que Tiny a été bien content de voir ce club rival derrière les barreaux.

— Attendez... Il vous a aidé à les coffrer ?

James secoue la tête.

— Sûrement pas, putain. C'est pas un flic des

stups. Mais quand j'ai monté ma propre affaire et eu besoin d'informations, je suis allé le voir pour tirer un trait sur le passé, et je l'ai payé pour avoir des renseignements, disons... impossibles à obtenir par des voies légales.

— Et c'est tout? Vous l'avez payé pour avoir des infos et maintenant, vous nous envoyez là-bas en croyant qu'il va nous protéger?

James me dévisage et se penche en avant; il appuie ses coudes sur la table et pose ses lèvres sur les doigts de ses mains jointes.

— Quand Izzy m'a demandé de me renseigner sur toi avant qu'elle t'engage, je suis allé voir Tiny. Je ne l'avais jamais vu tenir quelqu'un qui ne soit pas un frère en si haute estime. Il plaque les paumes de ses mains sur son bureau et redresse les épaules sans me quitter des yeux. Il a parlé de toi comme si tu étais son propre fils. Un homme comme Tiny ne fait pas ça, à moins que tu aies conquis son cœur, ce qui n'a pas dû lui arriver souvent. Tu es dans la merde jusqu'au cou et, par extension, ma nièce aussi. Vous devez vous planquer, faire profil bas jusqu'à ce que cette affaire entre ton père et DiSantis soit réglée. Je ne connais pas de meilleur endroit pour ça, avec autant d'armes et de muscles, qui soit capable de gérer un assaut si ce DiSantis est assez débile pour s'en prendre à toi dans leur camp.

— J'aurais imaginé qu'un homme comme vous nous aurait placés sous la protection du FBI, plutôt que sous celle des Disciples.

James secoue lentement la tête.

— Ayant travaillé pour le gouvernement, je suis bien placé pour savoir à quel point le système est corrompu et combien les gens peuvent être achetés facilement. Je ne mets ma nièce nulle part, à moins d'être sûr qu'elle puisse être protégée.

Je n'ai plus rien à dire. Il a raison. Si DiSantis veut ma mort, je suis une cible facile. Ma seule chance est de me cacher, et il n'y a pas de meilleur endroit où disparaître que le camp des Disciples.

— Maintenant, il fait jour, la journée est déjà niquée puisque je suis debout depuis des heures, et je vais devoir écouter Izzy me faire chier pendant des plombes. On décollera à la nuit tombée. Ne dis à personne où tu vas, absolument personne. Pas même à ta grand-mère, Pike.

J'acquiesce.

— Je serai muet comme une tombe. Tout ce qui compte, c'est que Gigi soit en sécurité.

— Si les hommes de DiSantis déboulent...

— Je me jetterai sous les balles pour la protéger.

Sans moi, elle ne serait pas dans cette merde.

— Je te ferai tenir parole. Et si tu te défiles, je te ferai regretter de ne pas t'être jeté sous leurs balles.

Je me lève et frotte les paumes de mes mains sur les cuisses de mon jean, commençant à accuser le coup de tous les événements qui se sont enchaînés.

— C'est compris, James.

— Maintenant, sors. J'ai des choses à faire, me dit-il sans bouger de sa chaise, en m'indiquant la porte d'un mouvement de menton.

Je tourne la poignée et ouvre la porte ; je m'apprête à sortir, quand je tombe nez à nez avec le père de Gigi. On se regarde et je m'attends à ce qu'il me mette une droite, mais il se contente de me dévisager, immobile.

— Plus tard, il faudra qu'on parle, dit-il d'une voix sombre.

— Oui, monsieur.

— Maintenant, pousse-toi, je dois parler à mon beau-frère.

Il fait un bref mouvement de tête vers le couloir vide.

— Et il vaut mieux que je ne t'ai pas sous le nez pour l'instant.

À la tension de ses mâchoires et à son regard glacé, nul doute qu'il est au courant pour Gigi et moi à Daytona. Et je ne tiens pas à en parler avec lui après une nuit blanche. Je ne tiens pas à en parler du tout, à vrai dire, mais je sais que c'est une conversation qu'on aura, que ça me plaise ou non. Je n'ai pas l'habitude de ce genre de situation, parce que je n'ai jamais couché avec des femmes si jeunes et si attachées à leur père.

Mais je réponds :

— C'est compris.

— Izzy t'attend dans la cuisine, me dit-il en me bousculant pour entrer dans le bureau de James, avant de me claquer la porte au nez.

Je n'en attendais pas moins. Si Gigi avait été ma fille et que je me trouvais face au type qui l'avait mise dans ce pétrin, je voudrais l'étrangler de mes propres mains. Je ne peux pas lui en vouloir.

Je traverse le long couloir en me dirigeant à la voix d'Izzy. Sans l'entendre, je n'aurais peut-être jamais trouvé la cuisine. C'est la première fois que je mets les pieds dans une maison aussi grande.

— Ah, te voilà, déclare Izzy dès qu'elle m'aperçoit. Je commençais à croire que James ne te laisserait jamais sortir de son bureau.

Gigi est assise à la table de la cuisine ; elle passe

rapidement ses mains sur ses joues. Tout en me tournant le dos, elle s'adresse à Izzy :

— Je vais lui montrer sa chambre.

Izzy hausse un sourcil, nous regardant l'un et l'autre.

— Fais gaffe à ce que tu fais, ma petite. Ton père est toujours dans la maison. Si tu veux que Pike reste en vie un jour de plus, ne fais pas ta maligne en allant te glisser dans son lit pour te faire consoler.

Donc, Gigi a bien révélé toute notre histoire, aussi brève soit-elle. Je suis d'ailleurs surpris qu'elle ait tenu aussi longtemps, même si ça ne fait que deux jours. Elle ne pouvait plus continuer à prétendre ne pas me connaître, surtout après son état de panique de ce soir, quand j'ai été embarqué pour être interrogé. En plus, elle devait être bouleversée après nous avoir entendu parler dans la voiture, James et moi. Il ne lui en a pas fallu plus pour tout déballer dans le détail.

— OK, tatie.

Gigi se stabilise sur ses jambes avant de se tourner vers moi, les yeux gonflés, des traces de larmes sur les joues.

Je lui demande si ça va en détaillant son visage. Dire que je suis coupable de ses larmes...

Elle hoche la tête.

— Je vais te montrer ta chambre, me dit-elle sans faire cas de l'attention que je lui porte et sans cacher qu'elle a pleuré. Elle m'indique un autre couloir et la maison d'Izzy et James m'apparaît comme un labyrinthe.

— On parlera après avoir dormi un peu. Je veux savoir comment tu vas.

Je la suis de près. Peu m'importe où elle m'emmène, je pourrais aussi bien dormir dans un placard s'il y avait la place d'étendre mes jambes.

— Je ne sais pas trop comment je vais ; c'est compliqué. On peut dire que c'est vraiment la merde, et en plus, tu te retrouves mêlée à tout ça.

Elle s'arrête près d'une porte entrouverte, s'adosse au mur et me regarde, les yeux rouges et vitreux.

— Je suis sûre qu'oncle James a un plan.

D'un geste, j'essuie une larme qui brille au bord de ces cils, prête à tomber.

— Et tu es au courant de son plan, ma belle ?

Elle fait non de la tête sans se détourner quand ma main s'attarde sur son visage.

— Il nous envoie faire profil bas dans le camp des Disciples.

Elle ouvre des yeux grands comme des soucoupes.

— Il quoi !?

Je hoche la tête, tout aussi choqué par cette décision.

— Il dit que c'est l'endroit le plus sûr. Non pas que j'en doute, mais le camp n'est pas un endroit pour une fille comme toi.

Elle plisse le nez.

— Une fille comme moi ?

Je caresse du pouce la peau si douce de sa joue.

— Tu es une fille bien, Gigi. Pure, même. Le camp des Disciples n'est pas un endroit fréquentable.

Ses yeux se mettent à briller, et elle renâcle sans la moindre manière.

— J'ai grandi entourée de bikers, Pike. Je pense que je suis capable de faire face aux coutumes de ce camp sans péter les plombs ou me recroqueviller dans un coin.

— Ce ne sont pas des motards du dimanche, Gigi. Ils sont hardcores. Ils ont une vie à part, pleine de violence, de débauche, d'alcool, de drogue et de cul – de quoi te faire tourner de l'œil.

Elle attrape mon poignet et rejette mon bras.

— Tu as vécu là-bas, pas vrai ?

J'acquiesce.

— On y sera en sécurité. Je vais te dire : au point où nous en sommes, je me saoulerais la gueule bien volontiers, et le camp me semble être l'endroit idéal pour se mettre la tête à l'envers et oublier toute cette merde.

— Je ne pense pas que James nous envoie là-bas pour aller faire la fête, poupée.

Elle aspire un peu sa lèvre et en mord doucement la chair.

— Alors il ferait mieux de nous envoyer dans un couvent. Je ne vais pas dans ce camp pour passer mes journées enfermée dans une chambre sombre nuit et jour, en m'appliquant à jouer le rôle de la petite fille apeurée. Je vais me dévergonder, m'immerger dans leur univers aussi longtemps qu'ils nous garderont. Et si ça ne te plaît pas, tu pourras toujours rester croupir tout seul dans la chambre sombre.

Putain de bordel. Cette fille n'a aucune idée de ce dont elle parle. Elle s'est sûrement documentée un max en ligne, croyant se faire une opinion réaliste des bikers. Mais même Hollywood contribue à donner une fausse image de leur monde, à en faire une fable édulcorée. Si elle croit qu'elle peut supporter de voir un mec péter le cul d'une meuf allongée sur une table de billard sous les yeux d'un groupe entier, libre à elle. Elle s'apprête à recevoir une leçon en accéléré sur le monde des MC, assez révélatrice mais bien peu divertissante.

— Sache que je ne te quitterai pas d'une semelle. Dès que tu sortiras de la chambre, je serai sur tes talons.

Elle sourit de toutes ses dents.

— Je compte bien là-dessus, Pike.

— Mais avant toute chose, on doit rester en vie jusqu'à atteindre le camp. Je la pousse doucement, ma main sur son épaule, pour libérer le passage. Maintenant, il faut que tu y ailles et que je dorme un peu, avant que ton père te trouve devant ma chambre et que je finisse comme ma mère.

Gigi lève les yeux vers moi, son regard scintillant dans la lumière.

— Tu veux me parler d'elle ?

Je secoue la tête.

— Une autre fois. Quand on sera installés, peut-être, mais pas maintenant.

— D'accord, mais je suis là si tu as besoin de parler, me dit-elle gentiment.

Je rêve de la prendre dans mes bras et de sentir la chaleur et la douceur dont elle seule a le secret.

— À tout à l'heure, ma belle, lui dis-je en luttant contre le désir de faire disparaître toutes les emmerdes d'aujourd'hui dans un baiser.

— À tout à l'heure, Pike, murmure-t-elle en reculant d'un pas, me suppliant du regard de faire ce que je m'empêche de faire bien que je résiste, espérant vivre un jour de plus. Je serai dans la chambre d'à côté.

— OK.

Je baisse la tête et attends qu'elle disparaisse dans la pièce voisine avant d'entrer dans ma chambre, prêt à en finir avec cette putain de journée. Tout à l'heure, un grand jour de merde m'attend, avec au programme : affronter toute la famille de Gigi, Tiny et les Disciples, s'enfuir pour sauver notre peau, et se planquer en baissant la tête dans ce lieu de débauche.

dix-sept

GIGI

QUAND JE DEMANDE à mon oncle Thomas :

— C'est un peu exagéré, tu ne crois pas? Il me lance un regard noir dans le rétroviseur. J'insiste : quand même, sept voitures derrière nous, c'est un peu excessif. Je me tourne vers Pike : et toi, tu n'es pas d'accord avec moi? Il reste silencieux. Il faut dire qu'après ce que mon père et mes oncles lui ont fait subir avant de quitter la maison d'Izzy, il ne doit pas être d'humeur à s'interposer.

— Quand tu as affaire à quelqu'un comme DiSantis, sept voitures et vingt hommes ne sont pas de trop, déclare oncle James, assis à côté de Thomas à l'avant de la voiture.

Dans le noir, Pike trouve ma main et la serre dans la sienne.

— Ils prennent des précautions, c'est tout.

James se met à me gueuler dessus :

— Déconne pas, ma petite !

C'est mon nouveau prénom... ma petite. Je pensais en avoir été débarrassée à l'époque où j'ai eu des

206

seins, mais le revoilà, et j'ai comme l'impression qu'il ne va pas me quitter de sitôt.

— Si j'apprends que tu essaies de quitter ce camp...

J'enchaîne avec arrogance :

— Tu me donneras la fessée ?

Il me fusille du regard dans le rétroviseur et je lui réponds par un sourire insolent.

James et Izzy ne sont pas des enfants de chœur. Un jour, à la fac, je faisais des recherches pour rédiger un devoir en vue d'un cours de psychologie sexuelle. Comme les bouquins de la bibliothèque avaient été écrits par de fervents praticiens de la position du missionnaire qui ne connaissaient rien aux pratiques insolites, ils ne pouvaient m'être d'aucune utilité. Je suis donc allée directement à la source, en consultant les sites les plus pervers que je puisse trouver. Et là, je suis tombée sur le profil de mon oncle... sur un site BDSM !

J'ai découvert les pratiques de Maître James, et toutes ces putains de choses que je n'aurais jamais voulu voir ni savoir. Le genre de trucs impossibles à se sortir de la tête : des images et des mots que même une grande quantité d'alcool n'efface pas – et je le sais pour avoir essayé.

— Putain, marmonne Thomas en secouant la tête. Tu es vraiment insolente, quand tu t'y mets.

— Je m'entraîne pour mon séjour au camp des Disciples, c'est tout. J'imagine que ce n'est pas le genre d'endroit où les filles sont douces et dociles. Je vais devoir y aller à fond, pour être à leur niveau, non ?

Pike me lance un regard auquel je réponds en lui montrant toutes mes dents.

— Putain... gronde-t-il, ce qui élargit encore mon sourire.

— Tu devras rester dans ta chambre, dit James, comme s'il y avait la moindre chance que j'obéisse à ça.

Je continue de le provoquer pour passer le temps, parce que ce trajet me semble être le plus long de ma vie :

— Pourquoi ne pas nous avoir tout simplement enfermés, oncle James ? Je veux dire, si tu veux qu'on soit prisonniers, pourquoi ne pas nous garder chez toi en fermant nos chambres à clé, en nous traitant comme tu le fais : comme des gosses ?

— Je comprends que tu aies les boules, ma petite, mais je n'ai pas besoin de ton arrogance ; pas maintenant, quand je fais tout ce que je peux pour vous garder en vie, Pike et toi. La situation ne te convient pas ?

Il se tait un instant, mais je n'interviens pas.

— Pauvre petite. Sache que parfois les adultes doivent faire des choses qui ne leur plaisent pas, dans l'unique but de vivre un jour de plus. Tu penses qu'une cellule de prison serait préférable au camp ? Il éclate d'un rire cinglant. Tu ne sais pas de quoi tu parles, bordel.

— Dans trois minutes, annonce Thomas, adressant un message vocal à l'intention de tous ceux qui nous suivent.

J'entends la voix de mon père, en retour :

— La voie est libre.

Quand je parle de tous ceux qui nous suivent, je ne parle pas seulement de mes autres oncles et de mon père, mais également des gars de l'ALFA. Oncle Bear aussi nous accompagne ; toujours le premier sur le pont, celui-là, dès qu'il s'agit de prendre des risques. Ce type est fou, il adore le danger, ce qui rend ma tante Fran complètement dingue.

Je dis doucement :

— J'ai promis de me tenir à carreau.

Je sais bien que mon destin est scellé... Et puis notre emprisonnement entre les murs du camp ne sera peut-être pas aussi catastrophique que je l'imagine.

— Reste toujours auprès de Pike. Il a vécu dans ce camp quelques années et saura quelles situations t'épargner.

— Donc, tu me demandes de rester près de Pike... tout le temps ?

Je fais mine de vouloir clarifier ses dires, pour valider l'autorisation qui en découle, à savoir : passer mes nuits dans le lit de Pike.

— Gigi... me répond James sur un ton menaçant, parce qu'il voit très bien où je veux en venir.

— Elle veut ma mort, murmure Pike.

Je serre ses doigts dans ma main, faisant de mon mieux pour m'empêcher de rire. Ce qu'on vit là, c'est du lourd, et j'utilise les seuls mécanismes de défense à ma portée : l'humour et le sarcasme.

Qui voudrait avoir à s'enfuir pour sauver sa peau ?

Pas moi.

Qui voudrait se planquer pour éviter de se faire descendre, parce qu'il aurait un contrat sur la tête ?

Pas moi, encore une fois.

Le seul bon côté de toute cette situation, c'est d'être avec Pike. Mais s'il croit qu'il va pouvoir me commander comme si j'étais sa meuf, il va avoir des surprises.

— Mettons-nous bien au clair, avant que vous ne sortiez de cette voiture.

— Et c'est parti...

Alors que je lève les yeux en l'air, Pike serre ma main ; même si ça ne l'enchante pas non plus, il préfère garder le silence.

— Aucune drogue.

— Oncle James !

— Je suis sérieux, Gigi. Il y a du lourd, là-bas. Tout le matos est à portée de main, facile à trouver, facile à prendre. Si j'apprends que tu sniffes de la coke ou prends des trucs que tu ne devrais pas, tu te retrouveras le cul dans cette voiture plus vite que...

— Promis, tonton. Je n'ai jamais rien pris et n'ai pas l'intention de commencer maintenant.

Pike hausse les sourcils, parce que ma confession a de quoi étonner tout le monde dans cette voiture, et lui en particulier. Sérieusement, quel jeune de mon âge n'a jamais touché à la drogue ne serait-ce qu'une fois ? À part Tamara et moi, probablement aucun. Nous, ce qui nous a retenues d'y goûter, c'est l'éducation qu'on a reçue et la trouille de se faire défoncer par nos parents si on se faisait choper. On avait peur de se faire punir à trop long terme.

— Pas d'alcool non plus, ajoute oncle Thomas.

La mâchoire m'en tombe et je regarde bouche bée l'arrière de leurs têtes, clignant des yeux comme si ça pouvait m'aider à avaler l'information.

— Il va falloir m'expliquer pourquoi. J'ai l'âge légal de boire de l'alcool, alors où est le problème ?

— Fous-lui la paix, intervient James en ma faveur, ce qui nous fait halluciner autant l'un que l'autre, Thomas et moi.

— Tu es sérieux, là ? Elle va être au milieu d'une

faune complètement dépravée, et tu lui donnes le feu vert pour boire ?

— Elle est grande, Thomas. On ne peut pas l'empêcher de boire.

J'ajoute :

— Ou de prendre de la drogue... parce que c'est trop tentant de les faire chier, et que ça pourrait amener Thomas à céder sur l'alcool. Mais je ne me saoulerai pas, promis.

— Ne fais pas de conneries, en gros. Reste à l'intérieur et hors de vue.

— Je resterai assise au bar nuit et jour.

Je souris toute seule en recevant quelques jurons des trois hommes qui m'entourent.

— Ils sont là, déclare James, pointant du menton une putain de longue rangée de motos à travers le pare-brise, derrière un fourgon sans immatriculation ni fenêtre, toutes rangées sur un terrain vague.

J'échange un regard avec Pike et murmure :

— Nous y voilà...

— Ça va aller, me dit-il gentiment tout en serrant doucement ma main. Je te le promets.

Je le crois sur parole, et vu l'armada qui nous attend, je suppose qu'on sera en sécurité. À moins de venir avec une armée entière, les hommes de DiSantis auront bien du mal à tenir tête à tous ces gars-là, sans compter la horde qui a dû rester au camp.

— Dehors, crie oncle Thomas sans couper le moteur, dès qu'il a garé la voiture. Sans traîner ! On descend et on court.

Oncle James m'aide à sortir de la voiture. Il n'est pas moins impressionnant que ces hommes sur le terrain.

— Fais pas de conneries, Gigi, me prévient-il en

lâchant ma main. Je t'aime, et je ne veux pas qu'il t'arrive du mal. En plus, si ça dégénère, on se retrouve tous dans la merde.

Je déglutis péniblement. Je ne voudrais surtout pas que toute ma famille soit dans le pétrin, juste parce que j'ai couché avec un mec qui a probablement un contrat sur la tête à cause d'un père véreux.

Je réponds d'un ton rauque :

— Je me tiendrai bien, promis.

Il acquiesce brièvement, avant de rejoindre un homme immense dont l'énorme ventre révèle de lourds excès d'alcool. Je présume qu'il s'agit de Tiny, qui n'aurait de minuscule absolument rien d'autre que la signification ironique de son nom.

Mon père me rattrape avant que j'aie pu suivre oncle James.

— Voilà, dit-il en me regardant, après avoir jeté un regard furtif à Pike, en serrant les poings. J'ai dit ce que j'avais à dire.

Il n'y a pas eu de discussion à l'ancienne, mais plutôt une morale qui a duré des heures, mon père me rebattant les oreilles à propos de mon séjour à Daytona et de mon inconscience à m'être jetée sur le chemin d'innombrables bikers, et dans les bras de l'un d'entre eux en particulier.

— Je suis désolée de tout ce qui arrive, papa. Je n'ai jamais voulu causer de problème à qui que ce soit.

Son visage s'adoucit.

— Parfois, les problèmes nous trouvent tout seuls, ma puce, quel que soit le mal qu'on s'est donné pour les éviter. Ce n'est pas de ta faute. Ni celle de Pike.

Je cligne des yeux, surprise.

— Tu n'es plus fâché ?

Sa mâchoire se contracte, ce qui répond à ma question avant même qu'il ouvre la bouche.

— Rien de tout ça ne me plaît. Il faudra qu'on s'explique, Pike et moi, quand vous rentrerez à la maison.

Donc, il est toujours fâché, mais au moins, il ne parle plus d'assassiner Pike. À mes yeux, c'est un vrai progrès. C'est un grand pas en avant de la part de mon père. Il peut parfois faire preuve d'une patience de Saint, mais quand on en vient à sa fille et aux hommes, il n'en a plus du tout. Et ce sera sûrement pire pour mes sœurs. Comme j'étais leur premier enfant, j'ai servi de cobaye, en quelque sorte. Avec moi, ils ont pu faire des essais éducatifs, se planter et peaufiner leurs plans pour la suite. Luna et Rosie vont avoir la vie dure, mais elles sont déjà sacrément rusées pour leur âge. À mon avis, elles apprendront vite à se jouer de mon père, et c'est peut-être lui qui a du souci à se faire.

— Vas-y mollo avec lui, papa.

Mon père hausse les sourcils, ce qui creuse les rides de son front.

— Tu me demandes d'y aller mollo avec Pike ?

— Hey ! On se magne ou quoi ? On est à découvert, et je ne tiens pas à rester planté là comme une cible, hurle Tiny à l'autre bout du terrain.

Pike m'appelle, me faisant signe de bouger mon cul avant que ça dégénère.

— J'arrive ! Je fais un geste vers lui avant de me tourner vers mon père et de défier son regard aiguisé. Pike est comme toi ; et je suis comme maman. Je me hisse sur la pointe des pieds pour l'embrasser sur la joue en le tenant par les épaules, me serrant contre lui. Bon, je suis peut-être un peu différente de maman, parce que j'ai deux putains de super parents.

— Mon petit cœur, murmure-t-il en me prenant dans ses bras et en me serrant tellement fort qu'il est au bord de m'étouffer. Va. Sois prudente. Ne fais pas de conneries.

Je hoche la tête en me détachant de lui tout doucement.

— Je t'aime, papa.

— Je t'aime aussi, ma puce. Tu m'appelles une fois par jour sur le téléphone prépayé. Compris ?

— Je t'appellerai tous les jours vers midi, c'est promis. Je commence à m'éloigner avant d'ajouter : mais ne t'inquiète pas trop, je ne ferai pas de bêtise. Et ces gars-là, dis-je en pointant la horde de motards derrière moi, ils vont nous protéger.

— Tiny : Gigi, Gigi : Tiny, déclare James quand je les rejoins.

Une fois suffisamment proche de Tiny pour réaliser la masse qu'il représente, je chancelle sur mes jambes et murmure :

— Putain de merde... avant de lui faire un clin d'œil en lâchant : eh ben, v'là la taille ! De ce que je sais des bikers, ils aiment les compliments.

Tiny esquisse un très léger rictus, tout en gardant sa posture de dur à cuire, avec ses bras croisés qui ajoutent à sa corpulence et le rendent encore plus flippant. Il déclare à James, exactement comme si je n'étais pas là :

— Ça va bien se passer.

James et Tiny se serrent la main. Je me tourne vers Pike. Il échange une poignée de main avec un type au crâne rasé qui doit avoir son âge et faire sa taille, et porte sur le front un tatouage qui le rend carrément terrifiant. J'imagine mal comment il peut séduire des meufs avec ce truc...

— Toi. Tiny me désigne d'un simple coup de menton dès que nos yeux se rencontrent. Pose ton cul dans le van. Faut y aller.

Je demande :

— Et Pike ?

Parce que j'ai bien l'intention de le suivre où qu'il aille, que ça plaise ou non à Tiny et sa bande.

— Dans le van aussi. On doit vous planquer jusqu'à ce qu'on soit dans nos murs.

— Absolument, grand chef !

J'adresse un large sourire au colosse ; si c'est la dernière chose que je fais, au moins aurais-je tenté d'avoir en retour un sourire de ce vieux saligaud.

— Elle est impertinente, commente oncle James en haussant les épaules, levant les bras en signe d'impuissance, apparemment désolé de l'embarras qu'il impose à Tiny.

— J'ai un gosse de son âge ; mais pas aussi... charmant. Bon, Pike surveillera son cul, et si ce n'est pas le cas, je m'assurerai de sa tutelle.

Leur conversation me fait lever les yeux au ciel. À mes côtés, Pike marmonne :

— Eh ben, bonne chance, putain...

— Allez, les gars, en route !

Je fais mine de les stimuler d'un geste et regarde Pike avec un sourire narquois.

— On va bien se marrer !

Je me dirige vers le fourgon, Pike sur mes talons.

— On ne part pas en vacances, ma belle.

— Rien à foutre. On va dans un camp de bikers, et je compte bien m'amuser. Il est hors de question que je reste enfermée dans une chambre à me ronger les sangs toute la journée parce qu'un connard veut nous tuer.

Arrivée à la porte du van, je tourne les talons et parcours des yeux la rangée de voitures pleines des membres de ma famille et des gars de l'ALFA. Je leur adresse des signes du bras un peu trop frénétiques, ce qui me vaut plus d'un regard de travers. Je crie :

— Au revoir ! Je vous aime ! À m'entendre gueuler comme ça, ils doivent avoir envie de me maudire, et le feront sûrement la prochaine fois qu'on se verra.

Mon père se tient près de la voiture. Il parle à oncle Thomas en secouant la tête à cause de mes singeries, inquiet que j'échappe ainsi au contrôle parental, même si je suis censée être sous surveillance. Il crie à mon intention :

— Tiens-toi bien, ma fille ! (sachant bien qu'il y a une demi-chance sur mille que j'obéisse à ça). Monte dans ce van, bordel, et tirez-vous de là !

Je lui adresse un dernier signe de la main avant de me glisser à l'arrière du fourgon et d'aller me recroqueviller contre une paroi immonde. Je ne sais pas ce qu'ils ont transporté de dégueulasse là-dedans, mais ils auraient pu nettoyer un minimum, avant de nous faire monter.

— On est seulement à une demi-heure du camp, me dit Pike en s'installant contre mon épaule, les jambes étendues.

— Tant mieux. Je prendrais bien un verre.

Je m'applique à sourire ; je veux que personne de ma famille ne voie à quel point je suis terrifiée.

— Déjà ? s'étonne-t-il en me dévisageant.

Des portières claquent.

— Déjà ? Soulagée de ne plus avoir à faire semblant d'aller bien, je dévisage Pike, bouche bée. On est grave dans la merde, Pike. Qu'est-ce que tu entends par *déjà*, putain ? Tu n'as pas envie de boire un coup, toi, pour oublier tout ça ?

Pike secoue la tête.

— Je dois rester vigilant. Ça peut dégénérer à tout moment, et je ne veux pas être à six pieds sous terre quand les hostilités commenceront. S'ils veulent s'en prendre à toi, je dois être prêt à les affronter. Je me jetterai en travers de leur route, quoi qu'il advienne, pour que tu t'en sortes indemne.

Ma mâchoire en tombe. Je le regarde, la bouche ouverte, clignant des yeux comme si j'essayais de comprendre ; mais c'est parfaitement clair. Alors que Tiny claque sa portière et nous plonge dans le noir, je chuchote :

— Tu donnerais ta vie pour moi ?

— Je donnerais tout ce que j'ai, pour toi.

— CET ENDROIT, c'est le Disneyland des putes expérimentées, des criminels de carrière et des âmes perdues, déclare Gigi nonchalamment, et je me retiens de justesse de cracher ma gorgée de bière sur le comptoir.

— Baisse d'un ton.

J'essuie mes lèvres d'un revers de main tout en vérifiant qu'autour de nous, personne n'ait entendu.

— Ils ne peuvent pas nous entendre, Pike, avec ce rock conventionnel. En plus, ils doivent être soit à moitié sourds, soit bien trop défoncés pour aligner deux pensées cohérentes à la suite.

— C'est bien ta veine, poupée.

Je lève mon verre, jetant un coup d'œil par-dessus mon épaule aux types qui sont assis près de nous, apparemment assignés à notre surveillance et notre protection.

Il faudra que j'en parle à Tiny. Même si j'apprécie ses efforts pour nous protéger, une fois dans ces murs et hors de vue, on n'a pas besoin de ces chiens de garde qui épient tous nos mouvements. Et Gigi doit être suffisamment mal à l'aise pour avoir en plus à supporter ces hommes qui traînent autour d'elle.

— Des amis à toi ?

Je secoue la tête.

— Non. Jamais vus. Je n'ai pas mis les pieds ici depuis des années. Et vu leur dégaine, je suppose qu'il s'agit de prospects.

— Oh, comme à la télé, dit-elle en confirmant mon pressentiment à propos de sa façon d'appréhender ces lieux. Ils vont rester là combien de temps ?

— Aussi longtemps que Tiny et ses gars le voudront.

— Indéfiniment ?

— Ils ne font rien par sens du devoir, poupée. Les bikers ne lèvent pas le petit doigt s'ils ne sont pas payés pour le faire.

— Il est où, le petit enfoiré ? demande une voix familière.

On se retourne tous les deux pour voir un type s'approcher en finissant de ranger son membre dans son froc avant de remonter sa fermeture éclair.

— Je présume que c'est toi, le petit enfoiré, pas vrai ? glousse Gigi en me regardant par-dessus son épaule.

Je pose ma bière et descends de mon tabouret pour accueillir Morris avant qu'il ne pose les yeux – ou les mains – sur Gigi.

— Morris... Tu as bonne mine, mec.

— Morris ? demande Gigi sans cacher sa surprise à ce qu'un type comme celui-là, avec son incroyable dégaine, ses cheveux poivre et sel et son bouc, n'ait pas un nom de biker comme les autres.

Morris me serre la main avant de m'attirer contre lui pour me prendre dans ses bras d'ours, en me donnant des claques dans le dos qui manquent de me couper le souffle.

— Et qui est cette bombe au joli petit cul que tu nous amènes là, mon pote ?

— C'est Gigi, ma petite amie, Morris. Tiens-toi tranquille et il n'y aura pas d'embrouille.

Un large sourire se dessine lentement sur le visage de Morris, dévoilant un si grand espace entre ses dents de devant qu'il serait difficile de le confondre avec quelqu'un d'autre.

Il recule en levant les mains en l'air, balayant Gigi du regard.

— Attends un peu... Ce n'est pas la meuf de...

— Oui, mon vieux. Tais-toi. C'est une longue histoire.

— Bonjour ! nous crie Gigi, excédée qu'on parle d'elle comme si elle n'était pas là. S'il y a bien quelque chose qui l'insupporte, c'est d'être ignorée.

Morris glisse vers elle et grimpe sur le tabouret de bar avec une véritable aisance, comme s'il avait répété la manœuvre un millier de fois.

— Tu es encore plus belle que dans mon souvenir.

Confuse, elle bat des paupières. Au moment où Morris lui prend la main pour l'amener à ses lèvres, elle a un léger mouvement de recul.

— Je suis désolée, je ne me souviens pas...

— Tu ne dois pas te souvenir de grand-chose, poulette. T'étais gravement bourrée, quand je t'ai rencontrée ; et tu n'avais pas la langue dans ta poche !

Morris se met à rire et dépose un baiser sur la main de Gigi, ce qui me fait pousser un grognement rauque. Gigi glousse. Elle a l'air d'une petite fille, à côté de ce vieux tordu prêt à fourrer sa queue n'importe où, du moment qu'il la récupère ensuite.

— C'étaient les vacances. Je me détendais un peu.

— J'ai vu ça, poupée, lui répond Morris avec un large sourire, ne la quittant plus des yeux et m'ignorant totalement.

Dès qu'il lui lâche la main, Gigi attrape son verre. De sa main libre, elle soutient son menton, le coude appuyé au comptoir.

— Pourquoi *Morris* ? Pourquoi est-ce que tu n'as pas un nom de dur à cuire comme les autres gars ?

Morris lui sourit toujours et s'approche du bar pour commander un verre, sans la lâcher des yeux.

— Parce que tous les MC ont leur Tiny, leur Rooster, des Reaper et ainsi de suite, mais seuls les Disciples ont un Morris.

Gigi plisse le nez.

— C'est pour ça ?

— Je suis le seul dans mon genre, poupée. Pourquoi est-ce que je voudrais être confondu avec ces pauvres cons, quand je peux être unique ?

Gigi hausse les épaules en portant son verre à ses lèvres, pendant que Morris suit son mouvement avec des yeux gourmands. Il est temps de mettre un terme à son grand jeu de séduction. Je me glisse dans le dos de Gigi, passe un bras autour de sa taille et la tire en arrière, la faisant littéralement tomber contre moi.

— Content de me voir ? me lance-t-elle, joueuse, jetant un coup d'œil par-dessus son épaule.

Sans quitter Morris des yeux, je lui murmure à l'oreille – ce qui la fait frissonner :

— J'ai cru bon de rappeler à Morris avec qui tu étais. Je ne veux pas que ce vieux cochon se fasse des idées tordues.

— Ma tête ne sait rien fabriquer d'autre que des idées tordues, dit Morris en s'esclaffant. Bon, maintenant, on va fêter ton retour à la maison, demi-portion, et on va se bourrer la gueule en se rappelant le bon vieux temps.

Gigi grimpe sur son tabouret, frottant ses fesses contre mon sexe au passage en déclenchant une avalanche de frissons dans mon corps.

— Grave ! C'est la meilleure idée de la soirée !

J'interviens sans desserrer les dents, parce que ça pue la merde :

— Gigi n'a pas envie d'entendre tes vieilles histoires débiles, Morris.

Ce gars-là, c'est le roi des embrouilles. Dès qu'une situation dégénère, il aime se mettre au milieu du boxon pour foutre le bordel et jeter de l'huile sur le feu.

— Au contraire, mon ange, j'ai très envie d'entendre parler du *bon vieux temps*... Ne dis pas de bêtise.

Gigi me lance un clin d'œil par-dessus son épaule.

— Je pourrais passer la nuit à raconter des histoires sur Pike, dit Morris.

Je soulève un sourcil.

— Tu n'as pas une femme qui t'attend ?

Morris secoue la tête, saisissant la bouteille de bière qu'un prospect rouquin vient de poser devant lui.

— Elle est tombée dans les vapes. Vu ce qu'on s'est mis dans la gueule, elle en a pour quelques heures – et encore... si elle se réveille !

— Tu es un vieux pervers, Morris.

Gigi agrippe mon genou comme pour me demander de rester calme.

Je marmonne :

— OK, il est vieux.

J'attrape ma bière de mon bras libre, l'autre étant toujours verrouillé autour de la taille de Gigi que je ne suis pas près de lâcher.

— Je pense que ça nécessite une tequila, déclare Gigi en reculant son dos contre moi, tout à fait consciente des conséquences de ce qu'elle propose, parce qu'elle a toujours une longueur d'avance.

— Ça, c'est mon genre de fille ! déclare Morris, un sourire en coin.

— On ferait mieux d'aller se coucher.

J'aimerais qu'elle quitte la salle commune avant que les vraies hostilités ne commencent. La soirée débute à peine, et les gars ne sont pas encore si éméchés, contrairement à ce qu'elle croit.

— Non, Pike. On n'ira nulle part avant d'avoir rattrapé le taux d'alcoolémie de Morris. Alors, installe-toi, cow-boy, et détends-toi.

Morris se marre tellement qu'il en tombe presque de son tabouret.

— Je comprends pourquoi tu craques pour cette fille, mon petit. Elle a une grande gueule et des griffes de chaton.

— Morris, mon ange, le reprend Gigi en posant une main sur son bras. Je ne suis pas un chaton, crois-moi.

Morris la désigne d'un mouvement de la tête, souriant de toutes ses dents comme je ne l'ai jamais vu faire.

— Tu vois, quelle putain de grande gueule !

Je lève les yeux au ciel en jurant dans ma barbe. La nuit s'annonce interminable. Quand ces deux-là vont s'y mettre, on ne pourra pas les arrêter avant que l'un d'eux tombe dans les pommes.

— Trois tequilas ! lance Gigi au prospect quand il passe à sa hauteur, les mains chargées de bières qu'il apporte à des gars au bout du bar.

Tout en portant mon verre à mes lèvres, je murmure :

— La nuit va être longue, putain de sa race !

J'avale l'amertume de la bière avec l'acidité que cette soirée laisse dans ma bouche.

— Tu as perdu ton sens de l'humour, Pike ? Il est peut-être resté avec tes couilles du côté d'Orlando...

Gigi glousse en se tournant vers moi. Ses lèvres sont si proches des miennes que je pourrais la faire taire d'un baiser.

— Laisse-moi m'amuser un peu, Pike. Je sais bien que tu as un passé. Moi aussi, putain. Je ne sais presque rien de toi, et j'ai envie d'entendre ce que Morris veut raconter. Allez... Ne me casse pas mon trip, pigé ?

— Pigé. Mais je ne vais pas en rester là, contrairement à ce qu'elle espère. Mais rappelle-toi d'un truc : tout ce qu'il dira – je le désigne d'un mouvement de menton – sera probablement des conneries.

— Je ne raconte jamais de conneries, m'interrompt Morris en me regardant par-dessus sa bière. Enfin, presque jamais.

— Si tu apprends quelque chose qui te déplaît ce soir, tu dégages ça de ta tête, tu l'oublies. Je ne suis plus le gamin punk que j'étais il y a cinq ans, quand je vivais ici avec ces gars-là. Pigé ?

— Pigé.

Son regard pétille. Elle prend le côté de sa lèvre inférieure entre ses dents et je crève d'envie de la porter jusqu'à la chambre pour glisser autre chose que de la bière entre ses lèvres magnifiques.

— Alors, Morris, dit-elle en se détournant, sachant parfaitement ce qui me passe par la tête. Commençons par le commencement. Comment Pike a-t-il pu venir vivre avec les Disciples ? Je ne vous pensais pas du genre à accueillir qui que ce soit dans votre univers.

Morris fait claquer ses doigts vers le prospect qui zone derrière le bar et n'a toujours pas apporté les tequilas.

— D'habitude, on n'adopte pas les chiens errants...

Je sais très bien qu'il va grossir la réalité et ça m'exaspère. La véritable histoire est bien plus chiante que celle qu'il va lui raconter. Il va magnifier les choses et probablement dire qu'il m'a ramassé au bord de la route comme un pauvre animal blessé.

— On était à Jacksonville pour régler quelques affaires, commence-t-il, sans mentir jusqu'ici, mais ça ne va pas tarder. Ça a carrément dégénéré, putain, tout le monde a sorti des flingues.

— Bordel, pour de vrai ? s'écrie Gigi.

— Pour de vrai, ma petite. Et puis cet abruti, reprend-il en me désignant, décide de se jeter sous une balle, parce qu'il n'a pas été foutu de mettre son cul à l'abri assez rapidement.

Gigi se retourne et me dévisage avec de grands yeux.

— C'est ça, la cicatrice sur ton épaule ?

Je hoche la tête en serrant les dents à ce souvenir. Un de ces enfoirés m'a tiré dessus, se foutant complètement que je ne sois pas impliqué dans leur bordel. Je mettais tranquillement de l'essence dans ma bagnole, sans me mêler des affaires de quiconque, quand ils ont ouvert le feu. Je n'ai pas eu la moindre chance de me mettre à l'abri avant de recevoir cette balle dans l'épaule.

— Quand le bordel s'est calmé, Pike était toujours planté là. Il tenait son bras en me fusillant du regard, comme si c'était à cause de moi qu'il saignait. Il a dit que je lui avais troué la peau, et il s'est mis à m'injurier ! Ce putain de punk m'aboyait dessus alors que j'avais un flingue à la main !

Morris se marre en jouant avec la pointe de son bouc. Il s'arrête quand le jeune gars dépose enfin les trois tequilas devant nous, se déplaçant comme s'il avait des chaussures en plomb.

— Putain, c'est pas trop tôt ! lui gueule Morris, avant de le faire déguerpir parce qu'il traîne encore un peu trop à son goût. À quoi est-ce qu'on trinque, les enfants ?

Gigi me passe un verre sans me regarder.

— Aux nouveaux amis, et au bon vieux temps, répond-elle en levant son verre. Ils trinquent et je regarde Gigi avaler son shot cul sec, comme si elle avait fait ça toute sa vie. Alors, continue... Qu'est-ce qu'il s'est passé, après qu'il t'a gueulé dessus ?

— Je me suis dit qu'avec une telle paire de couilles, ce gosse avait un potentiel intéressant. J'avais donc le choix entre deux solutions.

— Quelles solutions ? intervient Gigi sans même lui laisser le temps de finir.

— Je pouvais soit l'achever tout de suite, soit ramener son pauvre petit cul d'estropié au camp pour le rafistoler, avant de décider ce que j'allais faire de cette grande gueule.

— Oh... roucoule Gigi. Tu l'as secouru !

J'interviens en faisant les gros yeux :

— Il m'avait tiré dessus, putain.

Morris pose une main sur son cœur en faisant l'innocent.

— Je ne t'ai pas tiré dessus, mon petit. Ce n'était pas sous ma balle, que tu t'es jeté ce soir-là.

— Ne fais pas attention à lui, déclare Gigi en pointant son pouce vers moi.

Je resserre mon emprise autour de sa taille, lui signifiant de ne pas trop jouer avec ce gars-là. Si Morris ne m'a pas tiré dessus, quelqu'un dans cette salle l'a fait, bordel. Sans le moindre scrupule ! Alors que j'étais innocent, moi. Je faisais juste le plein de ma voiture. Mon seul tort était d'être au mauvais endroit au mauvais moment, pile là où ils avaient décidé de jouer aux flics et aux voleurs, dans la station-service de ce quartier sordide.

Tous les hommes dans cette pièce ont du sang sur les mains. Ils ont tous semé le chaos dans leur sillage, laissant des cadavres derrière eux sans jamais se retourner. Pour eux, la vie d'un homme n'a aucune valeur. Leur monde tourne autour du fric, des drogues, des filles et de la fraternité qui les lie ; dans cet ordre ou dans un autre.

— Et après… ? demande Gigi, se penchant vers Morris et buvant ses moindres paroles.

— Donc, ce gosse, reprend-il en riant, secouant la tête comme s'il n'en revenait toujours pas, il me crie dessus et me tape sur l'épaule alors que j'ai un flingue à la main, comme si j'allais rester planté là, à l'écouter me pourrir sans rien faire. Je ne savais pas comment réagir, alors j'ai fini par lui mettre un pain dans l'épaule qu'il tenait. Il est tombé par terre en vociférant un déluge d'insultes qui aurait fait rougir le diable en personne.

— Putain, tu l'as frappé dans son épaule blessée ?

Morris hausse les épaules.

— Il n'arrêtait pas de gueuler que je lui avais tiré dessus, il ne voulait pas lâcher l'affaire. Là, au moins, il avait une raison de m'en vouloir, et puis j'avais besoin qu'il la ferme un peu, le temps de le foutre à l'arrière du van.

— Tu savais déjà que tu allais le garder ? demande Gigi.

Je secoue la tête en sifflant.

— Putain, c'est pas vrai ! Je n'étais pas un chiot, Gigi.

— Tais-toi, me coupe-t-elle. Je parle avec Morris.

Je lance au serveur :

— Trois autres tequilas. Je me dis que le seul moyen de la faire décrocher de cette conversation, c'est qu'elle boive comme un trou jusqu'à ce qu'elle tombe dans les pommes.

— Cool, tu as enfin décidé de t'amuser ? blague Gigi, trémoussant ses fesses contre ma queue.

Je plaque la paume de ma main sur son ventre et lui glisse à l'oreille :

— Attention, ma belle. Je n'exclus pas de te jeter sur mon épaule et d'emmener ton petit cul dans ma chambre, histoire de mettre dans ta jolie bouche insolente de quoi te faire taire.

— C'est une promesse ou une menace ? demande-t-elle, un éclat de malice dans les yeux.

— Les deux.

Je n'ai jamais été aussi sérieux de toute ma vie.

— Que de la gueule, décrète-t-elle, provocatrice.

Je fais alors la seule chose qu'il me reste à faire. D'un mouvement rapide, je la balance sur mon épaule comme un sac à patates, et me dirige vers mon ancienne chambre.

Elle se met à hurler :

— Repose-moi ! Au secours !

Personne ne porte la moindre attention à ses appels à l'aide. Quelques gars me tapent même dans la main au passage. Je quitte la salle en la portant, avec la ferme intention de faire exactement ce que j'ai dit.

IL ME TIENT d'une main sur les fesses, et ne ralentit que pour taper dans la main des connards qui la lui tendent.

Je remue dans tous les sens, essayant désespérément d'échapper à son emprise pour descendre de son épaule, mais ça n'a d'autre effet que de lui faire resserrer sa prise.

— Tu n'y échapperas pas, ma belle, me dit-il d'une voix traînante, en marchant d'un pas lourd qui fait rebondir ma poitrine dans son dos à chaque foulée.

— Tu es qu'un trou du cul.

— En parlant de trou du cul, me répond-il, glissant un doigt le long de mes fesses alors qu'on arrive enfin dans le couloir.

Je me raidis, serrant les fesses aussi fort que possible en hurlant :

— Putain, ne t'avise même pas...! Je relève la tête et aperçois tous les gars du camp qui nous regardent en riant comme s'ils étaient au théâtre. Je leur adresse un doigt d'honneur et un regard noir, sachant bien que, malheureusement, ça ne fait qu'agrémenter le spectacle.

— Tu ne toucheras pas mon cul !

— Je te promets que tu vas adorer. Il masse mes fesses que je serre toujours comme pour dire :

— Tu peux toujours rêver.

Mais je sais que quoi qu'il me fasse, j'adorerai ça, et c'est bien le problème. Tout ce qu'il a fait à mon corps m'a rendue dingue au point d'en vouloir toujours plus, brûlant d'envie jusqu'à la dernière seconde, quand j'ai quitté l'hôtel pour un café et ne suis jamais revenue. Il sait s'y prendre, contrairement à ceux que j'ai connus avant lui... même si la liste de mes ex est tellement courte que c'en est embarrassant.

Je tente de descendre dans son dos pour atteindre ses fesses. J'imagine que si je les pince assez fort, je pourrai peut-être me libérer. Je lui rétorque sans desserrer les dents :

— Tout ce que je veux, c'est que tu me fasses descendre pour que je puisse aller finir mon verre.

Je m'étire autant que je peux, mais sans résultat. Je n'arrive pas à atteindre la moindre partie de son corps qui vaille le coup d'être pincée.

— Tu as assez bu pour ce soir, déclare-t-il comme si c'était à lui d'en décider, ce qui est risible.

Je m'avachis sur son épaule, car il est clair que je n'irai nulle part, si ce n'est là où il m'emmène.

— Elle est où, ta putain de chambre ? Dans un autre pays ?

Pike se marre, et mon corps est secoué par son rire.

— On y est presque, poupée. Tu es impatiente que je te baise ?

Une porte s'ouvre et Pike s'arrête net.

— Tu t'amuses bien ? demande un homme que j'essaie d'apercevoir en me tordant le cou, mais en vain.

— J'emmène ma meuf au pieu. On se voit demain matin ?

— Morris a ressorti et nettoyé tes affaires. Tu devrais te sentir chez toi, mon petit. Amuse-toi bien.

Je grogne :

— Hey, vous, là, vous pourriez pas m'aider ?

L'homme se met à rire. Il contourne Pike et vient s'accroupir à ma hauteur.

— Tu as l'air de t'en sortir très bien, joli cœur, me répond Tiny.

Je siffle entre mes dents :

— Vous êtes tous des enfoirés, mais ça ne produit aucun effet. Il émet un léger rire et m'ébouriffe un peu les cheveux, avant de se relever et de s'éloigner pour faire face à Pike.

— Tu n'es pas au bout de tes peines, avec celle-là, fiston. J'espère que tu sais ce que tu fais.

— Je lui rappelle juste à qui elle appartient, Tiny. Passe une bonne nuit, lui dit Pike.

À qui elle appartient ? Non mais je rêve... Mon père dit toujours ce genre de conneries à propos de ma mère. Quand j'y pense, tous les hommes de ma famille disent des idioties machistes comme ça, et ça me fait toujours lever les yeux au ciel.

Pike se remet en route et je lève la tête à temps pour voir le sourire de Tiny, le premier que je le vois lâcher ce soir depuis que je l'ai rencontré. Qu'il soit président de ce putain de MC de bikers ou pas, je lui adresse un doigt d'honneur à lui aussi avant que Pike tourne à l'angle d'un mur, ouvre une porte et qu'on se retrouve tout à coup dans le noir.

— Tu vas me poser, maintenant ?

— Non, me répond-il en allumant la lumière et en découvrant ce qui meuble la petite pièce. Eh ben... Merde alors !

Je prends appui sur le bas de son dos pour me redresser au maximum, essayant d'examiner la mini-chambre de Pike et toutes ses affaires. Des posters et des illustrations diverses couvrent les murs. Il y a un lit simple le long d'un mur peint en noir, quelques meubles d'occasion et pas la moindre fenêtre pour laisser passer la lumière du jour.

— C'est un cagibi ?

Mon placard chez mes parents est deux fois plus grand que sa *chambre*. Je n'imagine pas pouvoir vivre ici quotidiennement sans devenir un peu tarée, à cause du manque de lumière naturelle et aussi parce que la taille de cette pièce ne dépasse pas celle d'une cellule de prison.

— Il y a tout ce qu'il nous faut, poupée, dit-il en relâchant enfin son emprise autour de ma jambe. Je glisse alors contre lui, savourant au passage la fermeté de son corps.

Dès que je touche le sol, ses mains sont sur mes hanches et son regard dans le mien. Il est si beau, comme ça, avec ses cheveux en pétard, ses yeux verts brûlants de désir et ses lèvres attendant les miennes.

— Pike... J'essaie de gagner un peu de temps, car à présent qu'on est seuls, il n'est plus question de faire marche arrière.

Pike secoue doucement la tête.

— Je n'ai pensé qu'à ça depuis que tu es partie,

me dit-il ; et mon cœur s'accélère. À la douceur de ta peau...

Il fait glisser ses doigts sur mon ventre, au-dessus de mon short en jean.

Des frissons parcourent mon corps tout entier, le rendant avide de ses caresses. Je répète :

— Pike... mais ma voix trahit mon désir, j'en suis bien consciente, et ça ne lui échappe pas non plus.

— Dis-moi stop et j'arrête, me souffle-t-il en mouillant ses lèvres. Je regarde sa bouche et tout le plaisir qu'il m'a donné me revient en mémoire. Il se penche vers moi, approche ses lèvres des miennes et murmure :

— J'ai envie de toi, ma belle.

Je suis fichue. Prétendre que je le déteste est plus facile quand il n'est pas à deux doigts de ma bouche, me regardant comme un homme assoiffé dans le désert contemple une oasis.

Mes yeux plongés dans les siens, prête à me noyer dedans, je chuchote :

— Embrasse-moi.

À peine ai-je fini de prononcer ces mots que ses lèvres fondent sur les miennes. Il glisse une main sur mes fesses et m'attire contre lui. Ces quinze derniers mois, j'ai eu beau essayer, je n'ai jamais pu oublier ni le goût ni la douceur de velours de sa langue.

Je remonte mes mains le long de ses bras, glisse mes doigts dans ses cheveux et le retiens contre moi comme si ma vie en dépendait. Mes genoux flanchent sous son baiser et je ressens enfin ce feu que je me languissais de sentir depuis Daytona.

Pike se retourne et claque la porte dans notre dos, mais je ne sursaute même pas, médusée que je suis par sa façon de m'embrasser, au point de ne plus me soucier de rien d'autre. Le monde pourrait s'effondrer, je ne bougerais pas d'ici, je resterais près de son corps, de ses lèvres.

Il attrape mes fesses dans ses mains et me soulève. Alors qu'il recule en me portant, j'enroule mes jambes autour de sa taille comme si j'avais toujours fait ça.

Son baiser devient plus profond, plus insistant, alors qu'il passe ses mains dans mon dos et remonte mon débardeur jusqu'à la lanière de mon soutien-gorge. Il s'assied sur le lit et je me retrouve sur ses genoux, à sentir son sexe contre le mien à travers nos vêtements. Il déclipse rapidement mon soutif.

Je prends un peu de recul, le temps de retrouver ma respiration, et contemple un instant sa beauté. Je murmure :

— Tu as apporté des capotes ?

Pike acquiesce en saisissant le bas de mon débardeur. Je lève les bras, parce que je crève d'envie qu'il me déshabille.

Je demande, la bouche contre le tissu qui glisse sur mon visage avant d'être jetée au sol, mon soutif avec lui :

— Tu savais que je coucherais avec toi ?

— J'espérais, répond-il avant de me dévorer des yeux un instant, et d'abaisser ma tête vers lui pour m'embrasser à nouveau.

Je glisse mes mains sous le tissu fin de son t-shirt, de chaque côté de son corps, me délectant de sa chaleur et de sa fermeté.

Je me suis caressée des centaines de fois, après avoir quitté ses bras, pour essayer de retrouver les sensations que lui seul m'avait données. En vain, échec total. Rien ne peut remplacer sa façon de me toucher, de m'embrasser, de me faire fondre.

Quand je soulève son t-shirt, nos bouches se séparent et j'en profite pour regarder ses tatouages, ses épaules et son ventre musclé. J'ai juste le temps d'une courte vision avant que Pike me retourne, me place sur le dos et vienne se poser doucement entre mes jambes comme si c'était là sa place depuis toujours.

Les sentiments d'incertitude et de honte que j'éprouvais au lit avec Erik ont disparu avec Pike. Aucun doute qu'il aime ce qu'il voit et adore ce qu'il touche. Je n'éprouve plus de gêne à être nue, et tous les complexes que j'ai pu avoir, dus à mon inexpérience, ont disparu à Daytona.

Pike se redresse sur un bras et me regarde comme si j'étais une déesse.

— J'ai rêvé de t'avoir à nouveau sous mon corps, ma belle...

Je passe mes doigts dans les poils drus de sa barbe, et contemple cet homme qui va me donner tellement de plaisir que je ne suis pas sûre de pouvoir m'en remettre. J'avoue doucement :

— Moi aussi, parce qu'il n'y a aucune raison de prétendre le contraire.

Il caresse mon cou, fait glisser ses doigts le long de ma clavicule et sur la courbe houleuse de mes seins. Mes yeux se ferment et je soupire, accueillant toutes les sensations qui me submergent et retenant chaque caresse comme si c'était la dernière.

Le bout de mes seins s'enflamme et j'ouvre des yeux fiévreux. Pike a sa bouche sur moi. Un fin gémissement s'échappe de mes lèvres alors qu'il lèche ma peau. On ne se quitte pas des yeux, et le plaisir qu'il me donne se propage entre mes jambes et fait remuer tout mon corps.

Sans détacher sa bouche de moi, Pike se déplace à mes côtés. D'une main rapide, il déboutonne mon short et ouvre la fermeture éclair. Je lève les fesses, impatiente d'aller plus loin.

J'avais mis une culotte en dentelle, au cas où, mais Pike la jette au pied du lit avec mon short sans y prêter la moindre attention. Il couvre de sa main le renflement de mon sexe, et mon désir vire en pulsion brûlante.

Je le supplie :

— Prends-moi, Pike...

De la lave coule sous ma peau, à la rencontre de ses doigts.

Il ne m'allume pas davantage en me faisant attendre et implorer encore. Il glisse ses doigts entre mes jambes et je soulève mon corps à sa rencontre.

Il murmure contre mes seins :

— Gourmande...

Et je ne peux pas le contredire.

Je suis plus gourmande que jamais quand ça le concerne, lui. Je suis même en manque, ce qui devrait m'inquiéter, mais penser ne m'intéresse pas quand tout ce que je veux, c'est avoir un orgasme.

Mes genoux tombent sur le lit, laissant ses doigts aller et venir sur la moiteur de mon sexe. Je soulève mes fesses, en voulant toujours plus, mon impatience grandissant à chaque passage de sa main.

Il glisse un doigt lentement à l'intérieur, mais ce n'est pas assez à mon goût. Je veux plus que ça. J'ai besoin de plus que ça. Je veux ressentir le délice d'être prise, remplie, possédée. Je m'arc-boute, venant chercher sa main pour lui signifier mon empressement.

Il ne tarde pas à glisser un autre doigt, m'étirant plus que je n'aie pu le faire moi-même depuis la dernière fois que j'ai été dans son lit.

Pike est le roi du doigté. À ce jeu-là, c'est le meilleur. Ou du moins, le meilleur que je connais. Il sait comment stimuler chaque zone, me faisant grimper aux rideaux en deux secondes.

Je saisis la couverture et la serre si fort dans mes doigts que leurs jointures blanchissent, comme si ça pouvait accélérer l'arrivée de l'orgasme dont je crève d'envie.

— Ma belle, c'est ça que tu veux... murmure Pike contre ma peau, avant de me regarder, un sourire sur le visage.

Mes yeux se renversent sous mes paupières et je soulève ma poitrine et espérant qu'il prenne mes tétons dans sa bouche, ce qu'il ne fait pas. Il continue à m'observer, faisant aller et venir ses doigts à l'intérieur de moi, frottant son pouce sur mon clitoris sans trop de pression pour me faire crier et m'exalter sous les vagues qui soulèvent mon corps.

— Ma belle, c'est ça qu'elle réclame... dit-il en appuyant le plat de son pouce sur mon clitoris.

Je soulève mes fesses un peu plus haut en me déhanchant, cherchant à ce que sa main me donne ce fichu orgasme.

— Arrête avec tes *ma belle* et fais meilleur usage de cette bouche !

Pike sourit de plus belle, avant de descendre le long de mon corps, les doigts toujours en moi, mais se retenant de me satisfaire avec son pouce. Il installe ses épaules entre mes jambes en écartant un peu plus mes cuisses.

— Ça fait une éternité que j'attends ça...

Je gronde :

— Putain, c'est pas vrai !

Je me laisse aller contre ses doigts, qui se sont immobilisés.

— Je te donne deux secondes pour mettre ta...

Au paradis : c'est là où je suis quand Pike passe sa langue sur mon clitoris et l'enroule autour.

— Oh oui, putain... Je renverse ma tête en arrière en fermant les yeux, envahie par mon propre plaisir.

La chaleur de sa bouche...

L'humidité de ses lèvres...

La fermeté de ses doigts...

Tout se conjugue à merveille comme dans mon souvenir.

Il courbe ses doigts pour masser mon point G tout en léchant mon sexe à la perfection.

— Oh mon Dieu, oui, là...

La chair de poule hérisse toutes les zones de mon corps, les rendant réceptives et désireuses.

J'ouvre les yeux et me redresse légèrement pour le regarder faire. Il n'y a rien de plus excitant que de le voir entre mes jambes, me dévorant comme un affamé, me baisant comme si c'était sa seule raison d'être ; et d'être allongée là, à recevoir tout ça.

Pike a raison. Je suis gourmande. Et je ne vais pas m'en excuser. Je pourrais passer la nuit entière à savourer un orgasme après l'autre, s'il me le permettait. Mais je ne crois pas qu'un homme puisse être aussi généreux.

Mes orteils se crispent et mes jambes se tendent, alors que je cherche à jouir plus vite.

— Ne t'arrête pas !

Il détache sa bouche de moi et je gronde de frustration.

— Laisse-le arriver, me dit-il ; ne le force pas.

Je me redresse sur un coude et regarde cet homme aux lèvres encore toutes luisantes.

— Eh, docteur Ruth le sexologue, pourrais-tu me sucer et me baiser au lieu de parler autant ?

— Et elle est autoritaire, en plus... chuchote-t-il en me souriant, marmonnant quelque chose pour lui-même avant de reposer sa bouche sur mon sexe.

Je me laisse retomber sur le lit en essayant de me calmer et de laisser les choses arriver naturellement, parce qu'il a raison... C'est toujours meilleur quand ce n'est pas dirigé.

En quelques secondes, mes orteils se crispent à nouveau, mais cette fois, je ne fais pas d'effort pour chercher l'orgasme. Les mouvements de ses doigts s'accélèrent, ses lèvres m'aspirent et sa langue remue plus fort ; mes muscles se tendent d'eux-mêmes et l'air dans mes poumons se fige.

Je me mets à crier : « Oui ! Oui ! Oui ! », agrippant à nouveau la couverture alors que mon corps se met à trembler, totalement hors de contrôle. « Putain, oui ! »

Pike ne ralentit pas. Il ne m'arrête pas en cours de route. Il me fait enchaîner les orgasmes jusqu'à ce que je manque d'air et n'aie plus aucune force.

Je suis vraiment dans la merde ; et cette fois, je n'ai pas d'échappatoire.

—C'EST QUOI, ton nom, mon chéri? me lance une femme appuyée contre le bar, cambrant ses reins pour qu'on y prête attention. Une attention qui se limitera pour ma part à mon prénom.

—Pike.

— Tu es nouveau par ici? me demande-t-elle d'une voix langoureuse, en rehaussant sa poitrine avec son bras passé dessous.

—Non.

—Je ne t'ai jamais vu...

— Midge, laisse ce gamin tranquille, intervient Tiny en passant devant nous avant de contourner le bar. Il est loin d'être nouveau; il était parti un moment, c'est tout. Ce n'est pas un de nos frères, c'est un ami – et une chasse gardée.

Elle ronchonne en grimaçant, mais dès qu'il la regarde, son visage redevient impassible.

— Je disais juste bonjour, pour faire connaissance.

Elle adresse un sourire à Tiny en se redressant, ce

qui permet à sa poitrine et au reste de son corps de retomber à sa place ; merci la gravité.

— Je suis la vieille femme de Morris.

— Sans blague !

Morris n'a jamais été du genre à se caser, et encore moins avec une femme aussi âgée que lui.

— Il ne le sait pas encore, mais je vais le devenir.

Elle me fait un clin d'œil.

Je ne veux pas m'en mêler, mais Morris ne se casera avec personne. Elle peut bien avoir été une vedette de Playboy, ce type ne serait pas capable de se contenter d'une seule fille, même si sa vie en dépendait. Il aime l'excès et la variété, et baise rarement deux fois la même fille.

— Allez, Midge, dégage. Faut qu'on discute, lui et moi, et toi, tu as du boulot.

Tiny regarde de haut cette femme toute petite et si ridée qu'elle semble avoir été sortie du sèche-linge après y être restée enfermée trop longtemps.

— Bien, monsieur, grand chef, répond-elle en m'adressant un sourire avant de s'éloigner en balançant les hanches.

Tiny lève les yeux au plafond et soupire.

— Y a que des emmerdes, avec elle.

— Pourquoi est-ce que tu la gardes ici ?

— Elle n'a nulle part où aller, et puis c'est une sacrée fée du logis.

— Tu as embauché quelqu'un pour faire le ménage, finalement ?

Je jette un coup d'œil autour de moi, mais ça ne me paraît pas plus propre que la dernière fois où j'ai mis les pieds ici. Le sol est dégueulasse, mes semelles adhèrent au carrelage par endroits, les vieilles taches d'alcool agissant comme de la colle. Il y a des bouteilles de bière partout, mais il faut dire que la nuit a été longue et que les gars ont fêté mon retour, même si la plupart d'entre eux n'en avaient rien à foutre. Pour eux, tout prétexte est bon à prendre.

— Elle nettoie, et en échange, elle boit de la bière et se fait baiser.

Je hausse les sourcils.

— C'est un compromis intéressant.

Tiny sort une bière du frigo et me la tend. Je l'attrape avant qu'il n'en sorte une deuxième.

— Où est la fille ?

Je décapsule la bouteille et avale une gorgée, pour étancher la soif que m'a donnée Gigi, à force d'être insatiable.

— Elle dort.

Tiny sourit en portant la bière à ses lèvres.

— Je l'aime bien.

Je hausse à nouveau les sourcils, parce que Tiny n'aime pas grand monde. J'ai d'ailleurs longtemps cru qu'il ne m'aimait pas.

— Ah bon ?

Il acquiesce :

— Elle est bien pour toi. Pas comme l'autre grande bringue... Comment est-ce qu'elle s'appelait ?

Je plaisante en demandant : « Laquelle ? » même si c'est assez réaliste.

Je n'ai peut-être pas été un de leur frère ou un prospect, mais j'ai eu autant de filles dans mon lit que n'importe lequel d'entre eux. C'est comme si, en quelque sorte, les gars d'ici m'avaient laissé profiter de tous les avantages sans m'obliger à prêter les serments à la con qu'ils se juraient tous entre eux.

Je lui demande ce qu'il fait déjà debout, parce

qu'il est vraiment tôt, même si, pour ma part, je n'ai pas dormi de la nuit.

— Je ne me lève pas, là, je vais me coucher, mais je dois régler quelques trucs, avant. Il se penche vers moi au-dessus du comptoir en avalant une autre gorgée de bière. J'ai des yeux et des oreilles partout, à travers tout l'État. Personne ne vous recherche, ni toi ni la fille. Avec un peu de chance, d'ici quelques jours, vous pourrez retourner vivre votre vie tranquillement.

— Je suis désolé pour tout ça, Tiny. Si j'avais su que James...

Tiny me coupe la parole d'un geste de la main.

— Si tu es dans la merde, pour une raison ou une autre, je veux que tu m'appelles. Quand tu as besoin d'aide, décroche ton putain de téléphone. Je pensais avoir été clair là-dessus, à Daytona. Tu as beau ne plus vivre ici, tu feras toujours partie de la famille.

— Je ne sais pas ce que j'ai bien pu faire pour mériter ça. J'attrape ma bouteille par le goulot et fais glisser mon pouce dessus. Je ne te vois pas recueillir d'autres chiens errants.

Tiny se marre.

— Tu es un bon gamin. Si j'avais un fils, j'aimerais qu'il soit comme toi, Pike. Mais j'ai eu une fille, parce que j'ai fait trop de saloperies dans ma vie, et que le grand patron a trouvé le moyen de me punir. Dans le temps, tu as eu besoin d'aide, et tu avais une sacrée paire de couilles et une grande gueule. Il secoue sa tête en riant de plus belle. Et ma foi, tu les as toujours. J'ai cru pouvoir te convaincre d'être l'un des nôtres, de rejoindre la confrérie, mais il n'y avait rien à faire... Alors quoi, je n'allais pas te botter le cul et te mettre à la rue pour autant !

— T'aurais pu, vraiment. Mes propres parents se

foutaient complètement de ce qui pouvait bien m'arriver, Tiny, malgré les liens du sang. Tu n'étais pas tenu de m'aider, comme tu ne l'es pas de nous protéger aujourd'hui.

Tiny cesse de rire et s'approche, se penche vers moi.

— La famille est au-dessus des liens du sang, mon petit. S'il t'arrive des emmerdes dans la vie et que tu as besoin de quelqu'un, tu m'appelles. Maintenant, tu as James et ses gars, ce qui est une bonne chose, mais je serai toujours là pour toi.

— James a l'air respectable.

Tiny se remet à rire.

— C'est un enfoiré. Un des pires de son espèce, mais il est fiable. Quoi qu'il dise, c'est sincère. On a eu des putains d'embrouilles, tous les deux, mais ça remonte à longtemps ; maintenant, on a trouvé des arrangements, un moyen de faire la paix. Quand j'ai besoin d'un coup de main, de quelque chose que les gars ne peuvent pas faire, j'appelle James et sa bande.

— Je ne veux pas savoir.

Tiny acquiesce.

— Non, tu ne veux pas, crois-moi. Mais si cette fille est de sa famille, il te fera rentrer dans le cercle.

— Je bosse pour son père.

Tiny ouvre de grands yeux.

— Mon pote se tape la fille du patron ? Tu as des couilles encore plus grosses que ce que je croyais.

— Ou alors, je suis aussi con que mes pieds ; ça dépend comment on voit les choses. Je lâche un sourire, tentant d'édulcorer la situation qui n'a rien de drôle. Et à cause de moi, sa vie est peut-être en danger. Son père doit avoir envie de me couper la queue et de me la fourrer dans la gorge – mais il faut déjà qu'on sorte d'ici en un seul morceau, pour qu'il puisse le faire.

— Je veillerai à ce que vous restiez en vie, répond Tiny.

Je sais qu'il fera tout ce qui est en son pouvoir pour nous protéger.

— Merci, T.

— Maintenant, comme un père le ferait pour ses filles, je vais te donner un petit conseil...

— Je t'écoute.

— Traite-la bien et rends-la heureuse. Un père a beaucoup d'armes à sa disposition, et s'il tombe sur un crétin qui traite mal sa fille, il n'aura pas besoin de sortir l'artillerie lourde pour les séparer. Mais si le mec est réglo et la rend heureuse, au lit mais pas que, ni la tristesse d'un père ni une arme nucléaire ne pourra rien contre eux. Fais les choses bien avec elle, et son père n'aura plus qu'à s'incliner.

Je hausse les épaules.

— Il est vraiment en rogne. Si je ne connaissais pas autant le milieu, je pourrais croire qu'il faisait partie d'un MC, lui aussi. Il a des manières amicales, mais je ne me fierais pas à ce qu'on voit de lui au premier coup d'œil.

— City n'a jamais fait partie d'un MC, dit Tiny.

— City ?

Je n'ai jamais entendu quelqu'un l'appeler comme ça. Tiny lève les mains pour souligner l'évidence de ce qu'il dit.

— Joe Gallo, idiot !

Je pointe le menton vers lui d'un mouvement bref.

— Comment tu connais Joe, toi, putain ?

— On a fait des échanges de bons procédés, dans le temps. Et puis je sais tout de lui et de sa famille, pour avoir fréquenté James et Thomas. Il est fiable. Il n'a jamais fait partie d'un MC, mais il a traîné dans le monde des bikers pendant des années. Il marche solo. Il est fidèle à sa famille et n'a pas peur de faire ce qu'il faut pour les protéger.

— Oui ; c'est bien lui.

— Je te souhaite bonne chance, avec celui-là, putain, conclut-il avant de renverser la tête en arrière pour siffler le reste de sa bière.

Je grommelle :

— Merci pour les encouragements...

J'ai bien conscience que les emmerdes ne font que commencer. Dès qu'on mettra un pied en dehors du camp, une fois hors de danger, d'autres écueils m'attendent, et ceux-là n'impliquent que moi.

— Va dormir un peu, tu as une gueule de merde.

Je passe mes doigts dans ma barbe en souriant à ce vieil enfoiré.

— Pas autant que toi.

Je descends du tabouret et balance ma bière à la poubelle avant de me diriger vers le couloir.

Quand j'ouvre la porte de ma chambre, Gigi est toujours dans les vapes, la couverture découvrant la moitié de son corps. Elle est étalée en travers du lit, les seins à l'air, comme si elle avait toujours dormi là.

Je me désape et la pousse vers le bord du lit en prenant garde à ce qu'elle ne tombe pas. Puis, je m'allonge et l'attire contre moi. Je l'entoure de mes bras et fourre mon nez dans son cou ; sa peau sent le sexe et la vanille.

— Pike, murmure-t-elle.

Je chuchote :

— Chut, ma belle, rendors-toi.

Elle se retourne dans mes bras pour me regarder et reste sur le dos.

— Où étais-tu passé ?

— Je discutais avec Tiny.

— Tout va bien ?

Elle essaie de refouler un bâillement. Comme elle n'y arrive pas, elle couvre sa bouche d'une main. Elle referme les yeux et se tourne pour venir nicher son visage contre ma poitrine, avant de crocheter une jambe sur ma hanche.

— Tout va bien. Je suis la ligne de sa colonne du bout des doigts. Ne t'inquiète pas. On est en sécurité.

— Tu es triste de revenir ici ?

— Non. J'ai l'impression de revenir à la maison après en être parti un bout de temps, même si c'est une maison de dingues. Je me sens bien, ici, mais je m'inquiète pour toi, dans un endroit pareil.

Elle se met à rire, sa bouche contre ma peau.

— On voit que tu n'as jamais été dans une communauté d'étudiants.

— Je ne peux pas dire le contraire.

— Les gars d'ici sont plus balèzes et flippants, mais il y a autant d'alcool et de corps dénudés dans une fête d'étudiants qu'il y en avait ici hier soir.

— Tu es allée dans beaucoup de fêtes d'étudiants ?

— Beaucoup, murmure-t-elle. Beaucoup trop pour savoir combien.

Je resserre mes bras autour d'elle. Ça ne me plaît pas de savoir qu'elle a été dans des lieux avec beaucoup d'alcool et de gens nus. Je sais bien qu'elle a eu une vie avant qu'on se rencontre, tout comme moi, mais imaginer un autre mec la toucher me tord le bide.

Je lui demande, incapable de contenir ma jalousie :

— Mais c'est fini, maintenant, hein ?

Elle rit doucement.

— Il n'y aura plus de fête étudiante. J'imagine que ce qu'on vit là, au camp, ce sera le dernier délire. Alors je vais en profiter pour m'éclater un max, parce que la vie d'adulte, ça craint, et une fois que tu y es, c'est pour toujours.

— Amuse-toi autant que tu veux pendant qu'on est là, mais je vais te coller aux basques. Alors ne va pas t'imaginer des trucs tordus.

Elle recule un peu sa tête pour me regarder, un sourire sur le visage.

— Qu'est-ce que tu entends par *trucs tordus* ?

— Tu es avec moi, et seulement dans mon lit. Dans aucun autre.

Son sourire s'agrandit.

— Serais-tu jaloux ?

Je soupire. Si elle me teste, je vais devoir mettre les choses au clair.

— Ma belle, on a tous les deux un passé derrière nous, mais on vit dans le présent. Je ne sais pas si j'ai encore une heure ou cent ans devant moi, mais quel que soit le temps qu'il me reste, je veux le passer avec toi.

Elle cligne des yeux plusieurs fois, me regardant comme si je parlais une langue étrangère qu'elle ne comprenait pas.

— Je suis d'accord pour le présent. Mais qu'est-ce qui te fait dire que tu voudrais passer cent ans avec moi ?

— Il y a quelque chose de spécial entre nous.

Elle roule ses yeux sous ses paupières.

— Les orgasmes ne font pas tout.

Je lui réponds avec un petit sourire en coin :

— Ils ne font pas de mal pour autant... Et puis j'ai connu suffisamment de filles pour savoir quand j'ai trouvé la bonne.

— Pike, dit-elle doucement en glissant une main entre nous jusqu'à ma barbe. Je n'ai pas... autant d'expérience que toi.

Je réponds :

— Vraiment ?

Même si j'ai su ça dès la première fois qu'elle s'est retrouvée dans mon lit. Il n'était pas difficile de s'en rendre compte. J'ai appris ensuite que Gigi Gallo n'était pas une fille facile, pas du genre à s'offrir au premier venu. Pourquoi est-ce qu'elle m'a choisi à Daytona, je ne le saurai jamais, et j'en ai rien à foutre. Elle l'a fait, et depuis, je n'ai jamais cessé de remercier la chance de fou que j'ai eu.

Elle joue avec le bout de ma barbe.

— Le peu de relations que j'ai eu a fini en fiasco. Comment pourrais-je savoir qu'avec toi, ce sera différent ?

J'embrasse son front. J'aimerais tellement qu'on puisse rester là, comme ça, pour toujours.

— On ne peut pas savoir, mais ça n'empêche que je ferai tout mon possible pour que ça marche. Ce que je peux te promettre, c'est de bien me comporter avec toi, de t'être loyal et de te donner autant d'orgasmes que tu voudras.

— Autant que je voudrai ? chuchote-t-elle dans mon cou, les doigts toujours dans ma barbe.

Je répète :

— Autant que tu voudras.

— Je n'en avais jamais eu avant toi, confesse-t-elle d'une voix si douce que je l'entends à peine.

Ça ne m'étonne pas plus que ça. Il y a tellement de femmes qui n'en ont jamais avec leur partenaire, et la plupart du temps, les mecs n'essaient même pas de leur en donner. Ils ne pensent qu'à leur plaisir, et si leur partenaire ne jouit pas, ce n'est pas leur problème. Je n'ai jamais été comme ça. Je ne peux même pas comprendre cette façon de voir les choses.

— Mais tu en as eu avec moi, hein ?

— Chaque fois.

— Alors c'est à prendre en compte ; imagine que tu me quittes et qu'aucun autre homme ne te fasse jouir ?

C'est peu probable, mais comme elle a peu d'outils de comparaison et a fait de mauvaises expériences, j'en profite.

— J'ai un vibromasseur, alors c'est pas comme si je ne pourrai plus jamais jouir.

— Et moi, j'ai une main ; pour autant, ça ne veut pas dire que je pourrais me contenter de me masturber jusqu'à la fin de mes jours.

Elle se recule un peu pour me regarder.

— Je pourrais mater ?

Je la fixe en fronçant les sourcils.

— Mater quoi ?

— Tu sais bien... répond-elle en me faisant de l'œil. Te mater en train de te masturber. Ça serait le truc le plus excitant qui soit.

Je lui réponds en imitant ses effets de regard :

— Et toi, tu vas me le donner, ce petit cul ? Parce que ça, ce serait le truc le plus excitant qui soit.

Elle plisse le nez.

— Hum, non.

— Avec un peu plus de tequila, je suis sûr que tu dirais oui.

Elle soupire bruyamment et fait la moue.

— Si tu me laisses te mater quand tu te masturbes et que tu me donnes assez de tequila, j'y réfléchirai.

Je la fais rouler sur le dos et me mets rapidement sur elle.

— Tu vois, ma belle... On s'entend à merveille. Savoir communiquer et négocier, c'est très important dans un couple.

— Tu as juste envie de mon cul, Pike.

— J'ai envie d'avoir tout de toi, Gigi, dis-je en me glissant entre ses jambes. Mais là, tout de suite, j'ai envie que tu étreignes ma queue dans ton joli petit corps jusqu'à ce qu'on jouisse.

— Ça, je peux le faire, promet-elle.

vingt-et-un

LE CAMP EST IMMENSE. Même en dehors du bâtiment principal, tout est surdimensionné. Le mur d'enceinte de trois mètres de haut me semble un peu excessif, et je suis prête à parier qu'il y a des douves de l'autre côté de la grille.

— Te fais pas d'idées, ma jolie, me met en garde le type qui me suit partout comme s'il était mon ombre.

Je retire ma main, laissant le rideau vert et poussiéreux revenir à sa place. Je me gratte le nez en répondant :

— Où est-ce que j'irais ? Sérieusement, on se croirait au Fort Knox.

Le type retire un cure-dent de sa bouche et passe une main dans ses cheveux blonds.

— Tu as l'air plutôt rusée, et prête à essayer de grimper sur ces murs comme si t'étais Spiderman, ou un truc dans le genre.

La porte à doubles battants qui donne sur une pièce agencée comme une salle de conférence s'ouvre en grinçant, et plein d'hommes en sortent les uns après les autres ; ne restent à l'intérieur que Pike,

Morris et Tiny. La tête qu'ils font ne me donne pas grand espoir quant à l'état de la situation et à notre potentiel retour à la maison. Il y a une heure, ils se sont réunis en urgence, et alors que ma vie était à l'ordre du jour et que leurs décisions pourraient me sauver ou causer ma perte, ils m'ont tenue à l'écart.

Dire que j'étais fâchée serait un euphémisme. J'ai beau être une fille, on ne m'a jamais traitée comme ça. Dans ma famille, on est tous égaux. Ton opinion et tes réflexions ont plus d'importance que ce qu'il y a entre tes jambes.

Mais les Disciples ne l'entendent pas de la même oreille. Ici, il y a une hiérarchie machiste, en bas de laquelle les femmes cuisinent, baisent et sucent des bites ; en dehors de ça, elles n'existent pas.

Dieu merci, Pike n'est pas devenu comme ça en vivant là. Je n'aurais pas supporté du sexisme en plus du reste ; il a un autre état d'esprit.

Les hommes s'éparpillent en sortant leurs flingues de leurs ceintures. *Génial.* Quoi qu'ils se soient dit, ça les a échaudés, parce que je n'ai jamais vu autant d'armes au grand jour ; si ce n'est à la télévision.

Je demande à monsieur Cure-dent :

— Qu'est-ce qu'il se passe, à ton avis ?

À part Pike, c'est le seul qui a daigné me parler aujourd'hui.

Il hausse les épaules.

— J'étais planté là avec toi, comment veux-tu que je sache ? Ils ne t'ont pas mis dans la confidence ?

Il me répond d'un ton énigmatique :

— Ils me mettront dans la confidence quand ils voudront que je sois dans la confidence.

Il pourrait être assez beau, s'il taillait sa barbe

pour qu'elle ressemble à quelque chose et s'il coupait ses cheveux.

— Gigi ! tonne une grosse voix. Morris m'appelle depuis la porte en cherchant mon regard.

— Ramène ton cul par ici.

J'adresse un sourire à Cure-dent et le nargue :

— On dirait que je vais savoir le fin mot de l'histoire avant toi.

Ce n'est pas très malin, mais il faut bien que je m'amuse un peu, et je me sens d'une humeur de garce.

Il grogne en me faisant signe de déguerpir.

— Quelle chance... marmonne-t-il avant de remettre son cure-dent entre ses lèvres.

Morris attend à l'entrée de la salle, appuyé contre le chambranle de porte, me regardant comme si je ne bougeais pas mon cul assez vite à son goût.

— Tu comptes te promener encore longtemps ? s'impatiente-t-il, confirmant le fait que je marche trop lentement. C'est comme ça, j'ai la démarche paresseuse.

— Le décor manque de charme, tu ne trouves pas ?

Je souris en levant les yeux vers ce gros balèze dont je suis devenue fan depuis que je suis au camp.

Je comprends que Pike se soit attaché à lui, même s'il croit que Morris lui a tiré dessus. Je ne cautionne pas tout ce qu'il a fait, comme d'avoir frappé Pike en visant son épaule blessée, mais les hommes ont un fonctionnement qui leur est propre.

— J'appellerai HGTV sans faute, pour qu'une équipe de déco vienne rafraîchir les lieux, plaisante Morris en emboîtant mon pas à travers les portes battantes.

Tiny se tient à l'autre bout de la table, Pike à ses côtés. Les deux hommes me dévisagent pendant que Morris ferme les portes derrière nous. Je ralentis le pas et demande : « Tout va bien ? », mesurant à leurs visages à quel point ça n'a pas l'air d'aller du tout.

Pike tire une chaise près de lui. Tiny me fait signe de m'asseoir et je m'exécute rapidement, comme si tout à coup mes fesses étaient en feu et que seule cette chaise pouvait les éteindre.

Pike passe un bras derrière le dossier et se tourne vers moi. Je lui adresse un sourire timide.

— Que s'est-il passé ?

Alors que Pike ouvre la bouche, s'apprêtant à répondre, Tiny s'éclaircit la gorge.

— Hier soir, le père de Pike a été attaqué.

Je pousse un cri de surprise. Toute cette merde est bien réelle ; sa mère est morte, son père, qui se cachait comme nous, s'est fait débusquer ; et j'imagine qu'il ne s'en est pas tiré indemne.

Tiny se penche en arrière, sans me quitter des yeux.

— D'après ce qu'on sait pour l'instant, il est toujours en vie.

Je déglutis péniblement avant de demander :

— C'est une bonne chose, non ?

— DiSantis ne va pas prendre son temps. Dans les prochaines vingt-quatre heures, on saura s'il est après vous ou non. Jusqu'ici, il ne vous cherchait pas. J'ai parlé avec James ce matin ; il dit que tout est calme, là-bas. Il a posté des gars devant chez vous et autour d'Inked, et des oreilles traînent partout dans cette ville de merde, à l'affût du moindre bavardage à lui rapporter.

— Et... ?

Tiny passe ses mains sur son visage ; il ne doit pas être habitué à ce qu'on le questionne. Généralement, son assistance doit se contenter d'écouter ce qu'il a à dire. Mais ce n'est pas mon genre ; je veux toujours tout savoir, et même quand on me donne des explications, je n'ai jamais fini de poser des questions.

— S'ils viennent vous chercher ici, on est prêt à les recevoir.

— Tu penses qu'ils viendront ?

Tiny hausse les épaules.

— Je n'en sais rien. J'ai envoyé des gars voir s'il y a de nouvelles gueules dans le coin, qui poseraient un peu trop de questions. Les prochaines heures sont cruciales.

— Et s'il n'y a personne de suspect, on pourra partir ?

— S'il n'y a personne de suspect, on décidera avec James si vous pouvez quitter ces murs ce soir.

Je sais bien qu'il est inutile de contester, de remettre en cause qui doit décider de nos destins, alors je murmure :

— OK...

— DiSantis n'est pas stupide. Je suis sûr qu'il est bien renseigné. S'il en a après Pike, il doit savoir qu'il est probablement venu se planquer ici pour échapper à la tempête qui se déchaîne.

— En ce qui me concerne, je peux marcher sur la tête un jour de plus...

Je me recule dans les bras de Pike et regarde Tiny, attendant quelque réconfort.

— Faites profil bas. Essayez de rester dans la chambre de Pike autant que possible. Si ça dégénère, je préfère vous savoir dans une pièce sans fenêtre qu'à traîner par ici.

Il fait un signe de tête vers la porte et nous adresse un clin d'œil.

— Je suis sûr que vous trouverez de quoi vous occuper.

J'ai un petit rire nerveux.

— Rien ne m'excite plus que de savoir que je vis peut-être ma dernière heure.

Tiny passe une main sur ses lèvres en proférant des jurons à voix basse.

— Faites une sieste, jouez au Scrabble ou à n'importe quelle connerie, mais restez planqués.

— Au Scrabble ? dis-je en plissant le nez. Au poker, peut-être... Je tapote mon menton en cherchant des occupations possibles. Ou au strip poker... Je me tourne vers Pike ; il est pâle comme un fantôme. Tu vas bien, mon ange ?

Il m'adresse un petit sourire, faisant de son mieux pour dissimuler ce qui se passe dans sa tête.

— Je vais très bien, ma belle.

Sa réponse sonne faux, et je me demande ce qu'ils me cachent, tous les deux. Il est peut-être en état de choc, à cause de la mort de sa mère et de l'état présumé de son père.

— Maintenant, disparaissez. J'ai des trucs à faire, et le plus tôt sera le mieux, annonce Tiny, repoussant la table en se dépliant pour se mettre debout.

Je bascule ma tête en arrière pour le voir et lui réponds :

— Je sais bien que je vais te manquer.

— La prochaine fois que je te verrai, ma petite, j'espère que ce sera dans de meilleures circonstances.

— Moi aussi, Tiny. Moi aussi.

Pike se lève avec moi, un bras toujours autour de

mes épaules comme s'il avait besoin d'un contact permanent. Je me tourne vers lui et le dévisage.

— Et si on prenait une bouteille de Jack au passage ?

Si la journée part en vrille, je vais avoir besoin de quelque chose de fort pour contrer la peur qui me glace le sang. J'ai fait de mon mieux pour la cacher jusqu'ici. J'ai fait semblant de dormir, quand la plupart du temps j'étais tétanisée, m'attendant à ce que des hommes débarquent en défonçant les portes et nous emmènent.

— Je pense qu'on ferait mieux de rester sobres, répond Pike en me poussant doucement vers la porte, derrière Tiny. Si ça dégénère et que je suis beurré...

— On va rester sobres.

Je passe une main sur la sienne, toujours contre mon épaule.

Tiny nous arrête d'un geste.

— Tiens, dit-il en tirant un flingue de sa ceinture avant de le tendre à Pike. Prends ça. Si tu n'en as pas besoin, tant mieux ; mais au cas où, tu l'auras. Tu te rappelles comment t'en servir ?

— Je n'oublierai jamais, répond Pike en saisissant l'arme comme s'il l'avait eu dans les mains des millions de fois.

— Si ça tourne mal, tire sur tout ce qui se met en travers de ton chemin.

Pike hoche la tête. Une fois de plus, je me sens tenue à l'écart. Je demande :

— Et moi, je peux avoir une arme ?

Une lueur passe dans les yeux de Tiny, mais son expression ne change pas.

— Sûrement pas.

— Quelle connerie !

— C'est la vie ! me taquine Tiny.

Pike passe une main dans mon dos, tenant l'arme dans l'autre.

— Allez, viens. Laissons les gars faire leur boulot, pour qu'on puisse se tirer d'ici au plus tôt.

— Soit, mais je prends le Jack.

Je m'éloigne de lui et dépasse Morris en le bous-culant, avant que Pike n'ait eu le temps de me retenir.

— Putain, ces femmes... marmonne Morris assez distinctement pour que je l'entende, bien que mes jambes avancent plus vite qu'avant. Maintenant, v'là qu'elle est Jackie Joyner-Kersee.

Je ne sais pas qui est Jackie, mais elle doit être tei-gneuse, s'il trouve que je lui ressemble. Je ne suis pas d'humeur affable, en me dirigeant vers le bar. Je me hisse sur le comptoir et fouille derrière à la recherche d'une bouteille de Jack. Dès que j'en trouve une, je me laisse glisser en arrière et me retourne pour faire face à ces trois hommes qui m'observent, un peu amusés.

— Bonne chance, lâche Morris en donnant à Pike une claque dans le dos, tandis que je leur lance un ra-pide coup d'œil avant de me diriger vers le couloir en débouchant la bouteille.

Voyant que Pike ne me suit pas dans la seconde pour me coller aux basques comme il l'a fait jusqu'ici, je l'appelle d'une voix forte :

— Tu viens ?

J'entends Tiny et Morris se tordre de rire, mais je les ignore. Je ne me retourne même pas pour voir si Pike me suit ou non. Je suis à cran, et je commence à devenir dingue, à force de rester enfermée. Tout ce que j'espère, c'est qu'aujourd'hui sera notre dernier jour de captivité, et qu'on sortira d'ici vivants.

* * *

Quatre heures et une demi-bouteille de Jack plus tard, je suis assise au bord du lit, enroulée dans une couverture à même la peau. Pike fait les cent pas devant la porte comme un animal en cage, tout nu, son flingue posé sur la commode.

Je regarde ses muscles se tendre et se détendre à chaque pas.

— Tu vas bien ?

Son corps est racé, élancé, sculptural. Ses jambes sont plus longues que son buste, et il a les fesses les plus magnifiques que j'ai jamais vues.

— Je réfléchis.

Je me penche en arrière, profitant toujours du spectacle de sa nudité.

— À quoi ?

— Au fait que nos familles se retrouvent dans la merde à cause des conneries et de la cupidité de mon père. Et à côté de ça, il y a toi – il me montre d'une main – et cette partie de ma vie me semble enfin juste.

— Je suis désolée, pour ton père et ta mère.

Je ne peux même pas imaginer qu'il arrive quelque chose à mes parents. Je ne pourrais plus me lever, et encore moins réfléchir de façon cohérente. Mon univers entier tourne autour de ma famille ; il en a toujours été ainsi, et je n'imagine pas qu'il puisse en être autrement. Je n'ai même pas quitté l'État pour étudier, parce que je voulais pouvoir rentrer dès que j'aurais le cafard, ce qui est arrivé plus souvent que prévu.

Pike secoue la tête.

— Je devrais sûrement pleurer, ou être plus triste

que je le suis. Ce sont mes parents, quand même, ils m'ont mis au monde. Mais, Gigi, ils ne m'ont jamais bien traité. Je ne me souviens pas d'un seul jour où je n'ai pas été un fardeau pour eux. Tu sais ce que ça fait, d'être un petit enfant non désiré qui doit passer son temps à jouer tout seul avec un vieux jouet qui tombe en ruines ? Il me regarde, et je fais non de la tête. Bien sûr que tu ne le sais pas. Tu es une fille Gallo ; tous ceux de ta famille t'aiment. Ils vénèrent le sol que tes pas ont foulé, et sont prêts à faire tout ce que tu pourrais leur demander.

— Je suis désolée.

C'est tout ce que je peux dire. Je sais bien que j'ai eu de la chance à la naissance. J'aurais très bien pu naître dans une famille de merde où je n'aurais rien été d'autre qu'une bouche de plus à nourrir, mais ça n'a pas été le cas. J'ai touché le jackpot. Non seulement j'ai des parents formidables, mais mes oncles et tantes sont tout aussi géniaux.

— Je donnerais ma couille gauche pour avoir une chance pareille dans ma vie.

Je me lève et le rejoins.

— Si tu pouvais éviter... J'ai comme un faible pour ta couille gauche. Faire de l'humour est la seule idée qui me vient. La droite n'est pas aussi impliquée envers moi.

La couverture qui m'enveloppait tombe au sol, et Pike me saisit.

— Tu es vraiment une salope, me dit-il en riant et en me serrant contre lui.

— Mais tu m'aimes.

— Oui, je t'aime, répond-il en caressant mon dos du bout de ses doigts. Comme ça ne m'est pas arrivé depuis longtemps.

— Pike... Je reste sans voix, à me demander s'il le pense vraiment, ou s'il va revenir sur ses paroles. C'est peut-être un peu tôt pour dire ça...

Il baisse les yeux sur moi, le regard troublé par l'émotion.

— Ce n'était pas une simple rencontre, pour moi, ma belle. Après ton départ, je n'ai plus rêvé que de toi. Alors, quand je t'ai vue entrer à Inked, je n'arrivais pas à en croire mes yeux. On n'a peut-être passé que deux semaines ensemble, mais j'ai eu l'impression de te connaître dès la première seconde où je t'ai vue, quand tu es venue me demander mon numéro de téléphone ; et je précise au passage que tu ne m'as jamais donné le tien.

— Eh bien...

Je ne sais pas quoi répondre à tout ça. Pour être honnête, j'ai beaucoup pensé à Pike depuis le jour où je suis partie de l'hôtel, soi-disant pour aller boire un café.

— Tu es jeune, peut-être trop jeune pour pouvoir dire ce que tu ressens. Mais moi, j'ai assez vécu pour savoir reconnaître quand quelque chose de bien m'arrive, et pour ne pas vouloir le perdre encore une fois.

— Hum.

Ma vue se trouble devant ce bel homme d'habitude si pudique qui me parle tout à coup à cœur ouvert.

— Je te laisserai tout le temps qu'il te faudra pour savoir si tu ressens la même chose, mais d'ici là, tu es ma petite amie, et seulement la mienne. Tu es à moi, Gigi Gallo.

Sa façon de me dire ça et l'intensité de son regard font palpiter mon cœur. J'ai entendu mon père dire ces mots à ma mère des milliers de fois, et ça me faisait lever les yeux au ciel. Mais à présent, je comprends ce que ça provoquait en elle. Je comprends pourquoi ça la faisait sourire et chanceler, parce qu'en ce moment, il m'est difficile de tenir debout.

Je murmure :

— OK.

— OK ? dit-il en levant un sourcil.

J'acquiesce.

— Je suis à toi. Je passe une main sur les merveilleuses fossettes qu'il a au-dessus des fesses. Mais puisqu'on y est, que les choses soient claires : tu es à moi aussi, Pike Moore. Aucune autre femme ne viendra dans ton lit ou sur ta moto. Si on est ensemble, on l'est pour de bon.

Toute la tristesse qui enveloppait Pike un instant plus tôt s'envole et laisse place à un grand sourire. Il remonte sa main dans mon dos et vient la glisser dans mon cou.

— Dans la pire semaine de toute ma vie, tu as trouvé le moyen de faire de moi l'homme le plus heureux du monde.

Je n'ai pas le temps de répondre à quel point ça me rend heureuse aussi ; ses lèvres fondent sur les miennes, me laissant sans mot et sans souffle.

JE ME RÉVEILLE au contact d'une main froide plaquée sur ma bouche, interloqué.

— Pike, dit Morris en essayant de chuchoter ; mais la discrétion n'est pas son fort. Des hommes approchent.

Je cligne des yeux vers lui tout en me redressant. J'ai l'esprit encore embrumé par le rêve dans lequel j'étais plongé, et il me faut un moment pour prendre la mesure de ce qu'il me dit.

Gigi se tourne contre moi.

— Il y a un problème ?

Découvrant Morris penché au-dessus de nous, elle se raidit.

— Magnez-vous le cul et tenez-vous prêts, dit Morris en s'éloignant vers la porte sans nous quitter des yeux, le visage inquiet. Ça va barder.

Gigi se redresse à mes côtés, serrant le drap contre elle.

— Putain ! Pour de vrai ?

Elle ouvre de grands yeux, effrayée.

Morris disparaît dans le couloir sans répondre. On

entend son pas lourd rejoindre celui de ses frères qui se bousculent dans le camp. La porte se referme.

— Habille-toi et cache-toi dans le placard. Je montre la porte d'un mouvement de menton. N'en sors sous aucun prétexte. Et quand je dis sous aucun prétexte, ça veut dire pas avant qu'on t'appelle, Tiny, Morris ou moi.

Elle bondit sur ses pieds et ramasse ses fringues que j'avais jetées par terre hier soir. Tout en enfilant son t-shirt, elle répète mes mots :

— Ne sortir sous aucun prétexte – elle enfile sa culotte – Pike, mais...

Je secoue la tête en fermant mon jean.

— Il n'y a pas de mais. Si tu ne reconnais pas la voix, tu ne bouges pas. Ne fais pas de bruit, et quoi qu'il arrive, ne pleure pas. Je ne veux pas que ces enfoirés te trouvent.

— Sois prudent, hein ? Ne te jette pas sous une balle pour moi.

Je la rejoins, passe une main dans son cou et approche mes lèvres des siennes.

— Ma belle, je ferai tout ce qu'il faudra pour te ramener à ta famille saine et sauve.

— Je ne serai pas capable de...

Je ne la laisse pas finir sa phrase ; je plaque ma bouche sur la sienne pour prendre un baiser qui pourrait bien être le dernier. Si ça tourne mal, ce qui est fort probable, il se peut que je n'aie plus jamais la chance de la prendre dans mes bras ni de l'embrasser.

Je me détache d'elle à contrecœur ; j'aimerais tant la garder contre moi et oublier tout le merdier qui se prépare à l'extérieur de cette chambre.

— Va. Je caresse son menton et mémorise les

266

moindres détails de ses lèvres. Va dans le placard. Cache-toi tout au fond, derrière mes affaires.

Elle hoche la tête et recule lentement, laissant ses mains glisser sur mes bras jusqu'à ce que seuls nos doigts se touchent.

— Sois prudent et ne joue pas au héros.

Je n'ai jamais voulu être un héros, mais je veux être le sien. Je ne sais pas si j'ai déjà ressenti un désir plus fort que celui-là. Pour l'atteindre elle, il faudrait me passer sur le corps, et tant que je serai vivant, ça n'arrivera pas.

Tout en enfilant mes bottes, assis sur le lit à côté de mon flingue et face au couloir, je lui ordonne :

— Vas-y, maintenant.

Une vague d'émotions parcourt son visage ; elle ouvre la porte du placard et pénètre à l'intérieur. Je lui fais un signe de la tête auquel elle répond par un sourire douloureux. Enfin, elle referme la porte et disparaît dans le noir.

Je saisis mon arme et reste au bord du lit ; quiconque passera cette porte recevra une de mes balles. Je n'hésiterai pas à tirer, et je sais que les frères n'entreront pas sans s'annoncer ou avant d'avoir donné le signal de fin d'alerte.

Des coups de feu retentissent dans tout le bâtiment, comme un feu d'artifice de testostérone qui se rapproche à la vitesse d'un ouragan.

Un million de pensées me traversent l'esprit alors que je vois l'ombre d'une paire de bottes passer sous la porte et se diriger vers la grande salle d'où provient la majorité des détonations.

Ces hommes, que je considère comme ma famille, se précipitent au-devant des balles pour nous servir de bouclier.

Nous sommes les seules cibles, mais ils sont prêts à donner leur vie pour qu'on puisse respirer un jour de plus. C'est leur façon de vivre. Ils aiment le danger et se foutent royalement de s'en sortir vivants ou non, du moment qu'ils prennent leur pied à chaque seconde de leur vie, jusqu'à la dernière.

Je retiens mon souffle. Je sais que quelqu'un va ouvrir cette porte, si tant est qu'il y ait des survivants. Je prie ; ce que je n'avais pas fait depuis l'époque où je vivais chez ma grand-mère ; en espérant du fond de mes tripes qu'on s'en sorte indemnes. Pas seulement nous, mais aussi tous ces hommes risquant leur vie pendant que je reste ici dans le noir pour protéger ma chérie, attendant que les Enfers me trouvent.

J'ai déjà été confronté à des rafales de balles, mais je n'étais pas la cible désignée. On m'a déjà tiré dessus, et je n'ai pas la moindre envie de ressentir le feu du métal dans ma peau une fois de plus. Mais surtout, j'ai une meilleure raison de vivre que je n'en ai jamais eu.

Les péchés de mon père m'auront suivi, et tout ce que j'aurais gardé de lui en plus de son nom aura été sa malédiction. Quand le carnage de ce soir sera fini, et quelle qu'en soit l'issue, tout lien avec lui aura disparu.

J'entends à peine les cris des hommes que je connais, alors que la fusillade s'amplifie et se rapproche. Je me prépare, levant mon arme vers la porte, prêt à tirer sur le premier qui entrera. Ma main ne tremble pas, même si je n'ai jamais tiré sur quelqu'un. Ayant grandi dans le Tennessee, j'ai tenu un flingue dans mes mains des centaines de fois, mais je n'ai jamais été aussi bien préparé à tirer sur un homme que maintenant.

Je sursaute au son d'une porte qu'on claque. Quelqu'un fouille les chambres, quelqu'un qui a passé la ligne de front. Je lève mon autre bras et place mon avant-bras pour caler mon arme, parce que si je tire, il est hors de question que je rate.

— Continuez à chercher ! crie un homme. Je sais qu'il est là !

Il, c'est moi, et je suis soulagé qu'il n'ait pas été question de Gigi. Je suis donc leur cible, et non pas la fille apeurée cachée dans mon placard qui, malgré la panique, suit mes ordres à la lettre.

J'entends un tir unique éclater et résonner comme un pétard de feu d'artifice dont l'écho retentit dans le couloir étroit. La poignée de ma porte tourne et la lumière entre dans la chambre, encadrant la silhouette d'un homme. Au moment où il pointe son arme sur moi, je presse la détente sans hésitation. Mon tir est plus rapide, et le type part à la renverse, l'impact de la balle en plein milieu du front.

— Ne tire pas ! crie un autre homme ; mes oreilles sifflent encore suite au coup de feu. Pike !

Je ne vois personne ; l'homme qui est dans le couloir ne se montre pas, redoutant sûrement de finir comme l'autre enfoiré étendu sur le sol dégueulasse.

Mon flingue est toujours pointé vers l'entrée. Ma main n'est plus aussi stable qu'avant, mais je suis prêt à tirer sur tous les connards qui voudront pénétrer dans la chambre. Comme je ne sais pas qui m'appelle et quelles sont ses intentions, je reste silencieux.

— C'est Morris ! Ne tire pas, dit-il. Ils sont partis. Ceux qui sont toujours là sont morts, et quelques autres s'enfuient par les collines.

Je demande, sans pouvoir bouger d'un iota :
— Ils sont partis ?

— Un seul d'entre eux a passé notre ligne, mais tu l'as eu, cet enculé. Trois autres se sont barrés mais des hommes sont partis à leur poursuite, pour s'assurer qu'ils n'arrivent jamais nulle part.

Troublé, je demande :

— Morris ? en fixant la flaque de sang qui entoure la tête de l'homme à terre.

— Oui, mon petit. C'est moi. Baisse ton arme. C'est fini.

Il reste caché, ne prenant aucun risque. Je peux le comprendre ; ce n'est pas tous les jours qu'un homme prend la vie d'un autre, et Morris, sachant que je ne l'avais jamais fait, se méfie de mon état. Il sait que je ne serai plus jamais tout à fait le même.

Je baisse le bras en retirant mon doigt de la gâchette, incapable de poser l'arme pour autant. C'est comme si le métal et ma main avaient fusionné et faisaient partie de moi. Je suis en état de choc ; j'en suis conscient. J'essaie de réaliser ce que mon esprit sait déjà : j'ai tué un homme. J'ai pris sa vie.

— Tu l'as baissée ?

Je réponds à Morris :

— Oui... Entre.

Il enjambe le corps au sol et trouve l'interrupteur sur le mur. Quand la lumière inonde la chambre, il regarde l'homme étendu et le trou que la balle a fait dans son front.

— Joli coup. J'ai toujours su que t'avais ça dans le sang.

— Je peux sortir ? demande Gigi depuis le placard en entendant nos voix, incapable d'attendre le feu vert.

Cette fille a bien du mal à suivre des ordres, c'est

exaspérant, mais au moins, elle est restée tranquille suffisamment longtemps pour être encore en vie.

— Viens, petite, lui dit Morris avant que j'aie le temps d'ouvrir la bouche. C'est fini.

Je saute sur mes pieds et me jette devant le placard avant qu'elle ait pu voir le mort. Je prends son visage dans mes mains et plonge mes yeux dans les siens.

— Tu vas bien, ma belle ?

Elle hoche la tête, me regardant avec des yeux brillants.

— Je vais bien, répond-elle dans un murmure, d'une voix tremblante. Quand j'ai entendu le coup de feu...

Sa lèvre tremble et sa voix se casse avant qu'elle ait pu finir sa phrase.

— Je vais bien. On va bien.

Je soutiens son regard, essayant de rassembler mes esprits pour la convaincre de ce que je raconte.

— Hey ! crie Morris dans le couloir, et Gigi fait un bond. On a un corps par ici !

Gigi tente de regarder derrière moi, mais je retiens son visage, la forçant à garder ses yeux dans les miens.

— Ne regarde pas. Inutile d'avoir cette vision dans ta mémoire.

— C'est toi qui as tiré ? demande-t-elle tout bas, ses lèvres tremblant toujours.

J'acquiesce en caressant sa joue avec mon pouce.

— C'était lui ou nous, et je n'étais pas prêt à renoncer à nous. Je t'ai dit que je te protégerais, et j'ai fait ce qu'il fallait pour ça.

— Tu as tué un homme.

Je hoche la tête à nouveau, parce que c'est la vérité. J'ai pressé la détente sans aucune hésitation, en voyant ce type comme un ennemi et non comme un être humain. Il aurait pu avoir une femme et des enfants, ça n'avait aucune importance ; il voulait nous tuer, et pour ça, il méritait la balle qu'il a reçue.

Ses yeux se remplissent de larmes qui roulent sur ses joues quand elle cligne des paupières.

— Tu m'as protégée ? murmure-t-elle en posant ses mains sur moi et en s'accrochant comme si elle se retenait de tomber.

— Je te protégerai toujours, affirmé-je sans le moindre doute. Je te l'avais dit, ma belle.

J'entends des bruits de bottes derrière moi et des ombres passent sur les murs de la chambre, à mesure que les gars s'occupent de dégager le mort du passage.

— Emmenez-le dehors avec les autres, dit Morris. On s'occupera d'eux plus tard. Et dites à Midge de venir aider à nettoyer ce bordel.

Les hommes échangent quelques grognements entendus, puis l'ombre de Morris grandit sur le mur derrière Gigi.

— Je vous laisse un peu de temps et d'intimité pour parler.

J'acquiesce sans me retourner, parce que je ne veux pas quitter ma chérie des yeux. Elle a besoin de moi. Bien plus qu'avant que tout parte en vrille. Après tout ce qu'elle a entendu et vécu, elle a de quoi être perturbée.

Quand je jette un coup d'œil par-dessus mon épaule, il n'y a plus qu'un peu de sang près de la porte. La majorité de la cervelle et de la flaque est dans le couloir, hors de vue.

Je prends Gigi dans mes bras et la soulève pour

l'emmener jusqu'au lit. Elle pose la tête sur mon épaule et m'entoure de ses bras. Je la berce doucement. J'aurais tellement voulu lui éviter de vivre ça, mais mon père, avec toutes ses conneries, ne m'a pas laissé le choix.

— On est en sécurité, maintenant. Je m'assieds au bord du lit et la dépose sur mes genoux, la gardant tout contre moi. Personne ne te fera de mal.

— Je n'ai jamais eu aussi peur de ma vie, Pike, dit-elle en emmêlant ses doigts dans les cheveux qui tombent sur ma nuque, et une vague de frissons parcourt mon corps. Pas seulement pour moi, mais pour toi. J'ai eu peur que tu...

— Chut, mon cœur... C'est fini. N'y pense plus. Je respire, tu respires ; pour l'instant, c'est tout ce qui compte.

— Et les autres ?

— Je ne sais pas ce qu'il s'est passé là-bas, et je ne suis pas près de le savoir. Tiny nous appellera quand il jugera bon de nous dire ce qu'il voudra bien qu'on le sache déjà ; et rien de plus.

Je passe mes lèvres sur son front ; j'ai besoin de sentir sa douceur pour me rappeler ce qu'il y a de bon dans cette vie et pour compenser le mal que je viens de faire.

— Tout ce qui compte, c'est que tu ailles bien.

— Tu penses qu'ils reviendront ? me demande-t-elle tout bas en triturant le col de mon t-shirt, éraflant ma peau avec ses ongles.

— Je ne sais pas s'il y en a qui seront en mesure de revenir. Si certains ont pu s'enfuir, des gars sont partis sur leur trace. Je ne donne pas cher de leur vie, dans ces collines, avec les Disciples à leur trousse.

— J'imagine que c'est une bonne chose.

— C'est une bonne chose pour nous, pas pour eux.

On se réjouit tous les deux d'être en vie. J'ai vécu dans les murs de ce camp pendant des années, mais on n'avait jamais été attaqué auparavant, et je ne m'étais jamais retrouvé dans une zone de combat. Mon taux d'adrénaline diminue petit à petit et mon corps se met à trembler légèrement.

— Tu crois qu'un pourra rentrer à la maison un jour ?

Je passe ma main dans son dos et enfouis mon visage dans son cou. J'ai besoin de son odeur et de sa douceur pour garder les pieds sur terre.

— Bien sûr, ma belle. DiSantis n'est pas idiot au point de sacrifier tous ses hommes pour tuer quelqu'un qui ne sait rien de ses affaires. Je ne sais pas combien il en avait envoyé ce soir, mais à entendre la fusillade, je dirais qu'il en a perdu bien trop pour s'en prendre à nouveau à moi.

— Hey, petit ! appelle Tiny en toquant à la porte sans entrer pour autant. Vous êtes décents ?

Gigi glousse et le son de son rire sonne comme le chant d'un ange, faisant disparaître dans un lointain passé toute la merde qu'on vient de vivre.

— Oui, Tiny. C'est bon.

La porte grince et Tiny passe sa tête dans la chambre.

— Je viens de parler à James.

Le rire de Gigi s'évanouit.

— Oh, merde, murmure-t-elle. On a peut-être survécu à l'attaque armée, mais il nous reste à trouver comment affronter ma famille.

— Il est en chemin, avec quelques-uns de tes

oncles et ton père. Ils seront là dans quelques heures. Préparez vos affaires, vous partirez avec eux.

Je regarde Tiny bouche bée, alors qu'il essuie le sang de ses mains avec une serviette.

— Mais... Et DiSantis ?

Tiny hausse les épaules en souriant.

— Il est mort, cet enfoiré. Quelqu'un l'a buté juste avant l'attaque de ce soir, d'un coup de lame à la gorge. Il ne vous embêtera plus.

Je lâche un soupire bruyant, comme si on m'enlevait un poids que je portais dans le dos sans le savoir. Je répète :

— Il est mort. Alors, ça y est ? C'est fini ?

— Oui. Il est froid. Vous avez trois heures avant qu'on vienne vous chercher.

Il commence à fermer la porte, mais j'ai des choses à lui dire et peu de temps pour le faire.

— Tiny ! Mon appel l'arrête dans son mouvement. Merci pour ce soir, et pour tout.

Il hoche la tête, s'essuyant les mains à nouveau. Il doit y avoir beaucoup de cadavres, là-bas, et du sang partout.

— Tu es de la famille, petit, et on prend soin des nôtres. Je pensais ce que je t'ai dit plus tôt : si tu as besoin de protection ou d'une planque, tu viens ici et nulle part ailleurs.

J'acquiesce en répétant :

— Nulle part ailleurs.

— Maintenant, repose-toi. Tu t'es sorti d'un commando d'assassins, mais tu n'es pas au bout de tes peines. J'ai comme le pressentiment que tes oreilles vont chauffer, pendant le voyage du retour.

Gigi intervient, toujours assise sur mes genoux :

— Je ne les laisserai pas te reprocher quoi que ce soit.

— Tu es mignonne, ma belle, mais s'ils veulent s'en prendre à moi, laisse-les faire. Je peux l'encaisser. Ce n'est pas comme s'ils allaient me tirer dessus avec des armes à feu. Je peux supporter une petite engueulade. Laisse-les vider leur sac, et je me comporterai comme un homme. J'imagine qu'ils doivent être morts d'inquiétude.

Mais Gigi connaît sa famille bien mieux que moi.

— Une petite engueulade ? reprend-elle en riant de la formule. Je sais que tu as l'habitude d'avoir affaire à de sacrés durs à cuire ; mais eux, ce sont des Gallo. Même s'ils ne portent pas le badge d'un club de motard et ne conduisent pas de grosses bécanes, je peux t'assurer qu'ils sont tout aussi flippants. Une petite engueulade...

Elle est prise d'un fou rire.

— Tu risques plutôt de prendre la pire dérouillée de toute ta vie, du genre qui pourrait te faire regretter de ne pas faire partie du tas de cadavres empilés dehors.

— Arrête... On est vivants. Qu'est-ce qui pourrait m'arriver de grave ?

vingt-trois

GIGI

EN ENTENDANT MORRIS ANNONCER l'arrivée de deux voitures en gueulant, j'avale deux shots de tequila à la suite. Dans ces voitures, il y a ma famille. Mais dans ces voitures, il y a surtout des hommes tellement furieux qu'ils ont dû battre des records de vitesse pour arriver ici.

Je sais ce qui m'attend. J'ai déjà vu mon père et oncle James en colère, même si ce n'était pas dirigé contre moi. Je pense que pour supporter le putain de trajet en voiture qui s'annonce, je vais encore avoir besoin d'un peu d'alcool. Ça m'aidera aussi à me tenir tranquille et à ne pas trop ouvrir ma gueule.

— Tu es prête ? me demande Pike en me tendant la main.

— Je pense que je ne le serai jamais.

J'esquisse un sourire, mais il est misérable. Je ne peux pas me sentir légère en sachant que mon père arrive, écumant sûrement de rage.

— Ça ne va pas être si terrible, me dit Pike, calmement. Il n'a vu de mon père et de mes oncles que le côté cool qu'ils peuvent montrer parfois, mais il ne dirait pas ça s'il connaissait leur côté fou furieux, celui qui ressort quand un membre de leur famille est en danger.

— Tu crois ça ?

J'attrape la bouteille de Jack pour me servir un autre verre, mais Pike me la prend des mains.

— Ce n'est pas une solution.

— Je ne suis pas de cet avis.

J'essaie de lui arracher la bouteille des mains, et on tire chacun de notre côté comme des gosses.

— Bougez-vous le cul ! gueule Morris depuis l'entrée du bâtiment, nous regardant nous battre pour la bouteille.

— D'accord, putain...

J'abandonne, sachant la bataille perdue d'avance, et puis parce qu'on n'a plus le temps de lutter.

— Cette fille a beau vivre des situations folles et voir des morts, elle est toujours aussi ingérable, marmonne Morris en secouant la tête et en levant les yeux vers le ciel sombre.

Je m'éloigne de Pike et marche vers Morris, ce grand bonhomme dont je suis devenue dingue en quelques jours.

— Merci pour tout, gros balèze.

Il rougit en baissant la tête vers moi.

— Ne déconne pas, ma petite. Et Pike, fais-le marcher droit, tu m'as compris ?

Je ricane en hochant la tête et passe un bras autour de sa taille.

— Je promets de le mettre sur le droit chemin.

Morris m'entoure aussitôt de son bras et me serre contre lui.

— Je viendrai peut-être vous rendre visite... Je prendrais bien un peu de rab.

— Ça me ferait vraiment plaisir.

— Vous avez fini, tous les deux ? demande Tiny alors qu'il passe à notre hauteur pour sortir à la rencontre des voitures dont on aperçoit les phares.

Je relâche Morris, me précipite vers Tiny et l'entoure de mes bras. Il n'a pas l'habitude des câlins, alors, surpris par mon geste, il a un mouvement de recul.

— Merci pour tout, Tiny.

Il me tapote le dos, incapable de me serrer contre lui comme l'a fait Morris.

— Y a pas d'quoi, miss. Maintenant, je dois parler à Pike.

Je renverse la tête en arrière pour attraper son regard.

— Tu pourrais faire en sorte qu'ils ne le défoncent pas ?

— Je ne peux rien promettre avec James, me répond-il, une lueur d'amusement dans les yeux.

— J'aurais essayé...

Je hausse les épaules et me hisse sur la pointe des pieds pour atteindre sa joue. Il reste immobile et me laisse l'embrasser. Quand je m'éloigne, il a l'air un peu en état de choc. C'est drôle de voir ce gros balèze atteint en plein cœur et laissé sans voix par un simple baiser.

Deux voitures se garent, envoyant des gerbes de gravillons autour d'elles au freinage. On est pris dans la lumière des phares comme des biches.

Tout à l'heure, dans le placard, quand j'entendais les cris et les coups de feu retentir, j'étais terrifiée. On aurait pu croire qu'à côté de ça, affronter ma famille serait de la rigolade. Mais pas du tout. J'ai tout aussi peur qu'avant.

— Reste calme, conseille Morris quand Pike nous rejoint.

Sans faire cas des portières qui claquent ni du son des bottes sur le gravier, je reste tournée vers Pike et lui demande :

— Tu es prêt pour ce qui t'attend ?

— Je ne sais pas, dit-il en regardant vers ma famille.

Je tourne lentement la tête et découvre mon oncle James qui semble prêt à égorger quelqu'un, mon oncle Thomas, tout aussi furax et flippant, et puis mon père qui, tout comme Bear à ses côtés, ressemble à un animal en cage, incapable de rester immobile, brûlant de fureur.

— Ohé !

J'essaie de sourire, comme si nous ne venions pas d'échapper à la mort de justesse.

— Vous m'avez manqué, les gars !

Je me dirige vers eux tout doucement, les regardant les uns après les autres en essayant de déterminer si j'ai une chance de faire craquer leur carapace.

Mon père se précipite vers moi, ne voyant plus personne d'autre. Ma marche lente se change en course effrénée qui se termine quand je saute dans ses bras. Il m'attrape comme il le faisait quand j'étais petite.

— Je t'aime, papa.

J'ai l'impression d'être une enfant enfin en sécurité dans les bras de son père.

Il murmure :

— Mon bébé... en me tenant la tête d'une main et en me serrant contre lui. Je n'ai jamais eu aussi peur de toute ma putain de vie, et n'ai jamais été aussi reconnaissant que je le suis maintenant.

J'enfouis mon visage dans son cou, me serrant contre lui, plus fort que je ne l'ai jamais fait.

— Je suis désolée, lui dis-je dans un murmure. Je suis désolée de t'avoir causé du souci.

— On en parlera dans la voiture, répond-il.

Aïe.

Je déteste les discussions en voiture. Je me sens comme un animal pris au piège, dans une garde à vue sans échappatoire ni moyen d'éviter tout sujet que mon père mettrait sur le tapis. Je maudis chaque minute de ces discussions en voiture. Elles sont de vraies putains de plaies, et me font craquer à tous les coups.

— Joe, dit Pike en arrivant derrière moi, et je sens le corps de mon père se raidir dans mes bras.

— Toi, tu poses ton cul dans l'autre voiture, avec James et Thomas. Je veux parler *seul* avec ma fille.

Aïe aïe aïe.

— Bien, monsieur, répond Pike sans discuter.

Il sait sûrement que c'est perdu d'avance. Il n'y a pas de discussion possible avec les hommes de la famille Gallo, même dans leurs meilleurs jours ; alors dans un moment pareil, et vu le visage de mon père défiguré par la colère, Pike et moi n'avons pas la moindre chance de le faire changer d'avis.

Je repose les pieds au sol tandis que Pike se détourne et se dirige vers James et Thomas qui discutent avec Morris et Tiny.

— Foutons le camp d'ici, me dit Bear, remplaçant tout ce qu'il aurait pu me dire par un simple clin d'œil.

Je suis sûre qu'il brûle d'envie de tout savoir dans les moindres détails, mais il n'osera rien demander tant que mon père sera dans une humeur pareille, ce qui ne risque pas de s'améliorer de sitôt.

— Papa, est-ce que Pike ne pourrait pas venir avec nous, plutôt ?

Je fais un signe du pouce par-dessus mon épaule en direction des cinq hommes derrière nous.

— Je veux te parler en tête à tête, et James veut débriefer la situation avec Pike, répond mon père en secouant la tête. Ils connaissent le chemin de la maison.

Je baisse la tête et marche vers la voiture en traînant les pieds. Je m'attends à m'en prendre plein la gueule, mais je survivrai. Ce ne sera pas la première fois que mon père me remonte les bretelles.

Mais Pike trinquera sûrement plus que moi.

Je me tourne vers lui en ouvrant la portière, et quand nos yeux se rencontrent, je lui adresse un petit signe de la main, un sourire navré sur le visage. Il répond à mon geste par un mouvement de tête qui se veut rassurant, mais il n'a aucune idée de ce qui l'attend.

Je ne sais pas grand-chose de son père, et encore moins de sa famille entière, mais je suis sûre qu'il n'est pas préparé ; et ne s'attend pas ; à ce qu'il s'apprête à vivre.

— On se tire ! crie mon père à l'attention de ceux qui se tiennent encore sur le parking. Sans attendre de réponse, il s'assoit à l'avant sur le siège passager.

— Ça s'annonce bien, commente Bear en me regardant dans le rétroviseur, essayant toujours de faire de la dérision quand c'est le bordel.

Puis, tout le monde se tait. Bear fait rugir le moteur et démarre en trombe, partant comme il est arrivé : à fond. On quitte le camp, et je croise les doigts en regardant par la fenêtre l'immense ramure des arbres floutée par la vitesse.

Je ne sais pas si mon père est trop énervé pour dire le moindre mot, ou s'il est tellement soulagé que je sois en vie qu'il n'est pas d'humeur à me dévisser la tête... Tout est possible. Mais comment peut-il être en colère à ce point alors qu'on n'a rien fait de mal, ni fait quoi que ce soit pour déclencher tout le merdier qui nous est tombé dessus ?

Le silence me tape sur les nerfs. Je me dis qu'il vaut peut-être mieux mettre les pieds dans le plat tout de suite, qu'on en finisse. Attendre ne fait qu'aggraver les choses, et je ne me vois pas rester assise là les deux prochaines heures en silence.

— Alors...

— Ne commence pas, avec tes *alors*, ma petite, répond mon père.

J'ouvre de grands yeux face au ton qu'il emploie. Je chuchote : « Ok » en m'avachissant sur le siège et en croisant les bras sur ma poitrine.

— Tu aurais pu te faire tuer, me dit-il en se retournant sur son siège pour me regarder. Ce n'est pas passé loin.

— Mais je suis en vie.

Son regard se durcit.

— Est-ce que des balles sont passées à moins de quinze mètres de toi ?

Je hausse les épaules. Maintenant, je suis énervée, et quand je suis énervée, je contre-attaque.

— Je n'avais pas de mètre pour mesurer.

Il a un brusque élan vers moi, comme s'il allait me sauter dessus pour m'étrangler jusqu'à ce que mort s'ensuive. Son regard n'est plus dur, mais plutôt incendiaire.

— Qu'est-ce que tu as dit ? Répète un peu !

— Papa, regarde-toi... C'est pas un peu exagéré ? Où est passé mon gros Super-Papa ?

— Ton gros Super-Papa, il est en proie à beaucoup d'émotions, vu que des hommes ont voulu envahir un camp de MC avec des armes à feu dans l'intention d'enlever ma fille et de la tuer.

Je prends une voix douce pour répondre, parce que je vois bien qu'il est au bout du rouleau, alors il n'a pas besoin que j'envenime les choses.

— Ce n'est pas moi qu'ils voulaient tuer.

— Je sais. Ils voulaient tuer Pike, qui – il marque une pause, ses lèvres se tordent, et je sais ce qu'il va dire avant qu'il n'ouvre la bouche à nouveau – comme tu me l'avais caché, se trouve être ton petit-ami !

Il crie ces derniers mots, et sa voix résonne dans la voiture comme une explosion.

— Ce n'est pas mon petit-ami, papa.

J'essaie de l'amadouer en l'appelant papa, comme j'ai pu le faire par le passé, pour atténuer sa colère. Ce n'est pas la première fois qu'il est furieux contre moi, mais c'est peut-être bien la première fois qu'il l'est autant.

Bear secoue la tête d'un air dépité, tout en marmonnant quelque chose dans sa barbe. Il croise mon regard dans le rétroviseur ; je ne sais pas ce qu'il essaie de me dire, mais je comprends tout de suite que j'ai merdé.

— C'est exact, reprend mon père en hochant la tête, les sourcils froncés et le nez retroussé comme s'il venait de sentir une puanteur immonde. Ce n'est pas ton petit-ami. C'est le mec avec qui tu as baisé.

Ouh là. Ça sent le roussi. Bon sang. Je n'ai aucun moyen de faire marche arrière pour me tirer de là. Il n'y a plus de secret possible, à ce stade, et j'ai menti ouvertement à mon père quand Pike est arrivé à Inked et que tante Izzy s'en est mêlée.

Je suis figée, comme si j'étais engluée dans le siège et que chacun de mes muscles était paralysé. Tout ce que je peux faire, c'est regarder mon père avec de grands yeux et dire :

— Je suis désolée.

Il renverse sa tête en arrière et fixe le plafond de la voiture.

— Elle est désolée. Il soulève ses épaules, les laisse retomber d'un coup puis m'imite : C'est rien, papa, j'ai juste rencontré un type à la Semaine de la Moto, et j'ai couché avec lui en sachant qu'il aurait pu me violer et me laisser pour morte.

— Je suis une adulte, et j'ai été prudente.

— Les adultes peuvent mourir, eux aussi, Giovanna. Combien de fois t'avais-je dit qu'en aucune circonstance tu ne devais aller à Daytona pendant la Semaine de la Moto ?

— C'était une erreur. On y était pour les vacances.

— Et est-ce que tu m'avais parlé d'aller à Daytona pour les vacances ?

— Est-ce que tu disais tout à tes parents, toi, quand tu avais vingt ans ?

Je marque un temps d'arrêt en lui retournant son regard mauvais, parce que j'en ai par-dessus la tête d'être traitée comme une gamine.

— Voyons... Ben non, bien sûr que non ! Et t'en avais rien à foutre, occupé comme t'étais à faire des virées à moto pour lever des gonzesses.

Il se retourne et me demande, comme s'il n'avait pas bien entendu :

— Tu veux me répéter ça, pour voir ?

— Non.

Il grince des dents et le son me fait grimacer. Puis, il dit en grognant :

— Tu m'étonnes, que tu ne veux pas, putain...

— Elle vient enfin de dire quelque chose de censé, marmonne Bear.

— À partir d'aujourd'hui, je t'interdis de le revoir.

Il m'interdit ? Je hausse un sourcil, prête à appuyer encore un peu plus là où ça fait mal.

— Donc, dis-moi... C'est lui que tu renvoies, ou c'est moi ? Parce que sinon, j'ai du mal à comprendre comment je pourrais ne plus le voir. Tu m'expliques, papa ?

Mon père passe une main sur son visage avant de la refermer en un poing qu'il tient près de son menton.

— Est-ce que les balles t'ont brouillé la cervelle, ou quoi ?

— Pas du tout, dis-je en secouant la tête. J'y vois plus clair que jamais.

— À t'entendre parler, je dirais que tu es en état de choc.

— Pas en état de choc. Je me sens plus vivante que je ne l'ai jamais été. Alors, qui part ?

— Izzy s'oppose à ce qu'on le renvoie, et toi, tu ne vas nulle part. Vous pouvez travailler ensemble sans sortir ensemble.

— OK...

Tout en acquiesçant, je choisis soigneusement mon angle d'attaque.

— Donc, cet homme qui était prêt à se faire tuer pour moi, celui qui s'est mis devant les balles, me cachant pour me protéger au risque d'y laisser la vie... Je ferme les yeux au souvenir de mon corps tremblant au bruit de la porte qui s'ouvre et du coup de feu, quand je ne savais pas qui était mort. Je suis censée lui dire d'aller se faire voir parce que mon *père*, qui s'avère être son *patron*, ne veut plus que je le voie.

J'ouvre les yeux et les fais rouler sous mes paupières pour le faire chier un maximum.

— Eh, Pike, merci d'avoir failli te faire tuer pour moi, et d'avoir voulu prendre une balle à ma place, mais mon *père* pense que tu n'es pas quelqu'un d'assez bien.

— Je n'ai pas dit que ce n'était pas quelqu'un de bien.

Je croise à nouveau les bras et soulève une épaule, regardant mon père droit dans les yeux.

— Mais pas assez bien pour moi, c'est ça ?

Le visage de mon père se contracte tout entier, comme s'il allait pondre un œuf et que c'était putain de douloureux.

— Sa vie est pleine de dangers, Gigi. Regarde les galères dans lesquelles tu t'es trouvée pour avoir seulement passé quelques jours près de lui.

— Il ne s'agit pas de galères qu'il aurait provoquées. C'était de la faute de son père, et s'il n'avait pas connu les types du camp par le passé, il serait probablement mort, et moi avec.

Je me tais un instant et on se dévisage en une lutte silencieuse, mais je ne lui laisse pas la moindre chance d'intervenir, parce que je n'ai pas fini de dire ce que j'en pense.

— N'est-il rien arrivé à maman, quand vous sortiez ensemble, elle et toi ? Est-ce qu'elle n'a pas été au bord d'être...

— C'était différent, dit-il précipitamment.

— Des emmerdes, ça arrive, papa. Dans la vie, ça

arrive. Quelle que soit l'énergie que tu mets à essayer de protéger quelqu'un, tu ne peux pas toujours éviter les emmerdes. Pike est innocent dans cette histoire, et la décision de savoir si je vais le revoir ou non nous appartient, à lui et moi. Et franchement – je déglutis, parce que s'il n'a pas sauté de son siège jusqu'ici, ce que je m'apprête à dire pourrait être l'élément déclencheur – ça ne te regarde pas.

Il cligne des yeux comme si je l'avais giflé; sa bouche remue, mais aucun son n'en sort.

— Je ne veux pas être méchante, et si je le suis, j'en suis désolée. Mais imagine un peu que grand-père ou grand-mère ait voulu t'interdire de voir maman.

— Moi, j'aimais ta mère.

— Eh bien, peut-être que j'aime Pike.

Mon père se marre.

— Tu viens à peine de le rencontrer !

— Combien de temps ça t'a pris, d'avoir des sentiments pour maman, après l'avoir rencontrée ? De vrais sentiments...

— Eh bien...

Il se tourne vers Bear, parce que mon oncle connaît toute l'histoire pour l'avoir vécue à ses côtés. Et ça ne fait aucun doute : s'il tente de mentir, Bear lui mettra le nez dans sa merde.

— Honnêtement, je ne me souviens pas d'un instant sans aimer ta mère.

— Alors, qu'est-ce que ça peut bien faire que je vienne de le rencontrer ?

Je dis les derniers mots en mimant des guillemets, parce qu'on sait tous les deux que je ne viens pas de le rencontrer... J'ai même eu quinze mois pour penser à lui et à ce que je ressentais pour lui.

— Je...

Il se tait un instant et me regarde sans savoir quoi dire, parce que ça lui arracherait la bouche de me donner raison.

— Papa, cet homme aurait donné sa vie pour moi, ce soir. Combien de mecs auraient fait ça ? Laisse-moi te le dire : pas beaucoup. Les gars de mon âge sont des crétins et des putains de chochottes qui pleurent à la moindre égratignure. Le temps des chevaliers est révolu. Mais Pike serait mort avec cette balle dans la peau et un sourire sur le visage, pour me permettre de vivre un jour de plus.

— Je... commence-t-il, cherchant quoi répondre à nouveau, mais je ne lui laisse pas l'occasion d'en dire plus tant qu'il me reste encore des choses sur le cœur.

— Voilà, un homme dont la mère est morte à cause de son connard de père, ce même père qui l'a traité comme une merde toute son enfance – quand sa mère n'a pas fait mieux. Pour un enfant qui a grandi comme ça, il est devenu un homme formidable. Il m'envie, tu sais. Il voit comme on est proches, combien on s'aime, et il mesure tout ce qu'il a raté étant petit, et ce qui lui manque encore aujourd'hui. Alors, quels que soient les préjugés que tu lui portes, tu ferais mieux de les oublier et d'attendre de le connaître vraiment.

— On dirait qu'elle t'a fait une bonne leçon, City, intervient Bear en jetant un coup d'œil à mon père et en haussant légèrement une épaule. Pike n'est pas très différent du gars que tu étais à son âge. Tu avais grandi dans une bonne famille, mais tu n'étais pas un enfant de chœur.

Mon père dévisage Bear.

— Tu ne m'aides pas, là. De quel côté es-tu ?

— Ne me demande pas de choisir un camp, parce que je choisirai toujours le sien.

Mon sourire est si grand que j'en ai mal aux joues. Voilà pourquoi j'aime tant mon oncle Bear. Il n'hésite pas à rappeler à mon père les conneries qu'il a faites, qui il est et d'où il vient, quitte à lui mettre le nez dans sa merde. Et puis, il me couvre toujours, inconditionnellement, et ça me plaît. Je me fiche qu'on n'ait pas le même sang ; il a été là pour moi dès le premier jour de ma vie. Il est mon oncle au même titre que les frères de mon père.

— C'est une putain de conspiration, marmonne mon père en se retournant face au pare-brise.

— Donne-lui une chance, papa. Donne-moi une chance de vivre ma propre vie et de trouver le bonheur.

— Ça ne me plaît pas.

— Mais je ne t'ai pas demandé ton avis.

vingt-quatre

— TROIS GRANDS CAFÉS NOIRS.

— Avec ou sans sucre, monsieur ?

— J'ai dit noir ! aboie James par la fenêtre de la voiture, le regard glacé, en jetant un bras en l'air. Il est tellement remonté qu'il semble prêt à exploser d'une minute à l'autre.

— Noir veut dire sans crème, et non sans sucre, tente d'expliquer la femme à l'interphone du drive, mais James n'est pas d'humeur.

— Ni crème ni sucre. Juste un café.

— Chaud ou glacé ? demande-t-elle encore.

James regarde autour de lui comme s'il allait devenir fou, et sa détresse fait rire Thomas.

— Chaud, gronde-t-il par la fenêtre, pas loin d'écumer de rage.

— Vous pouvez avancer jusqu'à la prochaine borne, monsieur.

— C'est quoi, tout ce binz, aujourd'hui, pour avoir un simple café ?

Thomas hausse les épaules.

— Les temps changent, vieil homme.

— Va te faire foutre avec ton vieil homme.

Thomas baisse les yeux sur son téléphone.

— Ah, là, ça va se corser...

— Quoi ? demande James en suivant la file de voitures qui roulent au pas.

— *Ma* veut que Pike vienne au repas de famille, aujourd'hui.

Sous le choc et un peu anxieux, je demande :

— Elle quoi !?

— Ça ne va pas plaire à Joe, déclare James, remuant le couteau dans la plaie.

Dès le premier regard échangé au camp, j'ai su que Joe me détestait. Je ne suis même pas sûr que le terme détester soit assez fort pour traduire tous les sentiments qu'il nourrit à mon égard. Je ne peux pas lui en vouloir. À sa place, je me détesterais aussi.

Thomas se met à rire.

— Je donnerais une de mes couilles pour être dans leur voiture. Vu que Gigi ressemble plus à Izzy qu'à Suzy, elle doit lui faire passer un sale quart d'heure !

— Peut-être qu'un seul d'entre eux en sortira vivant, plaisante James, avançant jusqu'à la fenêtre du drive en essayant d'éviter le regard de la serveuse.

Un instant plus tard, le téléphone de Thomas se met à sonner et la voix de Joe envahit la voiture :

— Vous y croyez, vous ? Quelle connerie !

— Tu connais *Ma*.

— Au nom du ciel, pourquoi vouloir qu'il vienne ?

James se tourne vers moi en haussant les épaules, puis lève les yeux au plafond. Ils continuent ainsi à parler de moi, comme si je n'entendais pas leur conversation.

— Tu sais que *Ma* joue toujours la pacificatrice, et

qu'elle adore fourrer son nez dans les affaires des autres.

— Il s'agit de ma fille, dit Joe.

— Et tu es son fils, lui rappelle Thomas. À ce jeu-là, c'est elle qui gagne.

— Est-ce qu'elle se rend compte que Gigi aurait pu mourir ?

— Je suis sûr que oui. Nos femmes lui ont tout dit, Joe, lui répond James sur le ton de l'évidence, parce qu'il n'y a pas de secret dans leur famille. Tu sais qu'elles ne peuvent pas tenir leurs langues, et que *Ma* pourrait faire avouer n'importe quoi à n'importe qui – alors les faire parler a dû être un jeu d'enfant.

— Putain, grince Joe. Déposez Pike chez moi, on l'emmènera avec nous.

J'aimerais pouvoir sortir de la voiture en courant, mais comme il n'y a pas de portières à l'arrière du Challenger, je me contente de demander :

— Est-ce que je peux dire quelque chose ?

Thomas se tourne et me lance un regard qui remplace sa parole. Il veut que je la ferme, j'ai bien compris le message.

— On le dépose et on s'arrache. On n'aura pas beaucoup de temps pour dormir avant d'aller là-bas, dit James. Elle se fiche complètement qu'on ait traversé tout l'État dans les deux sens d'une traite.

— Tu la connais... Rien ne mérite d'annuler un repas. Ni une fusillade, ni d'avoir frôlé la mort. Bon Dieu, même un ouragan ne pourrait la faire capituler, répond Thomas.

Je renverse ma tête en arrière et contemple le ciel par la fenêtre, embrasé par les nuances de rose et de pourpre qui précèdent le lever du soleil.

Tout ce que j'aurais voulu, c'est parler avec Gigi et

m'écrouler au lit en tournant cette putain de page. Mais j'ai bien l'impression de ne pas avoir le choix : tant que les gros balèzes sur les sièges avant me diront d'aller à ce repas de famille, je n'y échapperai pas. Le simple fait que Joe veuille m'y conduire clôt le débat.

— On est passé prendre un café vite fait, mais on arrivera chez toi juste après vous, dit James en rendant la monnaie à la serveuse.

— Je vous attendrai, conclut Joe avant de couper l'appel.

— Bon, ce n'était pas si terrible, dit Thomas en se tournant vers moi.

Je lève la tête, tournant le dos au magnifique lever de soleil. Peut-être que ça aurait pu être pire, mais c'était loin d'être cool pour autant. Je ris jaune :

— Pas si terrible ? Pas de doute qu'il veut ma peau, oui !

— Et voici vos cafés *noirs* et *chauds,* annonce la serveuse en tendant trois cafés. Elle attend que James les prenne.

Il m'en tend un, puis en donne un à Thomas et garde le troisième. Il ne répond rien à la serveuse. Il a eu une nuit de merde, comme nous tous, et n'a pas envie de se prendre la tête pour de simples cafés.

— Cet homme ; commence James en plaçant son café dans le porte-gobelet avant de rouler vers la sortie ; est un père dévoué. Il donnerait sa vie pour sa famille. Tout comme on le ferait à sa place.

— J'ai risqué la mienne ce soir pour sauver Gigi.

— On le sait, mon petit. Et putain, Joe le sait aussi. Il sait tout ce qu'il s'est passé au camp. Crois-moi, il t'est reconnaissant d'avoir aidé sa fille à sortir de là vivante, mais il a les nerfs en boule pour l'instant. Joe n'a pas peur de grand-chose, mais ces derniers jours, il était mort de trouille ; ça lui a fait péter les plombs. Il s'en remettra. Donne-lui juste un peu de temps et d'espace pour se remettre les idées d'aplomb.

Je pose le socle en polystyrène sur mes genoux en digérant ses paroles.

— Alors il vaudrait mieux que vous me déposiez chez moi. Histoire de donner à tout le monde du temps et de l'espace sans m'avoir dans les pattes.

Thomas décline d'un mouvement de tête.

— *Ma* te veut chez elle : tu iras chez elle.

Je ferme les yeux, essayant d'imaginer à quoi peut bien ressembler la mère et la belle-mère de ces deux armoires à glace. Elle doit avoir un sacré charisme si, même à leur âge, ils obéissent à ses moindres désirs.

— Et si Joe a le malheur d'arriver chez elle taciturne et mal luné alors qu'elle t'aime bien, elle le fera marcher droit en un rien de temps.

Je détache le couvercle du gobelet.

— Et vous, pourquoi est-ce que vous ne me détestez pas ?

Thomas se met à rire en secouant la tête.

— On s'est déjà trouvés dans le même genre de merdier que tu as connu ce soir. Sauf que toi, tu n'as rien fait pour en arriver là, alors que nous, on y était pour quelque chose, quand les flammes de l'Enfer sont venues lécher notre porte. Nos femmes y sont presque passées, elles aussi. On sait qu'on peut facilement perdre le contrôle des événements. C'est la vie, petit.

— Putain, Izzy s'est retrouvée souvent dans la merde, à cause de nos conneries, ajoute James en enfonçant l'accélérateur dès que la voie se libère devant lui, sur l'autoroute. Mais on la cherchait, la merde, et Izzy était capable d'en faire autant. Ce genre de conneries arrivent, dans la vie. On a fait avec – comme toi. La famille se remettra de tous ces événements, Joe y compris. Et avec un peu de chance, tu seras intégré au clan, si c'est ce que tu veux.

— Je veux être avec Gigi.

Autant être direct avec ses oncles, maintenant qu'on en est là, tous coincés dans cette voiture.

— Elle est ce qu'il m'est arrivé de mieux dans ma vie. Mais la famille... Je marque une pause, ne sachant pas comment expliquer ce que j'ai vécu ni le manque de soutien familial avec lequel j'ai grandi. Je ne sais pas trop comment faire avec...

— Je ne suis pas né Gallo, dit James en m'adressant un regard appuyé dans le rétroviseur. Mais ils se comportent comme si je l'étais. Dès l'instant où j'ai mis un pied dans la maison de la grand-mère, j'ai fait partie de la famille. La façon dont tu as été élevé n'a pas d'importance, petit. Une fois que tu y es, tu es l'un des leurs. L'un des nôtres. Gagne le cœur de *Ma* Gallo et celui de Suzy, et tu rentres dans le cercle.

— La mère de Gigi va me détester.

Je n'ai jamais été celui qu'une femme ramène chez elle pour le présenter à sa mère.

Thomas éclate de rire en se tapant la cuisse.

— Tu ressembles à Joe, et Suzy est dingue de cet homme. Elle peut paraître un peu guindée, mais ne te fie pas aux apparences. Si elle voit sa fille heureuse avec toi, tu ne pourras plus la décoller de toi. Tu vas lui rappeler l'homme dont elle est tombée amoureuse : un homme qui était en rogne contre le monde entier mais fou amoureux d'elle.

Tout ce système me dépasse et m'est complètement étranger. Je n'ai jamais été confronté à une famille entière. Je me suis toujours moqué que les gens m'aiment ou non, et pour ce qui était des parents des filles que j'ai connues, n'en parlons pas. Mais là, c'est différent. Je suis censé plaire à une foule entière, à commencer par la mère de Gigi, puis sa grand-mère, avant de me coltiner tous les autres.

— Tu as regardé la mort en face, la nuit dernière, et tu t'en es sorti vivant, dit James. Affronter notre famille sera de la rigolade, à côté.

Je marmonne un « Oui… » sans conviction, les yeux plongés dans mon café. Bien sûr que j'ai eu peur en entendant la fusillade, et quand la porte de ma vieille chambre s'est ouverte, mais au moins, je savais comment réagir. La famille… ce n'est pas mon rayon.

— Détends-toi. On arrive bientôt chez Joe.

Je murmure :

— Oh putain, et finis de siroter mon café.

James et Thomas se marrent. Ma détresse les fait bien rire, mais ils savent très bien que les choses ne vont pas être aussi simples qu'ils le prétendent.

Une heure plus tard, je sors de la voiture de James et découvre Gigi qui se tient sur le perron de la maison, serrant contre elle une femme blonde. Je suppose que c'est sa mère, parce que je ne vois pas qui ça pourrait être d'autre, même si elle ne lui ressemble pas beaucoup.

Joe est là, lui aussi, me dévisageant comme si j'étais son ennemi juré. Il n'a pas l'air d'avoir digéré les événements de ce soir ni ce qu'il a dû apprendre à propos de Gigi et moi à Daytona. Enfin, je présume qu'il ne sait pas tout à ce sujet, sinon je serais un homme mort, mais il doit être suffisamment bien informé pour avoir envie de me péter les deux jambes.

— Pike ! crie Gigi dès qu'elle me voit.

Elle se détache de sa mère, descend les marches du perron et parcourt l'allée en courant, avant de se jeter dans mes bras.

— J'étais tellement inquiète pour toi.

Elle me serre contre elle en passant ses mains derrière ma nuque et lève les yeux vers moi.

— J'avais peur que mes oncles te laissent au bord de la route.

— Je vais bien, ma belle. Je repousse une mèche de ses cheveux pour voir son visage. Tes oncles ont été sympas.

Je n'irais pas jusqu'à dire qu'ils étaient amicaux. Vu les circonstances, c'était loin d'être une sortie entre potes, mais ils n'ont pas été salauds non plus. Ils m'ont donné des explications précieuses et m'ont dit comment m'attirer les bonnes grâces de la famille.

Elle me dévisage en souriant.

— Ils ont été sympas ?

J'acquiesce.

— Ils n'ont pas été méchants.

— Waouh. C'est stupéfiant, dit-elle avec un large sourire. Viens, je veux te présenter ma mère.

— Je suis certain qu'elle me déteste, Gigi. Il vaudrait peut-être mieux que je rentre chez moi.

Elle fait non de la tête en resserrant ses bras autour de moi.

— C'est hors de question, monsieur. Ma mère est une crème. Elle va être dingue de toi.

— Dingue de moi ?

— Oui, répond-elle en souriant encore plus. Ma mère est aussi douce que mon père est sévère. Elle va t'aimer autant que moi.

Je regarde ses parents. Ils sont en pleine conversation, et ça a l'air de chauffer. Sa mère est tournée vers moi, mais son père porte toute son attention à sa femme. Elle donne une claque sur la poitrine de Joe tout en me détaillant du regard, un sourire grandissant sur son visage. Elle a l'air bienveillante. Elle est toute petite et fine, avec des cheveux blonds en pétard et la peau claire. Gigi tient de sa mère pour la silhouette, et de son père pour tout le reste.

— Je meurs d'envie de t'embrasser.

Je pose mon front contre le sien en faisant de gros efforts pour me contrôler, afin d'éviter que son père mette fin à mes jours tout de suite.

— On pourra s'échapper un peu, quand ça se sera tassé. Peut-être qu'une fois chez ma grand-mère, on pourra sortir faire un tour, ou un truc dans le genre. Mais pour l'instant, ma mère nous attend, et sa patience a des limites.

— Je te suis, ma belle.

Elle me relâche et prend ma main pour me tirer vers le perron derrière elle. Joe adresse à Thomas et James un simple mouvement de la tête, avant qu'ils ne s'arrachent de là comme s'ils avaient le feu aux fesses.

Suzy, la mère de Gigi, ne prête aucune attention au rugissement du moteur. Elle ne détache pas ses yeux de moi, complètement absorbée dans sa contemplation, et j'imagine que les pires choses doivent lui passer par la tête.

— Donc, c'est vous, Pike, dit-elle avec un léger sourire.

Je serre la main de Gigi dans la mienne, presque aussi terrifié que tout à l'heure, quand un flingue était pointé sur moi. Je réponds juste :

— M'dame.

Sa mère descend les marches et nous rejoint en bas du perron.

— Merci d'avoir protégé ma fille.

Je ne m'attendais pas à ça, à cette gentillesse. Je suis pris au dépourvu. Comme je ne sais pas trop quoi dire, j'acquiesce et bredouille :

— Hum... Avec plaisir.

— Bon, maintenant, ne flippe pas ; je sais que tu es un biker dur à cuire et tout le tintouin, mais maman ourse veut te faire un câlin.

Gigi pouffe de rire, alors que Joe marmonne des jurons.

— Je t'avais prévenu, me dit-elle à propos de sa mère ; qu'elle a décrit à la perfection.

— Tais-toi, lui dit Suzy en me tendant les bras.

Indécis, je regarde ma chérie, mais elle sourit en me désignant sa mère d'un mouvement du menton.

— Tu ferais mieux de faire ce qu'elle dit. Elle a l'air gentille, mais gare à toi si tu ne fais pas ce qu'elle demande.

— Ça semble être l'un de vos points communs, dans la famille... dis-je en lâchant la main de Gigi et en avançant dans les bras de sa mère.

Le câlin de Suzy n'est pas une douce embrassade. Cette femme a une sacrée poigne, pour un si petit gabarit.

— Je vous entends, tous les deux, dit-elle avec un léger rire. Mais je comprends mieux pourquoi tu plais à ma fille, ajoute-t-elle en prenant un peu de recul pour me dévisager. Tu es exactement comme son père.

Je lance un regard à Joe qui fait les cent pas sur le perron, ruminant l'accueil que me fait sa femme. Il semble toujours prêt à m'assassiner d'un moment à l'autre en sautant par-dessus la balustrade. Je réponds :

— Je ne sais pas trop…

Suzy recule d'un pas sans détacher ses mains de mes bras et me regarde.

— Mon ange, si tu ne vois pas la ressemblance qu'il y a entre son père et toi, alors tu es aveugle. Son papa a été son premier amour, et aujourd'hui, ma petite chérie a trouvé un homme qui est son portrait tout craché.

Tout en écoutant sa femme, Joe ne me quitte pas des yeux et jure à voix haute, de plus en plus fort.

— Ne fais pas attention à lui, me dit-elle. Il a du mal à voir grandir sa fille et à la laisser prendre son envol.

— C'est faux. Joe descend les marches en marchant droit sur nous. J'ai du mal à voir ma fille s'amouracher avec un type qui est…

— Exactement comme toi ? l'interrompt Suzy.

Joe grogne :

— Je n'irai pas jusque-là, ma douce.

— C'est un motard, tatoué, avec des piercings. Probablement aussi un tombeur de femmes, autoritaire, qui en veut au monde entier.

— C'est ça ! dit Gigi avec un grand sourire.

— Alors, mon cher mari, explique-moi ce qui diffère entre vous.

Suzy croise ses bras sur sa poitrine et regarde Joe, attendant sa réponse.

Il secoue sa main dans ma direction en fronçant les sourcils :

— Il est…

— Quoi ?

Suzy tape du pied, comme s'il commençait à lui

taper sur le système, et toute douceur disparaît de son visage.

Joe hausse les épaules.

— Plus petit.

Suzy attrape son bras et colle son corps au sien.

— C'est tout ce que tu as trouvé, mon cœur ?

— Ma douce...

Suzy secoue la tête.

— Ton ressenti n'a aucune importance, à l'heure qu'il est. Regarde ta fille, dit-elle en montrant Gigi d'un geste. Elle est heureuse, Joe.

— Eh bien... Joe nous regarde, Gigi, moi, puis sa femme à nouveau.

— Je ne peux pas dire que ça me fasse plaisir.

— Est-ce que ça pourrait te faire plaisir, dans l'absolu, qu'elle ramène un homme à la maison ? Je te rappelle que tu n'aimais pas les deux autres non plus.

— C'était des merdes invertébrées, répond-il précipitamment.

— Ce qui n'est pas le cas de Pike.

— Il est juste tellement... tellement...

— Comme toi, conclut Suzy, adressant un sourire et un clin d'œil à son mari.

Gigi pouffe de rire à mes côtés, passe ses doigts dans les miens et m'attire vers l'entrée de la maison, laissant ses parents plantés en bas des marches.

— Nous, on rentre. On a eu une nuit bien chargée, et on ne serait pas contre une petite sieste avant d'aller chez mamie.

— Pike peut utiliser le canapé de mon bureau. Vous faites chambre à part, précise Joe ; si tu veux que Pike vive un jour de plus.

— Tu es trop mignon, papa, répond Gigi en riant

alors qu'on entre dans la maison. Ne l'écoute pas, me dit-elle. Il est en plein mélodrame.

— Mais il a raison, et je suis chez lui, ma belle. S'il voulait que je dorme sur le perron, c'est là que je dormirai. Tant qu'on est sous son toit, il dicte les règles.

— OK, dit-elle en levant les yeux au ciel. Je vais te montrer où est son bureau.

— Merci. Maintenant, parle-moi un peu de ta grand-mère. J'ai eu assez de surprises comme ça pour la semaine.

Gigi m'indique un couloir et s'y engouffre. Alors que je la suis, elle lâche :

— Elle est féroce.

Je murmure :

— Génial... parce qu'en matière de férocité, cette famille a déjà battu des records.

— Elle est coriace, aussi.

— Encore mieux.

— Mais... Gigi s'arrête et plaque son dos contre une porte fermée, avant de prendre mes mains dans les siennes. Si tu l'apprivoises, tu auras une alliée à vie. Et autant te dire que c'est la cheffe de famille, y compris de ses fils.

— Donc, tu me demandes de gagner son cœur ?

— Tu dois gagner son esprit, dit-elle en souriant.

Je me le tiens pour dit. Me faire apprécier des femmes n'a jamais été un problème. Il ne devrait pas être trop compliqué de séduire une autre Gallo féroce et coriace...

D'APRÈS LA description que Gigi m'avait faite de sa grand-mère, et vu la taille de ses enfants, je m'attendais à ce qu'elle soit grande, imposante et carrément flippante.

— Ma puce, j'étais tellement inquiète pour toi, dit-elle en prenant sa petite-fille dans ses bras et en la serrant contre elle.

— Je vais bien, *Nonna*. Pike a fait ce qu'il fallait pour.

Gigi prépare déjà le terrain, pour que la cheffe de famille parte du bon pied avec moi. Le trajet pour venir était tendu. J'étais assis à l'arrière avec Gigi et, tandis que ses sœurs discutaient entre elles, son père me lançait des regards glacials dans le rétroviseur.

Tout en enlaçant sa petite-fille, la grand-mère ne me quitte pas des yeux.

— Alors c'est lui, le garçon dont on m'a parlé ?

Gigi se redresse et me jette un coup d'œil au-dessus de son épaule en souriant.

— Oui, mais n'écoute rien de ce que te dira celui-là, répond-elle en montrant son père d'un signe de tête, alors qu'il passe près de nous en nous ignorant totalement. Tu sais comment il est, il a tendance à s'emporter facilement et de façon excessive.

Sa grand-mère se met à rire en secouant doucement la tête.

— Il est juste inquiet pour toi, et parfois, ses émotions ont raison de lui. Sois indulgente, ma chérie. Il reviendra sur son jugement, mais tu dois lui laisser le temps de digérer le fait que tu n'es plus une petite fille, mais cette belle femme sûre d'elle qui se tient aujourd'hui devant moi.

Je souris, parce que cette femme me plaît déjà. Elle donne de bons conseils, sans qu'il y ait une once de jugement dans sa voix.

— J'imagine... répond Gigi en haussant les épaules, avant de se tourner vers moi. Mais il aurait dû s'en rendre compte le jour où j'ai quitté la fac.

Je n'ai pas bougé d'un iota. Je suis complètement absorbé par leur conversation, et leur façon de se regarder avec amour. L'une est plus grande et plus jeune, l'autre plus petite et plus vieille, mais elles sont du même sang, elles ont les mêmes yeux et les mêmes manières.

— On ne cesse jamais d'être parent, Giovanna. Être parent n'est pas quelque chose qui disparaît dès que les enfants quittent le nid pour voler de leurs propres ailes. On s'inquiète toujours ; on veut toujours ce qu'il y a de mieux pour eux. Quand ils souffrent, on souffre. Il croit bien faire dans ton intérêt, même s'il est complètement à côté de la plaque. Essayer de le forcer à brûler des étapes qu'il n'est pas prêt à les franchir, ça ne l'aidera pas à évoluer plus vite, ni dans sa tête, ni dans son cœur. Donne-lui un peu de temps, et il finira par entendre raison. Qu'en dit ta mère ?

Je me tourne vers le SUV où la mère de Gigi s'est agenouillée devant ses filles pour leur parler. J'ai du mal à imaginer comment ça peut être, de grandir chez les Gallo. Bon, le fait qu'ils se mêlent tous des affaires des uns des autres peut être assez chiant, mais il y a tellement d'amour entre eux que les avantages doivent compenser les inconvénients.

Gigi soupire.

— Maman est plutôt cool avec Pike. Elle dit qu'il est le portrait craché de papa.

Sa grand-mère me lance un coup d'œil en riant.

— Oh, ça n'a pas dû plaire à ton père !

— Tu peux lui parler ? supplie Gigi. S'il te plaît, tu es la seule à pouvoir lui faire entendre raison, parfois.

Le rire de la mamie s'amplifie.

— Ma petite chérie, on ne peut pas faire entendre raison à un père qui aime son enfant. Tu dois lui donner du temps pour qu'il comprenne par lui-même.

Elle me regarde de la tête aux pieds avant de planter ses yeux dans les miens.

— Alors, c'est toi la cause de tout ce bazar ?

— M'dame, dis-je avec un signe de tête et un sourire jovial, parce que mon sourire de séducteur ne serait pas très approprié. On m'a dit beaucoup de bien de vous.

— Beaucoup de mensonges, à tous les coups, répond-elle, secouant sa main en l'air en s'approchant de moi. Elle bascule sa tête en arrière et plisse les yeux.

— Eh bien, quel canon !

Mon sourire s'agrandit. Cette grand-mère a beau

être vieille, c'est une vraie tigresse. Je lui lance un clin d'œil en répondant :

— Vous n'êtes pas mal non plus...

Elle rit.

— Et charmeur, avec ça ! Vous avez causé un sacré remue-ménage, dans une famille qui était tranquille depuis longtemps...

Quand je réponds, ma voix monte dans les aigus, donnant à mon affirmation des allures de question :

— Je suis désolé.

— Ne le sois pas, dit-elle en secouant la tête. Vous êtes en vie tous les deux, et vous allez bien. La vie sait rappeler à chacun la valeur de toute chose, et parfois, elle a besoin de nous secouer un peu pour nous réveiller. Maintenant, laisse-moi te regarder un peu mieux, dit-elle en levant les mains et en agitant ses doigts.

Gigi me désigne sa grand-mère d'un signe de tête en me faisant les gros yeux parce que je ne réagis pas sur le champ. J'avance, réduisant l'espace qui me sépare de la mamie, alors qu'elle me dévisage comme si elle cherchait à lire en moi.

— Plutôt bel homme, dit-elle. Puis, me prenant par surprise, elle m'enlace comme elle l'a fait avec Gigi. Et fort, aussi.

Ça me fait rire, et je me mords les lèvres pour ne pas dire de bêtise. Je réponds seulement *merci*, mais là encore, on dirait que je pose une question. Elle passe ses mains dans mon dos.

— Chut, petit. Laisse une vieille femme prendre un peu son pied.

Gigi lève les mains en signe d'impuissance et hausse les épaules, riant en silence dans le dos de sa grand-mère.

— Oh bon sang ! lâche Suzy en voyant la mamie me faire un câlin alors qu'elle passe près de nous, ses filles dans son sillage. Bienvenue dans le repaire du lion, Pike. J'espère que tu es prêt pour ce qui t'attend là-dedans, dit-elle en s'éloignant, sans se retourner.

À ces mots, je me raidis. Je n'ai jamais été présenté à une famille entière, qui plus est d'un seul coup. J'ai rencontré certains membres de celle-ci en travaillant avec eux pendant deux jours, et quelques autres pendant l'aller-retour au camp des Disciples. Mais il y en a encore qui sont un mystère pour moi. J'avais eu des Gallo par petites doses, mais là, je vais tous me les prendre en pleine tête.

— Ne l'écoute pas. On est au top. Bon, maintenant, passe tes bras autour de moi et fais un câlin à mamie.

Tout le souci que je me faisais disparaît avec la bonté de cette femme enroulée autour de moi, et dans les yeux éblouis de Gigi qui me regarde comme si je marchais sur l'eau. J'obéis, et prends la mamie dans mes bras.

— C'est beaucoup mieux. Et maintenant, écoute-moi bien, chuchote la vieille dame à mon oreille. Je vous donne ma bénédiction, pour ce que je vois au fond de tes yeux. Mais si tu fais du mal à ma petite-fille, tu n'auras pas le temps de redouter son père, Pike. Je te trouverai avant lui et te ferai regretter d'avoir vu le jour.

Et voilà la férocité dont on m'avait prévenu. La dureté à laquelle je devais m'attendre.

— Oui, m'dame.

— Mamie, rectifie-t-elle, comme si je faisais déjà partie de la famille.

— Mamie, dis-je, répétant ce mot en baissant les yeux vers elle.

Je prends conscience de sa beauté, et me demande à quoi elle devait ressembler dans sa jeunesse. Gigi est-elle le portrait craché de l'indocile que j'ai dans les bras, au même âge ?

— Bon, je dois aller surveiller ma sauce en cuisine. Et puis, il y a plus d'une femme qui attend de te voir, à l'intérieur. Elle recule d'un pas et pose ses mains sur ma poitrine, me palpant à travers mon t-shirt. Elles sont excitées, même si ce n'est pas le cas de leurs maris.

Je renverse ma tête et prends une grande inspiration.

— Vous m'envoyez au bûcher, en me demandant de franchir cette porte.

Elle se met à rire.

— Ce qui se trouve derrière cette porte est tout ce que j'ai fait de mieux dans ma vie. J'en suis l'auteure ; en partie ; et laisse-moi te dire qu'il n'y a pas de meilleur clan sur Terre que celui-là. Une fois que tu en fais partie, tu deviens l'un des leurs à vie. Tu vois ce que je veux dire ? me dit-elle en touchant mon épaule pour attirer mon attention vers elle. Ne passe pas à côté de ça, ne fais pas de conneries et respecte tes aînés.

— Je sais rester à ma place, m'dame. Son regard se rétrécit, et je comprends tout de suite mon erreur. Je rectifie : Mamie.

— Tu es long à la détente, mais tu y arriveras, me taquine-t-elle en reculant d'un pas. J'ai appris que tu as presque été tué pour protéger ma petite-fille.

— Il était prêt à mourir pour moi, *Nonna*, intervient Gigi en venant se glisser sous mon bras.

—J'ai seulement fait ce qu'il fallait faire, ma belle.

Sa grand-mère lui sourit, nous contemplant l'un et l'autre comme un couple établi.

—Ma petite-fille a besoin de quelqu'un qui soit fort aussi bien dans sa tête que physiquement. Ce n'est pas une mauviette, et elle ne se laissera jamais contrôler ; mais si un homme est prêt à se jeter sous les balles pour elle, tout comme l'aurait fait son père, elle saura mesurer sa valeur et faire en sorte de le garder près d'elle.

—Ce n'est pas que pour ça, mamie. Pike me plaisait avant tous ces événements.

Je la regarde avec des yeux écarquillés ; je n'ai aucune envie de parler à sa grand-mère de notre rencontre à Daytona. J'aurais d'ailleurs aimé que personne ne le sache, mais il y a très peu de secrets dans cette famille, apparemment.

—On m'a tout raconté, à propos de tes vacances de printemps. Je me souviens que ta tante Izzy avait causé un sacré bordel, là-bas, il y a quelques années. On a l'art de s'attirer des ennuis en craquant pour des durs à cuire autoritaires, dans cette famille. À croire qu'on a ça dans le sang.

Nous y voilà. Mamie sait tout sur tout le monde.

—Et maintenant, si on reste le cul planté dehors, ma sauce va brûler ; et tu sais que papi ne supporte pas qu'on gâche son dîner. On ne voudrait quand même pas que tante Fran gère le repas en mon absence, n'est-ce pas ?

Gigi lève les yeux vers moi.

—Tante Fran, c'est la femme de Bear. Et, ce n'est pas la meilleure cuisinière.

Mamie se dirige vers la porte. On la suit.

—Tu es bien gentille. C'est la pire cuisinière au

monde, oui! Mais elle a bon cœur et une bonne mentalité.

Quand les portes s'ouvrent, tellement de regards me dévisagent que je manque de trébucher sur la dernière marche. Il n'y a pas un seul homme dans l'assemblée. Quatre femmes que je n'ai jamais vues m'observent comme si j'étais un animal de foire exposé là pour leur seul divertissement. La grand-mère se met à rire et passe près d'elles en secouant la tête, avant de disparaître dans une autre partie de la maison.

Gigi s'agrippe à moi, toujours lovée contre mon bras.

— Pike, voici ma tante Max, dit-elle en me présentant une grande femme noire, belle et dégingandée. C'est la femme d'oncle Anthony.

— Que les choses soient claires, miss ; c'est Anthony qui est mon mari, corrige Max en s'approchant de nous. Elle ajoute en me regardant : Tu as bien foutu le bordel, par ici.

— Je n'avais pas l'intention de...

Max me coupe d'un geste de la main. « Ne dis rien. C'était bien trop tranquille depuis bien trop longtemps. On avait grand besoin d'un peu d'animation, dit-elle avant de se tourner vers sa nièce. Tu as bien choisi celui-là, déclare-t-elle en me désignant, mais sans faire cas de ma présence. J'ai hâte de voir ton père, il va péter un câble !

Super. Non seulement je me sens observé comme un rat de laboratoire, mais en plus, ces femmes comptent sur le fait que j'énerve Joe pour s'amuser davantage. La dernière chose que je veux, c'est tourmenter le père de Gigi. Je ne vais pas me défiler pour autant, mais je ne tiens pas à ce qu'il m'en veuille toute sa vie.

— Il a déjà pété un câble, tatie.

La tante et la nièce se mettent à rire.

Je regarde les trois autres femmes. Elles m'observent et se disent des choses à voix basse en se couvrant la bouche. Les seuls mots que j'arrive à comprendre sont *chair fraîche*.

— Ton papa est le type le plus balèze que j'ai connu, ma chérie, mais son cœur est encore plus impressionnant. Donne-lui du temps. Il se calmera.

Gigi fait rouler ses yeux sous ses paupières.

— Je ne crois pas que tu mesures la profondeur de son...

— De son amour ? dit Max en finissant la phrase à sa place. Il n'est pas en colère, Gigi. Il fait le deuil de sa petite fille. Je peux comprendre ce qu'il ressent. Chaque jour qui passe, je vois le désespoir dans les yeux d'Anthony parce que Tamara grandit et s'éloigne.

Gigi s'exclame :

— Oh mon Dieu ! Où est Tam ? Je ne lui ai pas parlé, depuis toute cette histoire de dingue.

Donc, cette femme est la mère de Tamara, la cousine avec laquelle Gigi était partie en douce à Daytona, et avec qui je l'ai surprise à parler de ma queue au téléphone.

— Elle se planque, répond Max en riant. Anthony est au courant, pour Daytona.

Gigi ouvre de grands yeux.

— Pardon d'avoir menti.

— Eh, dit Max en haussant les épaules ; vous aviez juste besoin de vous défouler. Mais j'aurais quand même aimé savoir où vous étiez et ce que vous faisiez.

— Ni papa ni oncle Anthony ne nous auraient laissées y aller.

—Tu es une grande fille, maintenant, Giovanna. Vos pères ne peuvent pas dicter vos vies indéfiniment.

— Alors, pourquoi Tamara se cache-t-elle de son père ?

— Je n'ai pas élevé une fille stupide, répond Max en riant. Une fille coriace, ça oui, mais pas stupide.

— Assez de bavardages, intervient une petite femme plus âgée. Elle pousse Max, ce qui lui vaut un regard assassin. Il faut que je touche ce garçon un instant.

— Tatie Fran, vas-y mollo, dit Gigi quand la femme se colle à moi et pose sa tête sur ma poitrine.

— Chut ! Ne gâche pas tout, ma petite. À mon âge, les frissons se font rares.

Je reste immobile et baisse les yeux vers cette femme qui me palpe à la façon d'une aveugle, comme si elle cherchait à mémoriser les courbes de mon corps.

— La femme de Bear, déclare Gigi en haussant les épaules, parce que Fran ne renonce pas à tâter mes muscles.

— Ne gâche pas mon plaisir, je te dis, répète Fran en enfonçant ses doigts dans mes pecs. Mon Dieu... Si je pouvais être jeune à nouveau.

Je ricane, parce que je ne vois pas ce que je suis censé faire d'autre avec cette femme âgée et toute petite accrochée à moi. C'est embarrassant, mais après tout, il ne m'est rien arrivé de normal ces derniers jours. Alors, je peux considérer qu'il s'agit simplement d'une expérience de plus dans cette famille, sans qu'elle soit mauvaise pour autant.

— Si j'avais eu dix ans de moins...

— Il t'aurait cassée en deux, Fran, intervient une femme rousse derrière elle, et toutes les autres s'esclaffent.

Fran fait glisser ses mains sur mes bras et y enfonce ses doigts jusqu'à ce que ses ongles entrent presque dans ma peau.

— Non, je ne crois pas, dit-elle. Dans la catégorie des méchants, j'ai le pire d'entre eux, alors je pense que c'est moi qui l'aurais cassé en deux. Elle enfouit son nez dans ma poitrine. Je pense que j'aurais été à la hauteur.

Je reste les bras ballants. Je ne compte pas l'envelopper de mes bras ; je ne suis quand même pas une couverture censée la protéger du froid. Qui plus est, je marche sur un terrain miné ; le moindre mouvement inadapté, même anodin, pourrait me coûter très cher.

Vu que Fran ne se détache pas de moi, Gigi continue les présentations en ignorant mon nouvel ornement. Elle désigne une jolie rousse :

— Et voici ma tante Angel, la femme de Thomas.

— Enchantée, dit-elle avec un sourire amical.

— Moi aussi.

J'aurais voulu au moins lui serrer la main, mais Fran fait obstacle, alors je me contente de lui rendre son sourire.

Gigi me présente ensuite une femme aux longs cheveux bruns ondulés qui a de grands yeux ravissants.

— Voici Mia, dit-elle en s'approchant plus près de moi. Elle se dresse au-dessus de Fran comme pour l'intimider, mais ça n'a pas le moindre effet. Alors elle poursuit :

— Elle est médecin, et c'est la femme de mon oncle Mike.

Je suis impressionné. Mike n'est pas le genre d'homme qu'on imagine marié à un médecin. J'ai lu tous les articles écrits sur lui, sur sa carrière de boxeur qu'il a abandonnée par amour. Mais en regardant sa femme, je peux comprendre qu'il ait renoncé au ring.

— Ravi de vous rencontrer, lui dis-je en faisant un signe de la tête, car avec Fran toujours accrochée à moi comme si j'étais son nouveau bibelot préféré, je ne peux rien faire de plus.

La grand-mère de Gigi apparaît dans le couloir. Voyant Fran, elle secoue la tête et lance :

— Laissez-le respirer, les filles. Surtout toi, Fran. Ce garçon n'est pas une bête de foire.

— Je ne bougerai pas d'ici, répond Fran en resserrant son emprise autour de moi, et je me demande si je ne vais pas devoir l'arracher de mon corps.

— Fran ?

Je regarde dans la salle et découvre Bear. Il observe sa femme, la mâchoire serrée et les bras croisés sur la poitrine.

— Tu as trente secondes pour lâcher ce garçon, sinon...

Fran ne bouge pas le moins du monde. Elle lui répond sans même le regarder :

— Sinon quoi ?

Elle lève le visage vers moi et m'adresse un rapide clin d'œil et un sourire amusé. Elle semble savourer chaque instant passé ainsi collée à moi, et ravie de faire enrager son gros balèze de mari.

— Sinon tu vas avoir du mal à t'asseoir pendant une semaine.

— Promis ? demande-t-elle, l'air taquin, en détachant enfin sa tête de moi.

— Fran, tu as dix secondes pour lâcher ce garçon et ramener ton cul par ici...

— C'est une grande gueule, commente Fran en me regardant à nouveau, ignorant son mari. Il aboie beaucoup, mais ne mord pas.

— Tu voudrais que je te morde, chérie ?

Elle continue à faire comme s'il n'était pas là.

— Je devrais vraiment l'échanger contre un modèle plus jeune.

À peine a-t-elle fini sa phrase que le bras de Bear est autour de sa taille. Soulevée dans les airs, elle atterrit sur son épaule.

— Je pense que tu as besoin qu'on te rappelle à qui ce joli cul – Bear embrasse alors son derrière devant tout le monde – appartient.

Ce n'est pas sans me rappeler comment j'ai porté Gigi à travers la salle du bar, au camp, devant tous les gars qui s'y trouvaient. J'avais pris mon pied à faire ça ; rien à foutre que ça ait pu mettre Gigi en rogne. Un peu comme Bear à présent, avec sa femme accrochée à ses basques comme si elle n'attendait plus que sa queue.

— Je suis désolée, dit Gigi ; Fran peut parfois...

— Pas de souci. Elle est super. Tout le monde l'est, jusqu'ici.

— Eh bien, tu connais déjà mes oncles, mais voyons dans quel état ils sont après toute cette merde. Tu es prêt à les affronter ?

J'acquiesce, même si j'aimerais plutôt répondre que non, putain, je suis loin d'être prêt. Les femmes sont toujours plus sociables que les hommes. Et tous ces types taciturnes et mal lunés savent tout de mon passé et des événements de la semaine, sans oublier que j'ai couché avec leur nièce.

— Je suis prêt.

JE MARCHE à côté de Piké le long des arbres alignés dans le jardin.

— Ce n'était pas si terrible, au final.

— Tout est relatif, répond-il en jetant un œil par-dessus son épaule comme pour s'assurer que personne ne nous suit.

Je hausse les épaules.

— Ça aurait pu être pire, dis-je en regardant ses beaux yeux verts.

— La soirée n'est pas finie…

Je balaye sa remarque d'un geste de la main, parce que s'ils avaient voulu faire une scène, ils l'auraient déjà faite.

— Ils aiment en faire des tonnes, mais au fond, ce sont de gros nounours.

Dix ans en arrière, ils auraient peut-être foutu Piké dehors, mais ils se calment, avec l'âge. En plus, ils savent que plus ils voudront l'éloigner de moi, plus je m'accrocherai à lui.

— Pourquoi est-ce que tu ne leur dis pas ça en face ?

Je prends sa main dans la mienne, alors qu'il repousse une mèche de cheveux sur mon épaule.

— Tu les aimes bien, au moins ?

— Si j'aime ta famille ?

Je hoche la tête.

— Oui, même si elle ressemble à une petite armée. Tu as eu de la chance de grandir avec autant de monde autour de toi. Moi, je ne pouvais compter que sur ma grand-mère ; c'est la seule qui se souciait de moi.

— Maintenant je suis là, moi aussi.

Je me love contre lui et on reste là, dans l'ombre, loin de l'agitation des Gallo ; qui sont probablement collés aux fenêtres du fond à tenter de nous surveiller.

Pike ramène nos mains entre nous et son visage s'assombrit.

— Maintenant que tout est fini, je ne t'en voudrais pas si tu voulais que les choses redeviennent comme avant.

— Comme avant ?

Je suis abasourdie, un peu confuse.

— Oui, répond-il comme s'il parlait de la pluie et du beau temps, et non de *nous*. On a vécu des trucs flippants, ensemble, c'était du lourd. On ne savait pas si on allait vivre un jour de plus, et dans ces moments-là, on peut voir les choses différemment. Mais maintenant qu'on s'en est sorti vivants et que personne ne nous pourchasse plus, on devrait peut-être prendre un peu de recul pour savoir si on est sûr de vouloir cette relation.

Je recule violemment la tête, comme s'il m'avait frappée.

— Tu veux me quitter ?

Je recule d'un pas et retire mes mains des siennes.

— Et tu me dis ça maintenant ? Après avoir rencontré ma famille, sauvé ma vie et avoir été prêt à mourir pour moi, tu m'annonces que tu veux rompre ?

Pike fait un pas vers moi en essayant de prendre mon bras, mais j'esquive rapidement son geste.

— Ce n'est pas ce que j'ai dit. Sois raisonnable, Gigi. Réfléchis.

J'écarquille les yeux.

— Sois raisonnable ?

— Hum, oui.

— Je n'arrive pas à croire qu'après tout ce qu'on a traversé, tu me sortes des conneries pareilles.

— Je ne regrette rien. Je me jetterais encore sous les balles et ferais tout mon possible pour te protéger, s'il le fallait.

Je croise les bras devant moi, lève une épaule et hausse un sourcil.

— Mais maintenant qu'on n'est plus dans la merde, tu ne veux pas sortir avec moi ?

— Je ne veux pas que tu aies des regrets, dit-il doucement, en essayant de m'approcher ; mais je reste à distance, hors de sa portée. Tu es jeune. Tu as toute la vie devant toi. Tu as une famille parfaite qui veut ton bonheur. Putain, qu'est-ce que tu foutrais avec un mec plus âgé qui traîne des casseroles et a du mal à s'engager ?

— Tu as du mal à t'engager ?

— Ma belle, je ne reste jamais plus de quelques années au même endroit. Mes parents m'ont bousillé. Je cherche toujours plus, toujours mieux. Je veux trouver l'endroit où je me sentirai chez moi, où sera ma place. Ça fait dix ans que je voyage, et je ne l'ai toujours pas trouvé.

Je balance mes bras autour de moi, faisant de mon

mieux pour ne pas lui mettre mon poing dans la gueule.

— C'était quoi, ce qu'on a vécu cette semaine ?

Je fais un mouvement brusque pour montrer la maison.

— Tu viens de faire du charme à ma famille pendant une heure, faisant tout ce qu'il faut pour être admis dans le clan. Et maintenant, tu me dis que tu n'as pas trouvé le bon endroit où vivre, et que tu veux te barrer comme une mauviette ?

— Je ne suis pas une mauviette, Gigi. Je te donne une chance de réfléchir à ce que tu veux vraiment. Le merdier qu'on a connu ces derniers jours peut t'avoir perturbé au point de ne plus avoir l'esprit clair. On a vécu l'instant présent, en espérant survivre, mais c'est fini, ça. Les choses vont se poser, et je ne veux pas qu'un jour tu regrettes ce temps passé avec moi quand tu épouseras un homme digne de toi.

Je plisse le nez ; de tous les ramassis de conneries que j'ai entendus dans ma vie, celui-là était de loin le pire.

— Tu te fous de moi, ce n'est pas possible. Pourquoi est-ce que tu es venu ici, putain, si c'est ce que tu penses ?

— Ce n'est pas comme si j'avais eu le choix ! crie-t-il en retour, en jetant un bras vers la maison de ma grand-mère. Mais tu me plais, Gigi. Je t'aime, bordel. Je suis vraiment, follement, profondément amoureux de toi, et je ne veux pas être une autre erreur dans ta vie. Tu mérites mieux qu'un mec qui sait bien tatouer, avec une famille foireuse et rien d'autre à offrir que ce qu'il ressent.

Je prends une profonde inspiration et souffle lentement, digérant ses paroles. Je sais que cet homme m'aime ; il me l'a déjà dit. On était peut-être au bord de se faire tuer, mais la perspective de mourir ne fait pas avouer à quelqu'un des sentiments qu'il n'a pas.

— Est-ce que je t'ai déjà demandé quoi que ce soit ?

— Non, répond-il.

— Est-ce que je t'ai déjà forcé à faire quelque chose que tu n'avais pas envie de faire ?

— Non.

— Je t'ai demandé combien il y avait sur ton compte en banque, ou ce que tu pourrais apporter à notre couple en dehors de toi-même ?

— Non.

— C'est exact, Pike. J'ai beaucoup de chance d'avoir tout ça, dis-je en pointant du menton la maison de ma grand-mère. Mais je me fous de l'argent et du reste. Mes parents m'ont appris à reconnaître ce qui est important dans la vie. Ils m'ont appris la loyauté, l'amour, et par-dessus tout, le sens du mot famille. Je me fiche d'être fauchée, si je suis avec quelqu'un qui m'aime et qui fera tout ce qui sera en son pouvoir pour m'aimer toujours.

Il renverse sa tête en arrière et regarde les arbres.

— Je ne suis pas un Saint. Quand je te regarde, dit-il en baissant les yeux vers moi, je ne vois que de la pureté. Je vois une âme saine avec un passé immaculé. Tu m'as connu, et en un rien de temps, beaucoup de mal t'est arrivé. Ce n'est pas ce que je veux pour toi. Je ne veux pas que tu sois triste un seul instant de ta vie. Je ne veux pas voir sur ton visage la terreur que j'y ai lue, dans ma chambre, le soir où j'ai tué cet homme. Je ne veux pas être celui qui cause cette douleur sur ton visage.

— Ça y est, tu as fini ?

J'ai un mal fou à me contrôler. Je tape le sol nerveusement avec un pied, et le fusille du regard.

Il se contente d'acquiescer, pour ne pas ajouter d'huile sur le feu qu'il a allumé. Je m'approche de lui et appuie mes doigts sur son torse, plantant mes ongles dans sa peau à travers son t-shirt noir.

— Maintenant, c'est à moi de parler et à toi de la fermer.

Il lève les mains en l'air.

— Je ne...

J'enfonce mes ongles un peu plus.

— C'est mon tour, Pike.

Je le cloue du regard et le coin de ses lèvres tressaille.

— Tu ne m'as pas porté malheur. Tout était de la faute de ton père, pas de la tienne. Arrête de te reprocher des emmerdes qui ne t'incombent pas.

Il acquiesce, et j'enchaîne sans lui laisser la moindre chance de prendre la parole.

— En ce qui concerne la terreur sur mon visage, sache qu'elle n'était pas causée par le sang qui coulait du connard étalé par terre, parce que sa mort ne m'a fait ni chaud ni froid.

Il ouvre grand les yeux.

— Ah bon ?

Je secoue la tête en pinçant les lèvres.

— Je le regardais en imaginant ce qui serait arrivé si tu n'avais pas tiré le premier : tu aurais été à sa place, étendu sur le sol à te vider de ton sang, les deux pieds dans la tombe.

Je me penche en avant, laisse tomber ma main et pose mon front là où je viens de laminer son torse.

— Ça m'aurait tuée de te voir comme ça. As-tu seulement conscience d'avoir frôlé la mort de si près ?

Il m'entoure de ses bras et plaque une main à plat dans mon dos.

— Mais je ne suis pas mort, Gigi. On a survécu. On se tient là, sous le soleil, à écouter le chant des oiseaux comme on aurait pu le faire il y a une semaine quand tout était normal et que tu n'avais pas été mise en danger.

Je glisse mes mains sous son t-shirt et caresse du bout des doigts la peau douce au-dessus de ses hanches.

— On se tient là parce que tu as fait ce qu'il fallait pour que je vive un jour de plus. Sans toi, je serais peut-être morte, à l'heure qu'il est.

Il secoue la tête.

— Sans moi, tu n'aurais jamais été dans cette situation.

— Tais-toi, Pike. J'écoute le battement lent et régulier de son cœur contre ma tête. Je n'ai jamais dit *je t'aime* à un autre homme, excepté à mon père. J'ai eu quelques copains, pas beaucoup, mais ils ne m'ont jamais entendue prononcer ces mots-là.

— Jamais ? demande-t-il quand je relève la tête et découvre la stupeur sur son visage.

— Jamais. Et tu sais pourquoi ?

— Pourquoi, ma belle ? demande-t-il doucement.

— Parce qu'ils ne m'ont jamais conquise. Tout ce qui les intéressait, c'était d'enlever ma culotte. Même avec Erik, mon dernier petit-ami, je n'ai jamais pu me projeter. Il était gentil et tout, mais il n'avait pas ce qu'il me faut pour du long terme. Mon père et mes oncles l'auraient bouffé tout cru, il n'aurait pas tenu deux secondes. Bon sang, je suis sûre que si quelqu'un s'en était pris à nous, Erik m'aurait jetée devant les balles pour sauver sa peau.

Pike pose ses mains sur mes épaules et m'écarte un peu de lui pour me regarder.

— C'est bien ce que je disais. Tu n'as pas eu de bonnes expériences, poupée. Tu ne peux pas comparer notre relation à celle que tu as eue avec ces types... pour ne pas les appeler autrement. Tout homme avec qui tu serais devrait vouloir mourir pour toi. Tu as besoin de voir si l'herbe n'est pas plus verte ailleurs, avant de choisir un mec insignifiant comme moi pour partager toutes tes nuits.

Je lève les yeux vers lui et mes ongles rentrent à nouveau dans sa peau, parce qu'il recommence à me gonfler. Je lui demande en murmurant :

— Pike, est-ce que tu m'aimes vraiment ?

Il répond sans hésiter :

— Oui.

— Alors est-ce que tu pourrais la fermer, et voir où tout ça nous mène ? Je n'ai pas envie de te quitter. Je n'ai pas envie de sortir avec quelqu'un d'autre, d'aller voir ce qu'il y a de bon et de mauvais ailleurs, parce que j'ai déjà trouvé quelque chose de bon, un homme bon que je ne veux pas lâcher, parce que même si j'en trouvais un autre pour m'aimer, il ne sera jamais toi.

Il pose sa main contre ma joue et je fonds dans sa caresse, avec l'envie d'en avoir plus, toujours plus.

— Je n'ai jamais désiré quelqu'un autant que toi. Je ne me suis jamais senti aussi bien avec quelqu'un qu'avec toi. Je n'ai jamais connu autant d'amour autour de moi qu'en étant dans ta famille, même s'ils ne m'apprécient pas.

— Ils t'aiment bien, au contraire.

J'aurais aimé qu'il la ferme enfin et qu'il m'embrasse, mais il n'en fait rien.

— Ils me tolèrent, en espérant que je m'en aille.

— Les gens dans cette maison n'ont pas tous grandi de la même façon que moi. Ils ont un passé avec des squelettes dans le placard, eux aussi. Et ça n'a pas empêché ma famille de les aimer. Les Gallo jugent les gens pour ce qu'ils sont, et non pour ce qu'ils ont fait ou l'enfance qu'ils ont eue. Tout ce qui compte, c'est l'amour qu'il y a entre nous. Les hommes de ma famille sont protecteurs et autoritaires, un peu comme toi, et je suis sûre qu'ils t'aimeront et t'accueilleront à bras ouverts quand ils verront qu'on est si bien ensemble.

— Gigi...

— Pike, embrasse-moi, maintenant. Et que Dieu me vienne en aide, si tu essaies encore de me briser le cœur, je vais te coller mon genou dans les couilles tellement fort que tu ne pourras pas coucher avec une autre femme pendant des mois.

— Je tiens pas mal à mes couilles, poupée, répond-il en souriant.

— Et moi donc. Je souris à mon tour. Maintenant, tu ferais mieux de m'embrasser, si tu ne veux pas que je me jette sur toi et provoque une scène qui fera sortir mon père tellement vite que...

Je n'ai pas le temps de finir ma phrase. Ses lèvres fondent sur les miennes, étouffant la menace que j'étais prête à brandir si nécessaire.

Je glisse mes mains derrière sa nuque et colle mon corps contre le sien. Je l'embrasse avec toute la force qu'il m'est possible de rassembler en étant sur la pointe des pieds. Ça fait des heures que j'attends d'être seule avec lui pour sentir ses lèvres sur les miennes et sa langue glisser dans ma bouche, pour l'entendre gémir doucement et sentir la chaleur de son corps.

Je murmure contre sa bouche :

— Ne t'avise plus jamais de menacer de me quitter.

J'ai besoin de l'entendre me le dire.

— Plus jamais, dit-il tout bas ; il recule un peu et baisse les yeux vers moi. Tu es à moi, maintenant, ma belle, et j'espère que tu comprends ce que ça veut dire.

— J'espère que ça implique beaucoup de choses cochonnes, lui dis-je avec clin d'œil, avant d'attirer sa tête vers moi, parce que ses lèvres me semblent bien désœuvrées.

— Gigi, Pike, à table ! crie Nonna depuis l'autre bout du jardin. Détachez-vous l'un de l'autre et ramenez vos culs par ici.

Pike pose son front contre le mien en essayant de retrouver son souffle, ayant manqué d'air autant que moi.

— On ferait bien d'y aller.

Je sais bien que mamie nous observe encore et qu'elle ne bougera pas avant qu'on se soit « détachés » l'un de l'autre pour rappliquer vers la maison.

— Mais on terminera ce qu'on a commencé dès qu'on rentrera à la maison.

— Chez toi ou chez moi ? demande-t-il en souriant, d'un air joueur.

— Je n'ai pas de lit.

— Ma belle, je n'ai besoin que d'un mur.

Oh-mon-Dieu. Putain... Oui !

— DONNE-MOI DIX MINUTES, et ensuite rejoins-moi. J'ai une surprise pour toi. Je laisserai la porte ouverte.

Je ne peux m'empêcher de sourire tout en me penchant vers elle. Je passe mes lèvres sur les siennes et attrape ses fesses dans mes mains.

— Quel genre de surprise, ma belle ?

Elle cligne des yeux et m'adresse un sourire taquin.

— Si je te le dis, ça ne sera plus une surprise.

— Petite coquine.

Elle glousse au contact de mes doigts qui passe le long du bas de son short en jean. je l'embrasse dans le cou.

— Hey, dit-elle en repoussant ma poitrine, si tu continues, je ne pourrais plus te laisser partir et toute la nuit sera foutue.

— Si je te baisais, là, tout de suite, toute la nuit serait foutue ?

Elle soupire bruyamment.

— Non, bien sûr, mais je voudrais que cette fois-ci

soit spéciale.

Je murmure, la bouche contre sa peau :

— Avec toi, ma belle, c'est spécial chaque fois. Je passe ma langue entre son oreille et son épaule. Je ne sais pas si je vais pouvoir attendre dix minutes.

Elle tente de se défaire de mon emprise, mais je tiens fermement ses cuisses, rêvant de me faufiler entre elles, alors qu'on est encore dehors.

— Tu as patienté quinze mois, je pense que tu pourras supporter d'attendre dix minutes de plus, dit-elle en tentant de repousser ma poitrine à nouveau. Pike, s'il te plaît...

Je relâche mon étreinte et la laisse se détacher de moi.

— OK, puisque tu me le demandes gentiment. Mais va chercher ta surprise et viens plutôt chez moi. Comme j'ai un lit...

— Et des murs, ajoute-t-elle avec un clin d'œil.

— Des murs aussi, ma belle.

— D'accord, mais il me faut dix minutes. Ensuite, je te rejoins avec la surprise.

— Parfait.

J'essaie de l'attirer contre moi pour goûter encore sa bouche ou sa peau, mais elle ne me laisse ni l'un ni l'autre. Elle recule en faisant non de la tête.

— On ne touche pas.

Je hausse un sourcil.

— J'espère que ça n'a rien à voir avec la surprise ; autant te dire que je prévois qu'on se touche.

— On pourra se toucher, dit-elle tout en se dirigeant vers sa porte d'entrée. Mais pas avant que je donne le feu vert.

— Pas avant que tu donnes le feu vert ?

Je joue la stupeur, et la regarde, la bouche ouverte.

Je la connais, et je sais bien qu'elle ne résiste jamais longtemps. Je sais comment m'y prendre pour l'amener à me supplier de dépasser le stade des caresses.

Une lueur brille dans ses yeux quand elle me répond :

— Bien sûr. C'est moi le chef.

Je réponds :

— Naturellement, en plaisantant, même si c'est la vérité.

J'ai appris aujourd'hui que dans sa famille, les femmes dirigeaient tout. Quelle que soit la force ou la carrure des hommes, leurs femmes ont toujours le dernier mot sur tout. J'ai adoré leur puissance, et le fais que leurs maris ne se rebellent pas, tant qu'ils les voient heureuses.

— Maintenant, va-t'en.

D'une main, elle me fait signe de déguerpir, cherchant ses clés de l'autre dans sa poche arrière.

— Je fais vite.

Je lève les mains en l'air et me tourne vers ma porte.

— J'y vais, j'y vais.

— Dix minutes... dit-elle avant de disparaître dans son appartement.

J'entre dans le mien, allume la lumière et enlève mes bottes. Je suis tellement content d'être rentré, putain, et d'être toujours en vie. Je n'étais pas sûr de m'en sortir, et après cette journée, après la route et la famille de Gigi, je ne crache pas sur un peu de repos et de calme.

J'enlève mes vêtements tout en me dirigeant vers la salle de bain. J'ai besoin d'une bonne douche pour repartir à zéro, après toutes les merdes qui nous sont arrivées ces derniers jours. Je ne reste pas longtemps sous le jet d'eau ; ma chérie ne va pas tarder, avec sa surprise qui, j'espère, impliquera très peu de vêtements et une bonne baise.

Je me lave vite fait, me sèche, enfile un pantalon de survêt et rien d'autre. Je ne vois pas l'intérêt de m'habiller plus dans la mesure où je ne compte pas rester vêtu très longtemps.

Je jette un coup d'œil à l'horloge et réalise que les dix minutes sont passées et que Gigi n'est toujours pas là. Je plaque mon oreille contre notre mur mitoyen, mais n'entends aucun bruit. J'attends une minute de plus en marchant dans le couloir entre ma chambre et le salon.

Je lui envoie : « Tu viens ? » par SMS, la patience n'étant pas mon fort.

J'arpente le couloir encore cinq fois en tournant et retournant mon téléphone dans ma main, attendant une réponse qui ne vient pas.

Je sors et frappe à sa porte. Je crie :

— Gigi !

Promettre une chose et en faire une autre ne lui ressemble pas. En plus, elle vient d'emménager et n'a pas de lit, alors ce n'est pas comme si elle avait pu s'allonger et s'endormir.

J'essaie de tourner la poignée. La porte n'est pas verrouillée mais j'hésite à entrer. Je ne voudrais pas la surprendre et l'effrayer au point de recevoir un coup de genou dans les couilles.

Je crie à nouveau, plus fort cette fois :

— Gigi !

N'ayant aucune réponse, j'ouvre la porte. Je préfère encore recevoir un coup dans les couilles et savoir qu'elle va bien.

Mon pied cogne dans un objet qui dérape sur le sol avant de percuter le mur. C'est son téléphone portable. Mon cœur fait un bond dans ma poitrine.

Je me mets à hurler :

— Gigi ! mais tout ce que j'entends en retour est l'écho de ma propre voix.

Je me lance désespérément à sa recherche dans le petit appartement, sans la trouver. Mes mains sont moites et mon cœur bat très vite alors que j'ouvre la porte de sa chambre et tombe sur une silhouette, de dos.

Une silhouette qui n'est pas la sienne.

Je me jette sur l'homme, le retourne et découvre un visage masqué. Voyant mon poing prendre de l'élan, il écarquille les yeux ; la seule partie de sa face qui n'est pas cachée. Je le frappe violemment d'une droite dans la mâchoire.

— Pike ! crie Gigi, et je me tourne au son de sa voix. Elle est blottie en boule dans un coin, les mains à son cou, les joues couvertes de larmes.

Je me retourne vers l'homme qui chancelle devant moi, et le roue de coups de poing jusqu'à ce qu'il tombe au sol. Je le pousse dans les côtes avec le pied pour m'assurer qu'il a bien perdu connaissance. Enfin, je cours vers Gigi et m'agenouille auprès d'elle. Elle a un regard effrayé et des larmes plein les joues.

Je la prends sur mes genoux et palpe son corps, inquiet, en demandant :

— Tu vas bien ?

— Ça va. Il était caché dans la chambre quand je suis entrée, dit-elle de façon précipitée, en gémissant à ce souvenir. Il... Il...

— Il t'a fait mal ?

Elle secoue la tête et se love contre ma poitrine, s'accrochant à mon t-shirt.

— Il a plaqué sa main sur ma bouche et m'a traînée là, mais tu es arrivé avant qu'il ait pu me faire du mal.

— Je suis désolé, mon cœur. J'aurais dû venir plus tôt.

— Je vais bien, chuchote-t-elle comme si elle essayait de se convaincre, ou de me convaincre, mais à la voir trembler comme ça, je n'en crois pas un mot. Il faut appeler la police.

— Je vais le faire dans une minute.

Je voudrais être sûr qu'elle va bien avant de la lâcher.

— Non, Pike. Je ne veux pas qu'il se réveille et s'en prenne à toi. Je suis au bout de ce que je peux supporter, lâche-t-elle dans un murmure. S'il te plaît.

Elle descend de mes genoux. Comme elle a du mal à tenir sur ses jambes, elle se retient à mes épaules.

— J'ai du scotch d'emballage. On peut s'en servir pour le ligoter.

— Mais c'est que tu es rusée !

Je la taquine, parce qu'un peu de légèreté ne serait pas de trop dans notre semaine de merde.

— Tu n'as pas idée... Elle sourit en essuyant les larmes sur ses joues. Surveille-le, je vais chercher le scotch.

Elle sort de la chambre avant que j'aie eu le temps de me relever.

— Fais voir qui tu es, fils de pute.

Je viens m'accroupir près de la tête de ce connard qui s'en est pris à ma femme.

Gigi revient en tenant un rouleau de scotch et fixe des yeux le corps inerte sur le sol.

— Tu ne l'as pas tué, au moins ?

Je ris en secouant la tête, tendant la main vers le masque du type.

— Je suis peut-être fort, ma belle, mais pas à ce point-là !

— Dieu merci, marmonne-t-elle.

Quand je retire le masque de l'homme, ce que je découvre me fait tomber à la renverse.

— Qu'est-ce qu'il y a ? demande Gigi.

Je secoue la tête, hébété. Je n'en crois pas mes yeux.

— C'est mon père.

* * *

Merci d'avoir lu FLAMME. J'espère que vous avez aimé Gigi et Pike autant que moi ! Leur histoire continue avec *Brûlure*.

Gigi n'aurait jamais cru tomber amoureuse, mais il a débarqué dans son univers, tatoué et cerné par le danger. Pourront-ils surmonter son passé et s'aimer pour toujours ?
Cliquez ici pour obtenir *Brûlure.*

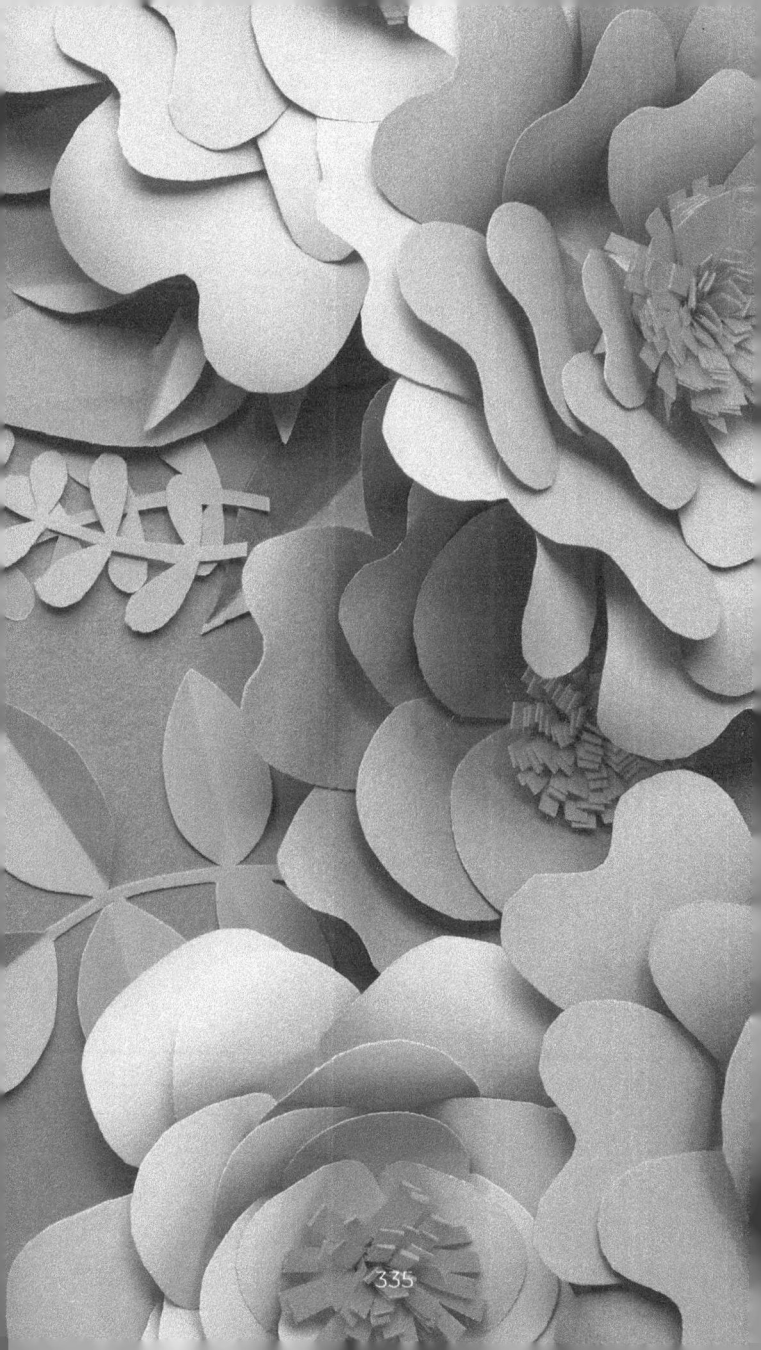

à propos de l'auteur

Chelle est une écrivaine à temps éprise de légèreté, accro aux réseaux sociaux et au café. C'est une ancienne professeur d'histoire.

Vous trouverez plus d'informations sur les livres de Chelle sur menofinked.com. Recevez ma newsletter en vous inscrivant sur *menofinked.com/french*

Rejoignez mon Groupe de Lecteurs Privé sur Facebook - *facebook.com/groups/blisshangout*

facebook.com/authorchellebliss1

instagram.com/authorchellebliss

bookbub.com/authors/chelle-bliss

goodreads.com/chellebliss

amazon.com/author/chellebliss

twitter.com/ChelleBliss1

pinterest.com/chellebliss10

tiktok.com/@chelleblissauthor